The Story of Hunter

ハンター物語　少年と旅の始まり

櫻城　なる
Naru Sakuragi

文芸社

もくじ

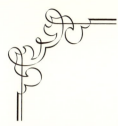

第一章　少年

第一章　少年

日の光が顔に照りつける。春の如きこの温もりにずっと浸っていたい。そう思いながら、二段ベッドの上段でモゾモゾと布団《ふとん》に蹲《うずくま》る、黒髪の少年がいた。

「起きて、美由樹《みゆき》。朝だよ、学校に遅刻するよぉ」

夢の扉の向こうから、自分を起こす声が聞こえてくる。その声に反応して、佐藤美由樹はさらに布団の中に潜った。

「まだ、寝かせて……時計は鳴ってないんだから。七時半だろ」

「もうッ、朝からなに寝ぼけてんだよ。君が知らないうちに時計を止めて、そのせいで今は八時半。完璧遅刻じゃないか」

「あ、本当だ。もう八時半……て、八時半⁉　どうして起こしてくれなかったんだよ、美羽《みう》。アアもう、そこどいてッ」

美由樹は、ベッドの梯子《はしご》に凭《もた》れかかる少年の隣から飛び降りると、洋服箪笥《だんす》に駆け寄った。速攻で服を着替え、鞄《かばん》を持ち、一階の玄関へと駆けていく。

「行ってきまーす！」

「あ、朝食は……て、行っちゃった。本当に足が速いんだから、もう。忘れ物してないか心配になるじゃないか。僕は知らないよ、僕のせいじゃないからね」

＊

「（ハア）ついてないなぁ。ぎりぎりセーフだったのに、遅刻をつけるなんて最低だよ」

美由樹が、鈴街《りんがい》学校小学寮の廊下をトボトボと歩きながら、ため息をついた。

鈴街学校とは、ここ鈴街町にある、幼稚園から大学院まである一貫教育校である。

ここに通う生徒は皆、変わった力を持っていた。それは、地球人ではあり得ない『魔法』が使えるというものであった。といってもそれは、誰もが想像するような、箒《ほうき》で空を飛び、手を叩《たた》けば透明人間になれるといったことではない。相手を攻撃する、または自分の身を守る一道具として、より高度で、かつ繊細な技法と説明したほうが分かりやすいかもしれない。さらに言えばこのような力は、この星、ポロクラム星に住む生き物なら誰しもが持つ、共通した力であった。

そしてここ鈴街町は、ハンターという、悪を倒して人々を助けながら、平和を守るために旅をする人（つまりヒーロー）を数多く生み出し、今もなお生産中の、とても有名な町なのである。

「マジでついてねえな。でも、先生が来たあとじゃなくてよかったじゃんか。先生も遅れたから、どっちもどっちだぜ」

金髪交じりの茶髪をした少年が、横から美由樹をからかう。

「からかうなよ、蘭州《らんしゅう》。本当に危なかったんだから。先生が中に入ってくる直前だよ。生徒に遅刻をつけるなら、先生も同等にするべきだ」

「ハハ、悪い悪い。ついからかいたくなっちまったんだよ。でも、そうゆうとこがおめぇらしいぜ。ところでさ、今日一緒に帰らねえか」

「いきなりどうしたんだよ。いつも一緒に帰ってるだろ」

「うし、そうと決まれば長居は無用。さっさと帰ろうぜ」

言うと蘭州は、下駄箱のほうへスキップしていった。

海林《かいりん》蘭州は美由樹の親友である。成績は美由樹のほうが彼より少し上で、性格は似た者同士（違う点と言えば蘭州のほうが強がりであることぐらい）。少し変わっていて面白い少年だが、美由樹には頼もしい友であった。

ちなみに美由樹は、歴史と体育、選択科目の剣術だけが学年一の成績を収めているものの、その他は全くできない生徒である。性格は、お笑いでいうツッコミかボケかと言えば、後者に属するが、そのわりには人から頼りにされることが多く、廊下を通る度に居合わせた女子の目がハート形になるといったイケメンでもある（そのモテ度はファングループがつくられるほどで、そのせいか女子にストーカーじみたことをされた経験があるのは、イケメンの宿命かもしれない）。

それはともかく美由樹たちの話題に戻ると、足早に去った親友を美由樹が追おうとした刹那、後方から地響きを伴う足音が響いてくる。美声よりも悪声と言ったほうがよいだろう、そのような声も共に聞こえてきたので、美由樹はビクつき、後方に振り向いた。

「いらしたわ、あそこよ。佐藤様ァッ」

「キャアアアァッ、美由樹様ァ！」

「お帰りになる前に、私のチョコを受け取ってぇッ」

「ゲッ、そういや今日はバレンタインデーだった。遅刻騒動ですっかり忘れてたよ。だから蘭州が急ごうとしてたんだな。こうしちゃいられない。とにかく逃げろッ」

「アアン、お待ちになって、美由樹様ァ。今度こそ受け取ってぇ」

叫ぶ女子一同。彼女たちは、綺麗にラッピングし、リボンまでつけたチョコを持ち、目をハート形にさせながら、危険を察知し逃げ出した美由樹を追いかける。美由樹も、捕まってなるものかと、急いで下駄箱で靴を履き、校庭へ出て、その先にある正門へと駆ける。

しかし、バレンタインデーの悪夢はまだ続いた。門を抜けた先に待っていたのは、自分目当てにやって来た、他校の女子生徒であった。美由樹の姿を見るや、彼女たちも同様に目がハートとなり、鈴街学校の女子と張り合いながら、猛アピールを繰り出す。少年は、そんなアピールも無視して、町中へ逃走した。

いくら体力に自信のある彼でも、学校をスタートし、町の中を十分以上走り続けていれば、息を切らすのは当然である。どうあってもチョコを受け取りたくないという気持ちが、彼をどこまでも走らせているのだが、体力はもう限界に近い。バレンタインデーに限らず、自分が鈴街学校へ通い始めた頃からの恒例行事だとしても、これは紛れもないストーカー行為である。その中でも今日、そうバレンタインデーは、町中の女子が敵に回り、しかもその数が日に日に倍増するといった最高なイベントだ。これには、今まで逃げ延びてきた少年でも、逃げ切れる率は極めて低い。

限界域に達し、ヘトヘトになった美由樹が、それでも走りながら救助を求める。すると、どこからか蘭州の声が聞こえてきたではないか。前方を見ると彼が、電信柱の裏から手招きをしている。美由樹は、天からの助けと言わんばかりに、彼とそこに隠れた。

ちょうどその時、女子軍団が、轟音《ごうおん》と砂煙を上げて前を通り過ぎていった。彼女たちは獲物を見失い、チョコを渡せずに帰っていくのだろう。かわいそうと思う反面、ストーカーに同情はしないと、二人の少年はようやく胸を撫《な》で下ろして、帰路に就いた。

その道中に寄り道をし、美由樹の小遣いで買った煎餅《せんべい》を食べながら蘭州が、

「なあ、明日までの宿題ってなんだっけ」

「え、あ、うんと。確か将来の夢について、だった気がする」

「将来の夢か……美由樹、おめぇはなにになりてぇんだ」

「もちろんハンターだよ。かっこいいし強いし。俺の憧れなんだ」

「フーン、ハンターか。確かにおめぇにはお似合いだな」

「そういうおまえはどうなんだよ。やっぱ店の跡継ぎか。おまえん家は魚屋だし」

「いや、俺様も右に同じだぜ。ただ俺様は、憧れとかで惹《ひ》かれたんじゃねえ。前にゆったろ。チ

ビん頃に平原で遊んでたら怪物に襲われて、ハンターに助けられたって。あん時のハンターは超強かった。だから、ゆうなら強さに惹かれたってとこだ」

「へえ、おまえの口からそんな言葉が出てくるなんて、意外」

「う、うっせーッ。俺様にもそうゆう時があるやい。ところで、おめぇん家だけど、とっくに過ぎてんぞ」

「え。あ、本当だ。それじゃあ、この辺で。また明日な」

「そん前におめぇ、いつもみてぇに転ぶなよ。前見て歩け」

「毎度のことだから分かってるって。心配せずとも、ちゃんと前見……うわッ（ズデン）」

「ったぁ。ほら、ゆわんこっちゃねぇ。そこに段差があるの、いい加減に気づけよ。そこに躓《つまず》いたの、これで九十八回目だぞ。まったく、俺様の肝をヒヤヒヤさせんなよな」

＊

「ねえ、美由樹。最近学校に遅刻するのが多くなってるけど、なんかあった」

その夜、エプロン姿の美羽が、左手にフライパン、右手にヘラを持ちながら聞いた。

美羽は、美由樹が居候《いそうろう》をしている佐藤家の子供である。美由樹より年下で、五年ほど前に両親を事故で亡くし、国からの生活保護を受けながら自宅で一人暮らしをしていたという経歴がある。一人身になったところに、今から半年ほど前に美由樹が居候をしてきたので、彼らはいつの間にか兄弟のような仲となっていた。

「別になにも（あると言えば、変な夢を見るようになったことかな）あ、テーブルに皿を置いとくよ。て、あれ、フォークとナイフは？　いつもの抽斗《ひきだし》に入ってないけど」

「（ハア）冷蔵庫の隣にある棚、上から二番目の抽斗。君が昨日、前の場所から移し替えたばかりじゃないか。もう忘れたの？」

「ハハハ、ごめん。いろんなことがあったからつい。て、うわッ。フゥ危ない、あと少しで皿を落とすとこだった。足にじゃれつくなよ。おまえの夕食は庭にあるだろ。これは俺たちのだ」

美由樹が足下に向けて言った。そこには、白と茶色のブチの犬がおり、美羽が道端で拾ってきた犬である（名はポチで、美羽が勝手につけた）。といってもポチは、犬としては珍しく魚類しか食べず、特に肉食魚で有名なピラニアが大好物の、少し特異な犬なのである。

「ポチのはこっちだよ」

美羽が、調理後に庭の池から釣ったピラニアを一匹、ポチ専用の皿に置いた。餌《えさ》に駆け寄ったポチは、舌なめずりをしてから食べ始める。それを見た美由樹は、こんな犬が世の中に本当に存在し、ポチがなぜ前の飼い主に捨てられたのか分かった気がした。

「さてと、味には自信あるから食べても大丈夫だよ。いただきまーすッ」

「毒が入ってるなんて思ってないよ。刑事物の見すぎじゃないか。いただきます」

美由樹も美羽の向かいの席に着いて、夕食を食べ始める。

「勘違いも（モグモグ）いいとこだよ（ゴクン）。今日はまだ二時間しか見てないんだ。ニュースでやってたことが気になって」

「やけに少ないな、いつもなら五時間は見るのに。なにかあったのか」

「（モグモグ）ハンター総務役所があるでしょ（パクパク）。近所の丘を登ったとこに」

「アア、あの建物か。あるけど、そこがどうかしたのか」

「強盗が入ったんだ（パクパク）。君が馬鹿みたく、玄関の段差に躓いた時（ゴクン）」

「強盗が入った⁉」

美由樹が、ナイフとフォークを取り落とす。ポチが驚いて飛び跳ね、それを見た美羽は、その背を撫《な》でて落ち着かせる。

「そう。悪人が最も恐れる場所ベスト・ツーで、襲われたことが一度もなかったあそこに、とうとう強盗が入っちゃったんだ」

「役所に強盗……でも、どうしてあそこに。確かに悪人からは恐れられてたようだけど、犯人はどんな手口を使ったんだ」

「それが分からないんだよ、いつの間にか侵入されてたみたいで。あ、盗まれた物なら分かるよ。確か、記録帳が百冊以上だったかな。その他は盗まれなかったみたい。そういや役所の所長が、事件が起きるとは思わなかった、これも自分の不注意が原因だとか言ってたなぁ。僕は所長のせいじゃないと思うね。でも所長は、自分の責任だと言ってるらしくて、犯人が見つかるまで役所内には立ち入り禁止。周辺もそうなんだって」

「え、あ、ま、ちょっと待ってくれ。役所周辺もそうなら、俺の通学路とドンピシャじゃないか。麓《ふもと》を通らないと、ここに帰ってこられないんだぞ（近道で使ってるだけなんだけど）」

「仕方ないよ、平和と安全を守る役所で事件が起きたんだ。そんなところに強盗が入ったってことは、犯人は凶悪かもしれない。そんな犯人と対面したらどうするの。美由樹でも、大怪我じゃ済まされないかもしれないんだよ。あとは役所に任せて、僕たちは犯人が見つかるまで辛抱すればいいのさ。ン、なに、ポチ。え、もっと食べたい？　分かった。もう一匹釣ってきてあげるから、そこでお座りしてて」

強請《ねだ》るポチに美羽はそう言うと、立てかけておいた釣り竿を手に、庭へ出て行った。

一方で美由樹は、この事件について考えていた。ハンター総務役所は、警察署のような役割を担っていたからである（世界の警察と言っていい）。今回のような事件は、自分がこの町にいる間は一度もなかったのだ。

事件を起こした犯人も、わざわざ敵の懐に飛び込んで物を盗むとは、大胆かつ馬鹿げたことをしてくれたものである。自分がもし犯人の立場だったならば、自分の身を危険に曝《さら》すようなことは起こさない。虎穴に入らずんば虎子を得ずだが、身の危険を顧みないなど考えられなかった。

「よし。明日、帰りに寄ってみよう。ここで疑問を持ってても仕方ないし、百聞は一見にしかず。

あ、ごちそうさまぁ」

独り言のようにそう言うと、美由樹は自室へ向かった。

部屋は暗闇と静寂に包まれていた。明かりを点けなければ、今にもなにかが出そうな空気が漂っている。その空気に圧され、美由樹はそそくさと明かりを点けては、分厚いカーテンで閉ざされた窓の横にある勉強机へ向かった。そこには、教科書や学校の図書館から借りた本、美羽に見られると困るテスト用紙などが、場所を競うように散らかっていた。

「整理しろと美羽は言うけど、俺、あいつみたいに綺麗好きじゃないし。掃除はするけど、毎日となるとやる気が出なくて、あいつにやらせると、隠してたテストの点がばれちゃうし。あいつの説教長いから、なんとしても避けないと……（ハア）仕方ないなぁ」

美由樹は、テスト用紙は机の真ん中に、教科書は右端に、本は左端に積み重ねていった。しかし本がまとめられることを嫌ったようで、隣の束や、そのまた隣の塔に倒れ込んだ。そのおかげで机の上は、まとめる前よりも散らかってしまう。

「やめたやめたッ。これ以上やると気が狂う。もう寝よう」

美由樹は、散らばった物を放って、ベッドの梯子を上り、布団にくるまった。そして、五分も経たないうちに眠りに就く。

＊

遠くから聞こえる男声。
やけに体が熱く、大気も蒸し暑い。
突然鳴り響く音。
貫かれ、人が二人倒れる。
直後に聞こえた女の悲鳴。
赤子の泣き声。
恐怖が心底から湧き上がる。
ここはどこだ。

迷える少年の問いに、応えてくれる者は誰もいなかった。

第二章　雪がもたらした出会い

「起きて、美由樹。もうお昼だよ、蘭州が来てるよぉ」

いつもの目覚まし時計ならぬ目覚まし声が聞こえてきたので、美由樹は短いような眠りから覚める。

「う、お、お昼……て、もう昼⁉　やばい、学校がッ」

「学校は休みだって連絡が来たよ（あったら大遅刻だけど）」

「へ、休み？　なんで」

「外を見てみなよ、凄いことになってるから」

ベッドの梯子から下りた美羽が、そう言って窓に歩み寄り、カーテンを脇に寄せて窓を思い切り開く。途端に震え上がる美由樹。冷えた風が室内に入ってきたからである。

「この時期に雪が降るなんて久しぶりだよ。三年ぶりだね」

美羽の言葉に、美由樹は驚いて「雪⁉」と聞き返した。ベッドから急いで下りて、窓から外を覗《のぞ》いた。

「へえ、これが雪か。本に載ってるとおり、本当に白いんだな」

「おーい、美由樹。まだ寝てんのかぁ。こうも長く待たされっと待ちくたびれちまうぞぉ」

「やばッ、蘭州が来てたんだった。行かなくちゃ」

玄関から男声が聞こえてきたことで我に返った美由樹は、急いで服を着替え、一階に下りる。玄関では、ダウンジャケットを羽織った蘭州が、派手な桃色の長靴を履き、橇《そり》を片手に待っていた。

「遅えぞ。せっかくの休みだから、遊びに行こうぜ」

「いいよ（昼食は……ま、いっか）行ってきまーす」

言うと美由樹は、蘭州と外に出る。

外は、今まで見てきた景色とは異なり、一面の銀世界だった。昨日までなんともなかった家々の屋根や街路樹が、白一色に飾られ、吐く息も機関車のように煙となって見える。その中で美由樹たちは、まだ誰も踏み入れていない雪に足跡をつけて遊んでいた。

今まで見たこともない美由樹の表情を見たからか、蘭州が不思議がって、

「なあ、もしかして雪を見たことがねえのか」

「え、アア。実は、うん。こんなにも柔らかいなんて知らなかったよ。本で見ただけじゃ硬さなんて分かんないし、足跡だってくっきりつく。これが面白くて楽しくて……あ、ところで、急な話だけど寄りたいとこがあるんだ。いい？」

「うーん。俺様もあんだけどぉ、でもお先にどうぞ」

蘭州が番を譲る。美由樹は礼を言うと、ある場所に向けて歩き出した。蘭州も、橇を引きながら後に続く。

町に降り出した雪は、一向にやむ気配を見せず、空から舞い下りてくる。そんな中、美由樹たちは雑木林を抜けた先の、とある建物の前で足を止めた。

「て、ここ、ハンター総務役所じゃねえか。おめぇ、俺様と同じこと考えてたんだな。変なの、偶然？」

「おまえもだったんだな。やっぱ俺たちは似た者同士だ」

「へへ、そうだな。それにしても、ここに強盗だなんてあり得ねえ。その犯人、絶対にいかれてんぜ。ここは警察署みてぇな場所だし、警察署に強盗なんて聞いたことがねえ」

「だから、ものは相談だけど、俺たちでこの事件を解決してみないか。犯人はまだ捕まってないみたいだし」

「俺様たちだけでか……うし、乗ったぜ、そん話。テストより面白そうだ」

「でもこれが先生たちの耳に入ったら、責任は取れないよ」

「そんなの気にすんなって。説教は誰だって聞きたくねえからな。毎日ゆわれてる俺様でもごめんだぜ」

「ハハハ、それもそうだったな。よし、やろう」

「ねえ、其処の坊やたち、坊やたちって此処の子？」

突然後方から女声が聞こえてきた。ハッと振り返ると、地面に擦るほどの長さをした、黒くてフードつきのマントを羽織った大人が三人、自分たちを見下ろすように立っているではないか。

フードを深く被っているために、顔はあまり確認できなかったが、先の声からして一人は女で、その他は体格的に男であった。男のうち一人は、マントの中身がパンパンになっており、ボディレスラーかただの大男と見える。もう一人は（顎のしゃくれ具合から）サルのような顔をしていて、細身であった。

「だだ、誰だ、おめぇら」

蘭州が震えながら聞いた。美由樹は、そんな彼を後ろ手に庇《かば》い、先の表情とは一変して、謎の三人組を凝視する。

「人に名乗るほどでも無い。其れより質問に答えよ。貴様等は此処の者かと聞いている」

そう言った大男は、この時なぜかふてくされていた。サル男が宥《なだ》めるが、そんな彼女たちに対して美由樹は、表情はそのままに尋ねる。

「もしかして外国の方ですか。見かけないマント着てるし、言葉も、イントネーションが少し違うし」

「えッ、あ、オホホ。ええ、実はお姉さんたち、今此処へ来たばかりなの」

「其れよりさ、質問に答えてくれないかな。時間が無いんだ」

サル男が間髪を入れずに言う。そこまで時間を気にしているということは、どうやらこの三人は、誰かと待ち合わせているらしい。道に迷ってここへ出てきてしまったのか、それならば早急に答えを教える必要がある。

ところが美由樹の出した答えは、皆にとって意外な答えだった。

「本当は親切に答えるべきなんですが、あなた方には教えられません。それよりも警察署へ自首しに行ってください」

「警察署だと。我等は、何の悪事も働いていないのだぞ。にもかかわらず警察へ自首しろ等、何と無礼な小僧だ。目上に向かって何たる態度を」

「俺は正しいと思ったことを言ったまでです。あなたたちの口調からすると、相当な悪ですから。だってあなたたちは、この町に不法侵入してきたんでしょ」

美由樹がサラリと答える。驚く蘭州。大男はというと、こちらも目を丸くし、硬直する。他二名の動きも止まり、それまでの表情とは一変して少年に視線を送る。内心で確信する美由樹。

「この町は、不法侵入対策として、外との行き来はハンター総務役所の裏にある出入口一つだけになってる。今はある事件のせいで通行禁止になってるけど、おまえたちは、裏道を使った俺たちの後ろからやって来た。となると、いつおまえたちはここに来たんだ。女の人が今来たばかりと言ってたけど、それは明らかに嘘だし」

「ウ、こ、此奴（賢過ぎる）」

「それだけじゃない。おまえたちは、明らかに不法物も持ち込んでる。そうでなくちゃ、足跡が長い間残ることはないはずだ。今みたいに雪が降ってる時は、足跡はすぐに消えるのに、おまえたちのは消えない。おまえたちを見てもそこまで太ってないし、こうも長く残るのは、マントの中に、なにか重い物を潜ませてる以外にあり得ない」

美由樹が後方を指さす。確かにそこには、三人組のものと思われる足跡が、深々と雪の上に残っているではないか。親友の断固たる態度の訳を知った蘭州は、ポカンと目を点にし、三人組も、互いに顔を見合わせている。

「(ハア)其処まで言い当てられちゃうと隠しようが無いわね。子供だからばれないと思っていたのに。随分と賢いのね、坊や。名前は」

「不審者に個人情報は教えられないと言ったじゃないか。絶対に教えない」

「いいから行こうぜ、美由樹。こいつらと関わんねえほうがいい。怖えし変だし、絶対に怪しいって」

「美由樹？　あれ、何処かで聞いた名前……て、此の子がターゲット⁉」

「い、いきなりなんだよ。話は済んだんだ、俺様たちは行くからな。美由樹、こいつらなんか放っとこうぜ」

蘭州が親友の腕を引っ張り、逃げることを勧める。

「成程、坊やがターゲットだったのね。其れなら賢いのも当然か。もっと掛かると思ったけど、斯うも早く見付けられるなんてラッキーかも」

「然うだね、蝶蘭《ちょうらん》。俺等は超ラッキーなんだ」

「ン、おい、喜んでいる暇は無いぞ。獲物が逃げたッ」

大男の言葉で、蝶蘭とサル男は我に返る。見ると、さっきまで手の届く範囲にいた少年たちが、六メートル先の雪道を駆けているではないか。慌てて追いかける三人。少年たちは、不安定な雪の上を走っているために、彼らが追いかけてくることに初めは気づかなかった。

しかし美由樹が、後ろを振り返ったことでそれに気づき、

「あの三人組、話が済んだのに追いかけてくるぞ」

「マジ？　雪道だってのに飄々と走りやがって。よし、こうなりゃ雪に助けてもらおうぜ」

言い終わるや蘭州は、持っていた橇を空中に高く放り投げる。

「あれに乗んだ。あんくれぇの高さなら、運動神経抜群の俺様たちぁジャンプで乗れんだろ」

「橇で坂を下りるか、おまえらしい作戦だよ。よし、行くぞ」

「ゆわれなくたってぇ」

二人は、今にも着地しそうな橇にジャンプした。踏み込んだ場所が坂道だったせいか、二人はいつもより高く跳ぶ。

「乗れ！」

蘭州が叫び、同時に足が橇の座る部分に着いた。作戦は見事に成功する。二人は息を合わせてしゃがみ、橇に身を任せて坂を滑り降りた。当然ながら三人組は、橇を持っていないために、橇と雪と坂を味方につけた彼らに追いつくことができない。

「彼奴等、あんな物に乗って逃げるつもりだぞ。俺等も持ってくれば良かったな。王が雪を降ら

している事をすっかり忘れていたよ」

「私たちからは逃げられないわよ。私たちが何者か、坊やたちは知らないんですもの。私たちの辞書に不可能って字が無い事を証明してあげるわ」

言い終わるや、蝶蘭は高くジャンプした。どこまでも高く跳び続け、滑り降りる美由樹たちの前に着地すると、彼らと並行に走り出す。

さっきまで遠くにいた彼女が真横にいることに驚きながら、蘭州が、

「おめぇら、マジでしつけぇぞ。美由樹になんの用があんだよ」

「御前等とは目上には失礼な言い方よ。処で、橇を使うなんて賢い事をしてくれたけど、其の賢さで此は避けられるかしら」

蝶蘭が魔法で掌に炎を出し、足下に投げつける。炎は地面の雪を瞬く間に溶かし、水分が蒸発して、白煙と化す。突然視界が悪くなったために、橇はバランスを崩し、前方にあった、除雪車がつくっただろう雪の壁に激突する。橇はそのまま壁に埋まり、乗っていた二人はというと、後方に投げ出されてしまった。蝶蘭の顔がにやける。彼女は、放り出された反動で目眩《めまい》を起こした美由樹に歩み寄ると、彼を地面に押し倒し、手を後ろに回して取り押さえた。

「さあ捕まえた。もう逃げられないわよ」

「放せ、放せってば（グリ）うぐッ」

「美由樹ッ。チ、美由樹を放せよ、おばさん！」

親友の危機に、蘭州がすぐにも攻撃体勢を取る。しかし彼もまた、後方から大男とサル男の手が伸びてきて、三秒も経たないうちに取り押さえられてしまう。

一方で蝶蘭は、少年の言葉が聞き捨てならず、

「おばさんですって⁉　私の何処が……て、私ったら、子供相手に何ムキに為っているのかしら。さあ坊や、大人しく一緒に来なさい」

「嫌だッ。放さないなら無理にでも放させる。『ウッドストローム』」

美由樹がついに魔法を唱えた。大地から蔓《つる》が突き出し、渦を巻いて相手に襲いかかる。接近戦向けの魔法でも知られていて、蝶蘭は反応が遅れ、少年の腕を放した直後に魔法を受ける。雪の壁まで飛ばされ、中にゴボッと音を立てて埋もれた。口笛を吹く蘭州。

「此の野郎、よくも蝶蘭を遣ったな。今度はお兄さんが相手だ」

サル男が蘭州から離れ、美由樹に飛びかかる。しかし彼が身を翻したために、獲物を失った男は、そのままの形で雪に埋まった。蘭州がケラケラと笑う。

「何奴も此奴も役立たず奴《め》が。然し未だ我が居る。今度は我が相手だ」

大男も蘭州から離れた。彼は、どこにしまっていたのだろう、巨大な棍棒《こんぼう》を手に取ると、ブンブンと振り回して美由樹に襲いかかる。美由樹はすかさず躱《かわ》すが、棍棒のあまりの大きさに、攻撃に出るタイミングを何度も取り逃がしてしまう。

それを見た蘭州は、形勢逆転のチャンスにと、大男の前に足を突き出した。突然の障壁に、足

下がお留守だった大男はド派手に転倒し、雪の壁まで転がり落ちる。その前で止まった頃には大きな雪玉と化しており、蘭州の笑い声が周囲に響き渡る。

「アハハッ、棍棒持って転がってったぜ。大人でも意外と弱えな」

「確かにな。ところでおまえ、どうしてそこに座ってるんだ。座ってないで、警察を呼びに行こう」

「悪い。放り出された時、足を捻っちまったようで立てねえんだ。警察を呼びに行きてぇけど、痛くって」

「（ハア）仕方ないなぁ。ほら、手を貸してやるから」

「すまねえ……！　後ろッ」

差し出された親友の手を取ろうとしたその時、蘭州が叫ぶ。美由樹は振り返ったが、すでに手遅れだった。

膝を突く少年。右腕に激痛が走る。見ると右の袖が、斜めにパックリと切り裂かれ、その下の皮膚には、袖の斬られた跡と同じ形の傷ができているではないか。傷口からは血が流れており、それは腕を伝って雪の地面を赤く染める。

「美由樹ッ。で、大丈夫か。おい、おばさん。いきなり美由樹になにすんだ！」

「おばさんおばさんって煩いわね。さあ、其処を御退き。然もないと此の子の餌食に為るわよ」

雪の壁から脱した蝶蘭の手には、少年の血がついたナイフが握られていた。彼女はそれを、ペロッと一瞥めしてみせる。ゾッとする蘭州だが、両者間に割り込み、親友を庇う。

「どかねえ。餌食になろうがなんになろうが、俺様は美由樹から離れねえ。絶対守る！」

「逃げろ（ズキ）ぐ……俺は、大丈夫だから。警察を」

「親友が怪我したってのに、俺様だけ逃げんなんてできねえよ。そんなことしたら、親友としての名が汚れんぜ」

「蘭州……」

感銘を受ける美由樹。親友は、ヘンッと鼻を鳴らしてみせるが、前方に振り向いた途端に、顔が引き攣《つ》る。女がナイフを振り上げていたからだ。そこから先は、星の引力に引っ張られて、振り下ろされるのみ。

「そこでなにをしてるッ！」

ナイフの刃が眼前に迫る。蘭州は目を固く瞑《つむ》り、美由樹が彼の名を叫んだ刹那、丘の上から男声が聞こえてきた。声が聞こえたほうを振り向くと、スーツ姿の若い男が、丘の上から滑り下りてくるではないか。

「あと少しだったのに。二人共、退却よ。運が良かったわね、また何処かで会いましょう」

邪魔が入ったことに舌打ちしたあとで、蝶蘭が指を鳴らした。すると突然その場に風が吹き荒れ、少年たちは咄嗟《とっさ》に顔を背ける。風が吹きやみ、顔を上げた頃には、彼女の姿は忽然《こつぜん》と眼前から消えてなくなっていた。男たちの姿もなく、二人は指を鳴らしただけで人が消えたことに呆気《あっけ》に取られる。

「やっと着いたぁ。君たち、こんなところでなにをしてたんだ。他の人たちは……て、あれ、いない。とまぁ、それは後にして、それよりここは立ち入り禁止の場所だぞッ」

三人組の失踪に驚いているのも束の間、先まで丘の上にいたはずの男が背後に迫る。

「あ、あの、これは、その。俺様たちは、えっと襲われて。それで、逃げてたらここに」

「そんな言い訳が大人に通用するとでも思ってるのかッ。君たちは、幼稚園生でも分かる最低限の約束を破ったんだぞ。名前と住所、学校名も教えてもらおう。親や教師に会って、君たちを厳しく躾《しつ》けるよう言わなければ」

「う、そ、それは……」

男の言うとおり、自分たちは確かに約束を破った。さっきの美由樹の言葉を借りれば、自分たちもハンター総務役所の敷地内に不法侵入した不届き者である。だからと言って、見ず知らずの三人組に襲われた、被害者であることもまた事実である。それを必死に伝えようとするも、男の鋭い眼光に睨みつけられて、蘭州はたじろいでしまう。

自分たちの素性がばれるのは時間の問題である。もし自分がそれを口にすれば、自分たちは男だけでなく、親や教師からも説教の嵐を受けることとなる。

「その辺にしとかんか」

それだけはなんとしても避けたいと、蘭州が急いで言い訳を考えていると、男の後方から、彼を鎮める男声が上がった。振り向くと、坂道をちょうど下り終わったらしい五十歳ぐらいの男が立っているではないか。彼を見た途端に、若い男の態度が一変する。

「所長⁉　あ、し、しかしですよ。この子たちは、犯人を警戒して立ち入り禁止にしたのに、こうして入ってきてるんですし」

「所長って、え、もしかしてハンター総務役所の所長？」

驚いた顔で蘭州が所長に尋ねる。所長は、若い男とは異なり、にこやかな表情で頷いてみせるが、そこで彼の後ろにもう一人、少年がいることに気がついた。

「後ろの子はどうしたのかね。そんな寒いところにしゃがんで、腹でも壊したのかね」

「あ、そうだった。助けてください。変な奴らに突然襲われて、親友が怪我しちまったんです！」

「襲われただって⁉　よく見たら血が出とる。これは大変だ。役所に救急箱がある。急いで役所へ連れて行こう！」

言うと所長は、年齢に似合わずスクッと美由樹を抱え上げると、丘を登り始めた。キョトンとする蘭州と男だが、すぐにも我に返ると、慌ててあとを追いかける。

ハンター総務役所は、それは立派な建物だった。一見すると洋風レストランに見えるため、間違えて入場する者がいるそうだが、それもそのはず。なぜならこの建物は、煉瓦《れんが》造りの平屋建てで、今は雪で隠れているが、雪がない頃は瑞々しい芝生で覆われた丘の上に立つコテージに見えるからである。

イギリス形式の中庭も内部にあるので、ここがハンターの本部であるほうが不思議なのだが、内部の説明をすると、正面入口の自動扉を抜けた先は、まさにハンター本部にふさわしい内装となっていた。入ってすぐはロビーとなっており、照明はアンティークなランプ、床一面に絨毯《じゅうたん》が敷かれ、空間の四隅には観葉植物と、年季の入った古時計が置かれている。

正面入口を基準に右手には、依頼等の受付や、ハンターが調査の報酬を受け取るカウンターが設置され、窓口のすぐ横のボードには、現在ハンターが受けているだろう依頼の内容が書かれた紙が貼り出されていた。一方で左手には、受付を待つ人々のためのソファがいくつか置かれていて、その奥には、こちらも煉瓦でつくられた暖炉があった。

強盗事件が起きたせいか、ハンターらしき人々の姿は、現在はロビーになく、そのため所長は、入場するや真っ先にソファへ向かい、そこに美由樹を寝かせる。受付にいた人から救急箱を受け取ると、急いで処置を施した。

幸い傷は軽傷で、ソファに横になる前に血は止まっていた。しかし油断は大敵。ナイフで切られたと蘭州から聞いた所長は、念のために傷口を消毒し、包帯を巻く。

「これでもう大丈夫だ。痛かったろうに、よく我慢したね」

「え、あ、いえ。あの、助けていただき、ありがとうございました」

「礼はいらんよ。それより、誰に襲われたか教えとくれ。もしかしたら今回の事件と関わりがあるかもしれん」

「外国人のトリオでした。一人は蝶蘭って女の人で、もう二人は男の人。筋肉モリモリの大男と、サル顔の男の人です。理由は分かりませんが、俺をターゲットとかなんとか言って狙ってきて」

「ターゲットだってッ。え、あ、すまんが君の名前は？　なに、確認のためにに聞くだけだ。秘書のようにはせん」

「……（コク）佐藤美由樹、です」

「フム、美由樹君か。どこにでもありそうな名前……ン、待てよ。どこかで聞いたようなぁ。て、エエエエエェェェェエッ。まさか君が、あの。え、本当に美由樹君かね」

「た、確かに俺は美由樹ですけど、なにか」

所長が恐る恐る聞いてきたことに、美由樹はかえって驚き、聞き返した。彼が言い終わると同時に、今度は秘書が、アッと声を上げる。

「美由樹って、王様が探してる子じゃないですか。そういえば髪も目も、雰囲気までそっくりだ。年齢も似たり寄ったりですし、この子で間違いないですよ。ワアァ、あの人の言うとおりだったんだ」

「あ、あの、どういうことですか。王様、え、あの人？」

「実はね、美由樹君。私たちは君を探してたのだよ」

「美由樹がなんかしたんですか⁉」

所長の説明に、間髪を容れずに蘭州が、親友の後ろから聞き返した。彼の声が大きかったせせいか、所長は仰《の》け反りそうになるが、すぐに体勢を戻すと彼に着席を勧める。「どうも」と、蘭州が親友の隣に着席した。

「安心したまえ、彼はなにもしとらんよ。ただ探してただけだ」

「でも、どうして俺なんかを。所長が直々に探してるなんて、え、どういう」

「ウム、事情を話す前に、君たちに約束してもらいたいことがある。今から話すことは国家機密だ。決して他言してはならん。家族や友達にもだ。できるかね」

「……それが絶対に秘密にしなくちゃいけないことなら。分かりました、誰にも言いません。横にいる親友も一緒に聞いていいですか。口は堅いほうですから」

「もちろんよいとも。体を張って友を守るなんて、そんじょそこらの子にはできんからね。君たちを信じて話そう。なぜ私たちが君を探してたかと言うと、それは君が世界の救世主たる存在だからだよ」

「俺が世界の救世主⁉」

「いかにも。君は、ある人の話では、この世の『闇』を砕く力を持っとるそうだ。今の私たち、いやハンターには、君みたいな人材が必要なのだよ」

所長の言葉は驚くべきものであった。憧れのハンターからスカウトされたことに、美由樹は気が遠退いていく感覚に襲われる。蘭州が慌てて彼の体を支え、所長に反論した。

「ちと待ってください。確かに美由樹は強えですよ、同い年と思えねえくれぇに。でも所長がゆった闇って、世界の二大勢力の一つで、ある意味国家っすよね。町ん外じゃ今でも紛争やってるし、魔物とか怪物だとかもウヨウヨしてんし。そんな危ねえとこに行って、途中でなんかあったら」

「確かにハンターの採用年齢は、最低でも十四歳。それ未満の採用は、予備軍なら認められるものの正規ではない。しかしこれは、規定云々の問題を気にしてられん、切迫した問題なのだよ。分かりやすく例を挙げよう。昨晩から町に雪が降り始めた。季節的にはちいと遅いが、君たちも目覚めた時は驚いたろう。ところがこれは、君たちの知る雪じゃない。公開しとらんが、誰かが故意に降らせとるものなのだ。その誰かを突き止めん限り、雪は降り続け、いずれ町は壊滅する。これは大袈裟な例えかもしれんが、未来にそうなる可能性が高く、決して他人事じゃない。それを防ぐために、君にはあの人の守護をお願いする」

　所長から思いも寄らない事実を聞かされて、蘭州は声を上げて驚いた。美由樹も驚くが、別の疑問がその時心に生じる。

「あ、あの、所長の言う《**あの人**》て誰なんですか。さっきから何度も出てくるんですけど」

「それも国家機密だが、もし君がこの依頼を引き受けてくれるなら、私は真っ先にその人の元へ案内しよう。こういう取引はあまり好まんが、どうかね」

　所長が勧誘する。相手は一般人であるために、国家機密を漏らすことは固く禁じられていた。特にそれが、世界中に支部を持つハンターとなれば、なおさらのことである。

知りたい。美由樹は強く思った。ハンターになれば、それを知ることができる。自分はハンターになることを夢見ていたのだから、これは願ってもないチャンスではないか。しかし、と少年の心が激しく揺れる。沈黙が周囲に漂った。

「……（コク）事情は分かりました。自分でよければ引き受けます」

「おいおい、受けんのかよ。マジで？」

「本気だよ、蘭州。どうなるかは正直分からないけど、困ってる人を放っとくなんてできないんだ」

「そりゃおめぇは、そうゆうのを放っとけねぇタイプだけどよぉ……うし、決めた。俺様もおめぇについてくぜ。あの三人組にいつまた襲われるか分かんねぇしな」

「えッ、あ、でも、おまえの家族が」

「別にいいさ。俺様にもこうゆう時がある。かわいい子には旅をさせよ、だろ」

「大丈夫。なにかあれば私に聞いてくれ。私はいつでもここにいる。警備の者たちにも、君たちは中へ入れるよう伝えとこう。あ、今週末に町を出発する予定だがね」

「今週末か、あと三日しかねえな。よし、今日から始めよっと」

自分もハンターになれるとあって、張り切る蘭州。その隣で不安げな表情をしながら、美由樹が所長に尋ねる。

「出発は今週末ですよね。じゃあ、学校はどうすればいいんですか。ハンターの大半は長旅をしてると聞いてますし、その間、俺たちは学校に行けなくなりますよね」

「オオ、そうだった。すっかり忘れてたよ。明後日、鈴街学校でクイズ大会が催されるのだが、君たちはそれに出場してもらいたい。で、優勝してくれ」

「えッ、優勝⁉」

「てことは、これって試練ですか」

「そう見てもらっても構わん。油断は禁物だがね。常に冷静かつ慎重に、周りの気配を読むのがなによりも大切ということを忘れてはならん」

＊

「お帰り、随分と遅かっ……て、どうしたの、その腕の包帯。怪我でもしたの。あ、夕食はどうする。待ちくたびれて先に食べちゃったよ。て、もしもし、聞いてますか」

その夜、外から帰ってきた美由樹に、リビングでポチと戯れていた美羽が聞いた。

「え。あ、ああ。ちゃんと聞いてるよ」

「急に落ち込んじゃってどうしたの。蘭州と喧嘩《けんか》でもした？」

「なんでもないよ。ただ疲れてるだけ。ただいま、ポチ」

元気のない自分を励まそうとしてくれているのだろう。自分に駆け寄り、足にじゃれてきたポチの頭を、美由樹が撫でる。

「お粥《かゆ》でも作ろうか。食べれば元気が出るよ」

「いらない。お腹空いてないんだ」

「あ……ねえ、君の通う鈴街学校で明後日、大会が開かれるの知ってる」

「ああ、もちろん知ってるよ」

「それなんだけどね、なんでもハンター総務役所が主催するみたいなんだ。優勝者には豪華賞品だってさ。事件が起きても、町を元気づけようと頑張る所長って凄いね。あ、君も出てみれば。当日参加もオーケーみたいだし、君強いから優勝間違いなしだよ。て、おーい、聞いてるぅ」

「ごめん、疲れたから先寝る」

美由樹は、ポチの頭をもう一度撫でて、二階の自室に向かった。

信じられなかった。今日起きたことを振り返りながら、美由樹は考えた。役所の前にいただけで見ず知らずの三人組に襲われ、夢にも思っていなかったハンターとして世界を救ってくれと、初対面だったハンター総務役所の所長には言われ。明後日開かれる大会に出て優勝してくれとも言われ、彼の頭の中は、三人組に襲われた時から混乱していた。

「しっかりしろ、明後日の大会の準備をしなくちゃいけないんだぞ。迷ってる暇はない。疲れてるなら寝よう。疲れてる時は睡眠が一番だと習ったじゃないか」

自身にそう言い聞かせた美由樹は、ベッドに上り、朝のままの布団にくるまる。

「考えるのはあとにしよう。別れは新たな始まりだって、所長が帰りに言ってただろ。そうだ、何事も冷静にならなくちゃ。そうすればきっと、大丈夫……」

独り言を言いながら美由樹は目を閉じて、間もなく夢の世界に吸い込まれていった。

＊

また、あの夢だ。
自分の前に二人、仰向けで倒れている。
一人は女で、もう一人は男だ。
隣から女子の悲鳴が、赤子の泣き声も聞こえてくる。
誰かが、自分の名前を呼びながら走ってくる。
少し離れた場所に、人の形をした影が二つ立っている。
人か、それとも怪物か分からない。
体が熱い。
火の海、自分はここでなにをしているのか。
誰かが、自分を強く抱き締めている。
煌びやかに輝く髪。

自分より年上、しかし名が分からない。
懐かしさはあるが、思い出せない。
ここはどこだ。
自分はなぜ、炎の中にいる。
なぜ、誰かに抱き締められている。
なぜ。

第三章　団結

待ちに待った大会が始まった。鈴街学校の校庭には、雪が降っているにもかかわらず、他校の生徒や、仕事を休んでまで参加した大人が、鈴街学校の生徒に負けず劣らず集まっていた。美由樹たちも、８番のゼッケンを着け、出場選手の列に並んでいる。

早く始まらないかとウズウズしていると、ハンター総務役所の所長が朝礼台に上がり、置いてあるマイクを握って、

「皆さん、本日は雪中にお集まりいただきありがとうございます。これほど多くの方々にお集まりいただいたこと、誠に喜ばしく思っております。今大会ですが、町の至るところに問題用紙が置かれております。それを二人一組で解くのがルールです。答えの分かった組は、そばで待機しとる係員に報告し、正解すれば、次のチェックポイントのヒントがもらえて、今お配りしとる紙にスタンプが押されます。不正解の場合は、正解するまで先に進めません。全問正解し、スタンプも全部押された状態で、ゴールのここに早く辿《たど》り着いた組が優勝となります。優勝者には豪華賞品を差し上げます。タイムリミットは午後五時。時報が鳴った時点で終了となりますので、頑張ってください」

所長のかけ声に、会場内から歓声が上がる。美由樹たちも、負けじと身を引き締めた。

「あれれぇ、バカでマヌケな君たちも出場してたんですかぁ」

その時、自分たちを挑発する男声が隣から聞こえてきた。振り向くと、眼鏡《めがね》に蝶《ちょう》ネクタイ姿で、いかにも優等生と言いたげな少年が立っているではないか。彼の隣には、同じく眼鏡をかけた少女がおり、彼らを見た途端に、蘭州がムッとなる。

「なんだよ、法統学校一ガリ勉野郎の勉武《つとむ》。俺様たちが出ちゃいけねえのかよ」

「そんなこと一言も言ってませんわ。ただ、あなたたちの優勝は無理でしょうと教えてあげたんですよ」

「確かおまえは、法統学校生徒会副会長の六条《ろくじょう》だっけ。この間の町内学校生徒会集会以来だな。おまえも勉武と出るってことはライバルか。なにはともあれよろしく」

どうやら美由樹は、相手方とは交友関係にあるようである。睨み合う蘭州と勉武をよそに、六条に手を差し伸べた。彼女も手を差し伸べ、握手を交わす。

「と言っても、謎解きは私たちにとって容易《たやす》いことですから、呆気なく終わるでしょうね。あ、そうですわ。おバカでおマヌケな海林君と組まないで、私と組みませんこと。そうすれば優勝は間違いなしですわ」

「え、あ、アハハ。うん、気持ちだけ受け取っとくよ。今日は蘭州と一緒って決めたから。もし同じような大会にまた出るなら、一緒に組んでもいいよ」

「なにゆってんだよ、美由樹。そんな奴と組まなくたっていいんだぜ。そいつは甘い言葉で俺様たちを心理的罠《わな》に誘って、優勝を横取りしようとしてんだから」

「まあッ、一番効率のいい作戦を考えて差し上げたのに、酷いことをおっしゃいますのね。口は災いの元、親しき仲にも礼儀ありですわ」と、六条が言い終わると同時に、

「では最初の問題です」

所長の声が響き渡った。ざわついていたその場が一瞬で静まる。

「第一問！　最初は四本で次に二本、最後は三本とはな〜んだ」

「《**最初は四本、次に二本、最後は三本**》か……アアもう。始まって早々さっぱり分からん。美由樹、おめぇは分かったか」

「ウーン、当たる自信は五分五分だけど、分かったことには分かったよ。ナゾナゾかな」

「頭を柔らかくしてお考えください。もしかしたら思いつくかもしれませんよ。て、おや、答えの分かった組がいらっしゃるようですね。答えの分かった組は私に答えを言いに来てください」

所長の声がまた響き渡った。選手たちが、餌に群がる鳥のように朝礼台へ列を成す。

「行こうぜ。こんままだと優勝を逃しちまう。そんじゃお先に失礼すんぞ、バカ勉コンビ」

蘭州が、意外に手こずっている勉武と六条をからかいながら、列の後ろへ美由樹と共に並びに行った。

当たり、外れと所長の声が何度も繰り返され、校庭に残っている選手の数が少なくなっていく。美由樹たちは、まだ順番が来ないのかと、正解して学校を去っていく選手たちを見ながら思った。しかし列はまだ続く。そして、校庭に残った選手の数が二十人ほどになった頃、やっとのことで

順番が回ってきた。

答えの分かった美由樹が、所長に向かって、

「こんにちは、所長。問題の答え、分かったので持ってきましたよ」

「オオ、君たちか。よく来たね、待ってたよ。で、答えは。他の選手たちに聞かれたら困るから、このメガホンを通して教えとくれ」

「はい、答えは（ボソ）**『人』**ですね」

「なぜそう思うのかね」

「（ボソ）この問題を解く鍵は、歩く時に地面に触れてる足の数にあります。最初は四本。これは赤ちゃんで、ハイハイで触れてるのは両手と両足ですから四本。次の二本は成人した大人で、地面に触れてるのは両足で二本。最後の三本は老人。足腰が弱るから、老人は杖《つえ》が必要になりますし、ですから地面に触れてるのは両足と杖で三本」

「オッホッ、これはたまげた。答えだけでなく理由も完璧だ。そこまでできるなら心配無用だね。さ、スタンプを押してあげよう」

「ありがとうごぜぇます」

「そういえば君の名前を聞いてなかったね。名前は？」

「海林蘭州ですッ、よろしくおねげえします！」

「オッホッ、こちらこそよろしく。あ、ヒントを忘れとった。ヒントは**《ビルの風になれ》**だ。

くれぐれも雪で滑って頭を打たんように」

所長がニコリと微笑《ほほえ》む。美由樹と蘭州は、礼を述べたあとで、次のチェックポイントへ向けて走り出した。

第一問を突破し、学校の近所を流れる川に架かった橋に差しかかった頃に、蘭州が、

「《ビルの風になれ》か。所長も変わった人だよな。なあ、おめぇもそう思……て、聞いてんのかよ」

「え、あ、ああ。もちろん聞いてるよ。ヒントのことを考えてただけだから。なんか引っかかって」

「初めに《ビル》と出てきたから、高層街じゃね。ほら、町の西にある。あそこならヒントの意味も通じんだろ」

「とにかく行ってみよう。ここで止まってても仕方ないし、俺たちより先に正解した人たちに優勝を取られちゃうしな」

言うと美由樹は、西方へ歩き出した。蘭州も後に続く。

ここでもう少し鈴街町の説明をしておこう。鈴街町は、東西南北で異なる景色が広がる町である。おおよそ東から南にかけては住宅街で、その間を大きな川が蛇行しながら流れている。西は、蘭州の言ったとおり、ビルの立ち並ぶ高層街が広がっており、北は丘で、ハンター総務役所はそこに建っている。ちなみに美由樹の家はその近所で、そして丘の隣には、イルカが出現すること

で有名な海がある。

少年たちの話に戻ると、そうこうしているうちに、彼らは高層街に到着した。自分の背丈の何十倍はあるだろうビルが、所狭しと立ち並んでおり、自分たちを見下ろしている。

「ここのどっかにチェックポイントがあんだな。こんなにビルが立ってると、見つけんのに日が暮れちまいそうだぜ」

「**《風になれ》**と言ってたから、きっと風が吹いてるんじゃないか」

「ま、歩いてれば見つかんさ。噂《うわさ》をすればなんとやら。て、うわッ」

先に進んだ蘭州が、突然の横風に煽《あお》られて、尻餅《しりもち》をつく。慌てて駆け寄る美由樹だが、風の吹いてきた方向に振り向くと、道の途中に学校机が一つ置かれていて、隣にはダウンコートを羽織った男が立っているではないか。

二人の存在に気づいた男は、二人が駆け寄ってくるなり親しげに、

「お、来たね、君たち」

「え、あ、所長の秘書さんじゃないですか。こんにちは」

「こんにちは、美由樹君。はい、問題」

秘書が、上着のポケットから紙を取り出して、少年二人に手渡す。

「**《第二問：あるところに大食いのウマとウシがおりました。ある日二頭は、どちらが多く食べられるか競うことにしました。さて、この勝負どちらが勝ったでしょうか》**」

「ハハン、これは分かったぜ。ずばり答えはウシだ。ウマは食べんのが遅えから、そん間にウシの勝利ッ」

「ちょっと待って。一問目にはちゃんと理由があったんだから、これにも理由があるはずだ。当てずっぽうじゃ答えにならないよ」

「ヒントでも出そうか」

　秘書が、頭を捻る美由樹に尋ねる。

「もう少しだけ考えさせてください。えっと、ウマとウシが競うことになった。ウマとウシが。あれ、ウマ……あ、答え、分かっちゃったかも」

「マジ⁉　んで答えは」

「ウマだよ。だってほら、この勝負って大食い同士が競ってるんだろ。でもって、食べ終えたあとは食べた感想を言うはずだ。おいしかったとか、時にはうまかった。うまかった、ウマ勝った。ほら、ウマが勝っただろ」

「大正解ッ。よく解けたね、大の親父ギャグ好きな所長が作った傑作だったのに。さすがは王様の探してた子だけのことはある。はい、スタンプ」

（薄々気づいていたけど、やっぱ問題は親父ギャグだったんだな。ウウ寒ッ）

　美由樹が苦笑いで答える。その隣では蘭州が、大きくガッツポーズを決めた。

「一寸待ったぁッ」

秘書からスタンプと、次のチェックポイントへのヒントをもらい、いざ出発しようとしたその時、ビル風に乗って覚えのある女声が聞こえてきた。ハッとして声の聞こえたほうを振り向くと、そこにはビルと同じ高さはあるだろう、それは巨大な雪だるまが、進行方向を塞ぐような形で聳《そび》えているではないか。そしてその頭には、黒いマントを着た男女のトリオが、腕組みをしながら立っていた。アアッと声を上げる美由樹と蘭州。

「おめぇらはこん前の襲撃トリオッ。確か、魔女に大男にサル野郎」

「て、サル野郎とは何だッ。そんな下品な名じゃ無ァい。お兄さんの名前は蛛蘭《ちゅらん》だ。何処から見ても格好良い僕をサル野郎とは（ズル）ワァッ」

「ったぁ、雪だるまの頭から落っこちるなんて、バカザルも木から落ちるだぜ。かっこ悪」

「そうだな。ったく、どこまでしつこいんだか。なんの用だよ、俺たちは急いでるんだ。今度にしてくださーい」

「我等も急いでいるのだ。大人しく一緒に来い！」

「前のように嫌と言ったら」

「強制連行する」

大男が断言した。それを聞いた美由樹は、皆に聞こえるようなため息をつき、秘書にスタンプ用の紙とゼッケンを手渡した。秘書の顔が険しくなる。

「君たち、なにをする気だい」

「ほんの肩慣らしです。すぐに終わりますから。行こう、蘭州」

「ほい来たッ、蒼海牙《そうかいが》が唸るってもんよぉ」

蘭州が、腰に差していた鞘《さや》から剣を抜き放つ。よく見るとそれは、金の竜の装飾が柄《つか》に施された珍しい剣で、竜の目には青い宝石が埋め込まれていた。

「体力を減らすだけだよ。学校で習ったことを忘れたら、先生の耳にすぐ入るからな」

「心配すんなって。おめぇも草薙剣《くさなぎのつるぎ》を使うんだろ」

蘭州が美由樹の腰に視線を送る。そこには、蔓の紋様があしらわれた鞘がぶら下がっており、中には緑の宝石が柄にはめこまれた剣が納まっていた。美由樹がコクリと頷く。

「何しているの、蛛蘭。そんな所に埋まっていないで、作戦Aを実行するわよ」

蝶蘭が雪だるまの目を叩く。するとどうだろう。ポチッと音がしたかと思えば、その目が突然光り出して、雪だるまの下から機械のアームが二本出てきたではないか。驚く美由樹たちをよそに、白い巨体は足が生えたことでドシドシと、美由樹たちに向かって歩き出した。

「ワオッ。見ろよ、あの雪だるま。足が生えたぞ。あれじゃあ白え怪物だな」

「このままだとビルが壊れちゃう。まずはあれから片づけよう」

「任せとけってんだ、**『グレイクブラスター』**」

雪だるまの正面に立ち塞がった蘭州が、景気づけと言わんばかりに魔法を唱える。真っ赤に燃えた火球が豪快に飛んでいき、機械仕掛けと思われた雪だるまを真っ黒焦げにする。

「『フリーズスノー』ッ」

結局雪だるまは完全に溶けてなくなり、乗っていた蝶蘭たちは地面に落下する。そこへすかさず美由樹が魔法を唱え、風が舞い、積もっていた雪が巻き上げられ、氷の塊として敵たちに降り注ぐ。大男はすぐさま身を引いたので凍ることはなかったが、他の二名は服が焦げたことを気にしていたために、あっという間に氷のオブジェとなる。

二人の少年の連携は、まさに一寸の狂いもない、完璧なものであった。しかし所詮は少年。大の大人、それも戦いのプロと言える身のこなしを持つ者が相手では、たとえそれが完璧でも、突こうと思えばいくらでも突ける隙はあった。そのため大男は、二人がこちらに振り向く前に攻撃を繰り出す。棍棒が地面に叩きつけられ、魔法で電気をまとっていたのか、電撃が雪を伝って真っすぐこちらへ駆けてくる。直撃すると麻痺《まひ》することでも知られる魔法だったため、美由樹は素早く身を翻して回避する。しかし蘭州は、履いていた長靴が雪に埋まり、直撃はしなかったものの脇を掠《かす》めてしまった。バランスを崩し、倒れる親友。美由樹がその名を叫び、急いで駆け寄った。

「だ、大丈夫か、蘭州。怪我は」

「雪がクッションになったからなんとか……でも、体が痺《しび》れて動けねえ。こん前学校で習ったばっかだってのに。ホントこれ、俺様の苦手な魔法だぜ」

「蘭州……（コク）分かった。魔法が飛んでくるかもしれないから、気をつけるんだぞ。あとは俺に任せてくれ」

　自分の心配を笑顔で吹き飛ばす蘭州を見て、美由樹は頷くと、大男に向き直る。

「急いでるから早く終わらせたいんだ。倒れてくれない？」

「其れは我等とて同じだ。喰らえ！」

　大男が棍棒を振り下ろす。そんな彼に対し、美由樹は目を閉じて精神を集中させると、当たる寸前でそれを躱してみせる。

　そしてそこからが、少年の腕の見せ所であった。脇で観戦していた秘書は、それを目《ま》の当たりにして唖然《あぜん》とする。少年が、棍棒の上に音もなく着地し、剣を構えたまま大男に向かって走り出したのだ。刀身を彼に振り下ろし、火花が散って大男の体が地に崩れる。蘭州が大きなガッツポーズを決めた。

「出たぁ、美由樹の十八番《おはこ》『**龍神剱**』。これは決まったぁ、大男に大ダメージだぜ！」

「蛛蘭の所為、失敗。また、王に怒られる。二人共、退却。急いで」

　このままでは自分たちのほうが捕まってしまう。そう思ったのか蝶蘭が、ガチガチと震えながら言った。すると一陣の風が吹き荒び、美由樹たちは咄嗟に顔を逸らした。吹きやんだので前方に振り向くと、前回と同様に三人組の姿はどこからも消えてなくなっていた。

「て、まだ大会の途中じゃんッ。優勝がぁ」

「大丈夫だよ。優勝は分からないけど、準優勝なら間に合う」

さっきのはなんだったのだろうか。やはり謎と言うべき三人組だが、不意に蘭州が、大会に参加していたことを思い出した。美由樹も思い出し、秘書から紙とゼッケンを受け取ると、一礼してから、相棒の蘭州と共にドタバタと駆けていく。

「彼らの様子はどうかね」

そんな二人を秘書は呆気に取られながら見ていたが、不意に腰のトランシーバーから所長の声が聞こえてくる。我に返った秘書は、しかし慌てる様子もなくそれを手に取ると、

「順調に進んでおります。先ほど例の三人組に襲われたのですが、装備してた武器で見事に突破しました。彼ら、特に美由樹君は凄いですね。目を閉じたまま相手の攻撃を躱して、一撃を与えたのです。並大抵の少年ではありませんよ。見惚《みと》れてしまいました」

「確かにそうかもしれんな。なんせ美由樹君は、あの人が育てた子なのだからね。彼らなら、この先なにがあろうと乗り越えてくれるだろう。私はそう信じる。そちらもちゃんと頼んだぞ。選手が十組ほど向かったからね（プチ、ピイィ）」

「（ハア）相変わらず無鉄砲だなぁ……彼らなら大丈夫、か」

秘書はため息をつくと空を見上げる。しんしんと降る雪が、まるで自分の気持ちに応えてやんだように思えたのは、まさにこの時であった。

それから数時間が経過して、辺りは日暮れ時となった。このところずっと降り続けていた雪がやみ、久々に太陽が顔を覗かせたこともあって、日中はどこもかしこも真っ白に輝いていた。そ

のため大会に参加した者たちは、サングラスを持ってくればよかったと後悔したに違いない。それほどまでに地面は眩しく光っていたのである。

しかしそれも、今ではすっかり落ち着き、代わりに夕日でオレンジ色に染まっている。そのような中を、美由樹と蘭州の二人が駆けていく。行き先は鈴街学校で、どうやら二人は各所の問題を突破し、スタンプを全部集めることに成功したらしい。

ゴールへ向けてラストスパートを切った二人だが、かといってその体力は極限まで低下しているのは言うまでもない。美由樹はまだ余裕があったが、蘭州などは肩で息をし、グデグデのヘットヘトで、体が左右にふらついている。走っているとはとても言い難く、歩いていると言うよりは千鳥足に近い状態であった。無理もない。彼らは、三人組とバトルに勝利したあとは、脇目も振らずチェックポイントから次のポイントへと、ずっと走り続けてきたからである。

「ちょっと……休もうぜ……クタクタで、もう、歩けねえ」

ついに蘭州が音《ね》を上げる。立ち止まり、地面に膝を突く。美由樹が振り返った。

「しっかりしろ。もう少しでゴールだから、そこまで頑張れ」

「頑張れって……だ、駄目……足が、動かねえ。ギブアップ」

「蘭州……（ハア）仕方ないなぁ。ほら、背中に乗って」

相棒に歩み寄った美由樹は、その腕を摑《つか》んで自分の前に回すと、彼を背負い込み、その場に立ち上がる。

「す、すまねえな。俺様のせいで優勝が」

「別にいいよ。優勝できなかったのは、おまえのせいじゃないんだから。それにこれで、この前の借りが返せる」

「へへ、お互い様って奴か」

「そういうこと。さ、ゴールに向かって行くぞ」

美由樹の言葉に、蘭州が弱々しく頷く。美由樹は、彼を背負いながら、鈴街学校に向かって歩き続けた。

最後の問題から二つほど前のチェックポイントで見かけて以来、参加者の姿はどこにも見当たらず、もしかしたら自分たちは最終組となってしまったのかもしれない。

それでも自分は諦めたくない。美由樹は、親友と共にゴールするのだと気持ちを強く抱いて、一歩、また一歩と歩を進めた。そして前方に見えてきた学校の門を潜り、校庭に出て、ゴールの朝礼台の前についに到着する。

「しょ、所長……帰って、きました……このとおり、すべて、解きましたよ」

所長の顔を見た途端に、美由樹もとうとう限界となる。蘭州を地に下ろすと共に、ガクンと膝を突いてしまった。それを見た所長は、「オオ、二人とも、よく帰ってきた。さあ、そこに座って。これを飲むといい」と、急いでコップを手渡す。中には水が入っており、二人は、受け取るや一気にそれを飲み干した。

「はあ、生き返ったぁ。あ、でも所長、ごめんなさい。俺たち、約束を果たせませんでした」

「ン、なに勘違いしとるのかね」

所長が、美由樹たちが通ってきたほうを指さした。振り向くとそこには、あのバカ勉コンビが、全身泥だらけで息を切らしながらやって来るではないか。彼らの後ろには、彼らと同じような状態の選手たちが大勢いて、皆悔しいとばかりにその場にへたり込んでいた。

「え、ま、まさか俺様たち、一番乗り」

「あんなにも後れを取ってて、三人組の乱入で時間ギリギリだったのに、俺たちが優勝」

「そ、そうですわ……なに、惚けてるんですの。苦しい……」

朝礼台に到着した六条が、悔し顔で言った。勉武も同じ表情をしており、二人ともこの大会がナゾナゾ・親父ギャグ大会であることを知らなかったらしい。

「優勝……俺たちが、優勝……した」

「そうだよ、美由樹君。よく頑張ったね。これは私たちからの賞品だ。受け取ってくれ」

未だに事情が呑み込めず、上の空となっている二人に、所長が表彰状のような紙を手渡した。

途端に我に返る二人。

「これはハンター任命書じゃねえですか⁉　こんな貴重な物を俺様たちに？」

「だから君たちに優勝してもらいたかったのだよ。ハンター主催のイベントで、優勝賞品としてこれをもらえば、学校側も文句は言えんだろう」

「あ……ワアァ、ありがとうございます！」

「フム、今日から君たちをハンターに任命する。君たちは、明日の朝七時に役所へ集合したまえ。そこから専用のバスに乗って、初任務へ旅立つことになっとる」

「じゃあ、次にお会いするのは明日ですね。時間に間に合うように行きます」

「ではまた明日、美由樹君、蘭州君。いや、ハンター諸君」

「今日は本当にありがとうございました。サヨナラ」

美由樹は、任命書を胸に当て、所長に一礼すると、蘭州と共に家路に就くのだった。

第四章　記憶

ついに旅立ちの時が来た。役所の裏にある門の前には、雪が降り出したにもかかわらず、大勢の人が新人ハンターを見送るために集まっていた。

「元気でね、美由樹。健康管理はしっかりね。手紙を送れるなら僕、たくさん送るからね」

「ありがとう、美羽。大丈夫、必ず任務を成功させて帰ってくるよ。ポチも元気でな。美羽に心配かけちゃ駄目だぞ」

美由樹が、見送りにきたポチの頭を撫でる。彼の隣では蘭州が、家族に別れの挨拶をしており、意気軒昂《いきけんこう》な蘭州の一家というだけのことはあって、挨拶はサラリと済まされる。

相変わらず蘭州一家は簡素だなぁと思っていると、所長の秘書が現れて美由樹と蘭州に、

「美由樹君、蘭州君、そろそろ時間だよ」

「はい、今行きます。それじゃあ美羽、ポチ。行ってくる」

「ちゃんと帰ってきてね、僕たちはここでずっと待ってるからね」

美羽が涙を堪えながら言った。別れを惜しむ美由樹たちは、泣きたい気持ちを抑え、門の外に用意されていた小型バスに乗り込む。運転手の秘書を除く、二人の少年のあとから所長が乗り終わると、扉が自動的に閉まった。

エンジンがかかり、バスが前に走り出す。美由樹と蘭州は、堪らずに窓に駆け寄り、顔を出し

ては「行ってきまーすッ」と手を振った。美羽も蘭州の家族も、もちろん町の人々も皆手を振ってそれに応える。そんな彼らを背に、バスは旅人を乗せて、鈴街町をあとにした。

それから三時間は経過しただろうか。道が舗装されていないため、ガタンゴトンと揺れる車内で、乗客三名は必死に座席にしがみついていた。初めて町の外に出たからだろう、少年二人は終始口を開け放って景色を眺めていたが、不意に美由樹がなにかを思い出し、所長に声をかける。

「ところで、所長。俺たちはどこへ向かってるんですか」

「光宮殿《ひかりのきゅうでん》だよ。新人は必ずそこへ行く習わしでね」

「光宮殿か……て、あれ。そういや、どっかで聞いた名前」

蘭州が首を傾げる。

「ほら、この前に学校で習っただろ。光宮殿は、百年ぐらい続いた、地球とポロクラム星の戦争を終わらせた、光族の王様がいるお城だって」

「よく知っとるね、美由樹君。そのとおり、城には王様が住んどる。君たちは王様に謁見《えっけん》し、例の依頼を受けるのだ」

「王様ねぇ。なんか緊張してきた。どんな人だろう、王様って」

蘭州が椅子に凭れかかりながら呟く。頷く美由樹。

「あの、所長、もう一つ質問してもいいですか。さっき俺は光族と言いましたが、どうして外国では鈴街町と違って光族と、その逆の闇族が差別されてるんですか。同じ星に生きてるのに、差別されるなんておかしくありませんか」

「ほう、君はいいところに気がつくね。確かに、種族が違うだけで差別されるのはおかしい。闇族は、残虐性が強く、非人道的な性質を持つと言われとる。殺人事件の犯人としての検挙率も高いからか、そんな血を持つ人たちを、社会では闇族と呼んどるのだが、それは闇の王の支配下にあるからであり、いつでも光族になれるのだよ。ただ王に監視されとるからね。命を落としかねんのだ」

「じゃあ、闇族より光族のほうがいいってことですね」

「そうでもないのだよ、蘭州君。簡単に言えば、どちらの領土に生まれたかだ。この世界は光と闇でできてて、つまりこれらは、世界を形づくる分子だ。そして我々は、呼吸でそれを、空気と一緒に取り込んどる。どちらを失ってもいかん。生きてく上で必要な酸素に、二つ種類があると言ったほうが分かりやすいかもしれん――。

我々は、双方を常に同じ量取り込んどるのだよ。中には、片方をより多く取り込まないと生きられん者もいる。それが光族、闇族と分かれる所以だ。光族でも闇を取り込み、反対に闇族が光を吸わんと生きられん事例もあるが、闇を吸い、闇の王につき従う者たちが、いざそれを裏切る時、それは闇そのものを吸わないということ。そうなれば分かるだろう。そう、生きられんのだ。だから先に命を落としかねんと言ったのだよ。

そしてそれは光族にも言える。さらに光族は、厄介なことに闇に弱い体質をしとって、まあ闇族も、こちらは光に弱いために、強力な光を浴びると、体内の闇が浄化され、無酸素状態となる。光族の場合は、反対に汚染されるのだがね。だから必ずしも、光族だからって油断はできんのだ。特に君たちのような未成年者は、光と闇どちらにも敏感に反応する。君たちは見たところ光族だから、闇がいつ手を出してくるか分からん。油断は大敵だ」

「皆さん、外をご覧ください。前に来た時よりも凄いことになってますよ」

所長の説明が終わったちょうどその時、秘書の声が飛んでくる。美由樹たちは窓に身を寄せ、遮光カーテンを開けた途端に目を丸くした。さっきまで一面の銀世界だった景色が、一面の花園に変わっていたのである。

色とりどりの草花に、そよ吹く風の音。町ではお目にかかれないチョウや、ミツバチが蜜を集めに飛び交っている。女子でなくともメルヘン気分に浸れて、美由樹と蘭州は終始うっとりとしていたが、そこへ所長が前方を指さした。見ると遠くに、ノイシュバンシュタイン城のような城が聳えているではないか。敷地面積は、ここからでは覗えないが、町の中で最も大きい面積を誇る鈴街学校でもすっぽり入ってしまうほどの大きさはある。そしてその壮大さは、周囲の花園とリンクして、まさにおとぎ話の世界に迷い込んだかのようであった。

そのようなことを、美由樹が見惚れながら思った時、なにがあったのか突然バスが停止する。急停止ほどではないが、不意を突かれた少年二人は、体勢を崩して床に転がった。

転がった際に打った腰や肘をさすりながら、二人が前方を見る。すると、城へ続く砂利道を今、一人の男がこちらへ向かって駆けてくるのが見えた。年齢は二十歳前後とまだうら若く、青年といったところだろう。秘書のようにネクタイをきっちり締め、スーツもビシッと決めた姿ではないにしろ、それ相応の凛々《りり》しい服装をしている。

しかしそれよりも少年たちの目を引いたのは、青年の髪であった。どこをどうすればそのように綺麗に染まるのかというほど、立派な金髪をしていたからだ。地毛なのだろうが、黒や茶色といった交じりが一切なく、日の光を受けて煌々《こうこう》と輝いているそれは、どこか神々しく、敬いたくなる雰囲気を醸し出す。完全に茫然自失《ぼうぜんじしつ》と化した蘭州に、一方で美由樹は目を見張り、青年を凝視する。その髪が、近頃よく見る夢で、自分を抱き締めていた者と同じだったからだ。

偶然か、それともなにかの因果か。美由樹が青年に対して密かに懐かしさを感じているとは露とも知らずに、所長がバスから降りて、

「真君《まこと》じゃないかッ。久しぶりだね、元気にしとったかい」

「お久しぶりです、所長。所長もお元気そうでなによりでした。あ、秦淳《ちんしゅん》様が食堂でお待ちです。皆様、お腹を空かしていると存じましたので」

「すぐに参ると伝えとくれ。私たちはバスを止めたあとで行く」

「承りました。それでは後ほど」

言うと真は、ほかの人たちには挨拶もせずに、そそくさと城へ戻っていった。青年が去るのを目で追った所長は、彼の姿が見えなくなるとバスに戻り、運転席に顔を出す。

「さあ、王様が腹を空かして待っとる。急いでくれ」

「分かってますよ、所長。それでは発進します」

＊

「ヒエェッ、でっけー城ッ。遠くじゃあんな小さかったのに」

蘭州が、眼前の城から感じる迫力に目を丸くしながら言った。青年が戻ったあと、バスはそのまま道を進み、それは豪勢な門に辿り着く。それを抜けた先にあったのは、城の玄関へと続く白砂利のアプローチで、中央には南国風の花壇が設置されていて、アプローチの周りには芝生が植えられていた。そして美由樹たちは、玄関前でバスを降り、玄関扉の前に立っているのである。

「凄いお城ですね。こんな大きなお城は初めて見ました」

「え、でも君は確か、ここへ来るのが今日で三回目だと聞いてるんだけど」

出迎えた使用人にバスを預けた秘書が、首を傾げて尋ねた。エッと振り向く美由樹。目を丸くして聞き返そうとするが、その前に腹の虫が鳴く。蘭州に所長、秘書が揃って笑い出し、少年の顔が赤くなった。それを見た所長は、ニコニコ顔でさらに笑いながら、召使いの案内に従って中へ入って行く。美由樹たちもあとに続いた。

城内は、以前テレビで見たようにとても豪華なところであった。二階まで吹き抜けの玄関ホールに、巨大なシャンデリア。シンメトリーで、ホール奥には、シンデレラがガラスの靴を落としていきそうな階段がある。床は大理石で、廊下には赤い絨毯がどこまでも敷かれており、気分はまさに王族そのもの。そうかと思えば規律がしっかり保たれていて、上品かつ厳めしい雰囲気に、二人の少年は、言葉は不要であると、目と口を〇の字にする。

召使いは、中央階段は上がらず、左脇の廊下を進んでいった。どうやら先は外へ続いているらしい。そこはちょうど中庭で、ハーブ系の植物が植えられているそうだが、召使いはそこへ続く扉の手前で左に曲がる。二、三個扉の前を通り過ぎ、廊下の突き当たりに着いたところで立ち止まると、皆が到着するのを確認してから、一礼して立ち去った。どうやら目的地についたらしい。

そこには一つの扉があった。扉の横には、城の装飾とは打って変わって、なんとも庶民的な立て看板が置かれており、よく見るとそれには、ドングリや枝、葉などで『食堂』と描かれている。

異様な幼稚さに、しかしそれがなぜか城の雰囲気とマッチしていることに気づいたのは、おそらく美由樹だけだっただろう。他の者たち、とりわけ所長は、それまでの表情から一転し、緊張した面持ちで深く長い息を吐くと、扉を二回ノックする。「どうぞ」と、返事がすぐにきて、彼は「失礼します」と扉を開け、皆と共に中へ入った。

中は、食堂というより食事の間であった。部屋の中央には大きなテーブルが置かれていて、周りには高い背もたれの椅子がたくさん並んでいる。部屋の奥には、食堂並みに広い厨房《ちゅうぼう》があり、そこでは料理長らがせっせとなにかを拵《こしら》えていた。

そんな彼らを見ていた美由樹は、ふとテーブル奥に、他のより少し大きめな椅子があることに気づく。そこには今、一人の男が腰かけており、年齢は六十代いや五十代か、見た目ではとても若く、背丈も所長と似たり寄ったりであった。髯《ひげ》はなく、緑がかった黒い長髪を後ろで結わえていたが、服装はこの場にいる誰よりも高貴だった。

そのような男が、自分たちを見るやこちらに歩み寄ってきて、

「久しぶりじゃな、所長。チェスで勝負したあの日が最後じゃから、一カ月ぶりか」

「二カ月ぶりでございます、王様。毎日仕事に明け暮れ、先日にも厄介事が増えて、こちらに伺えなくなってしまったのです。すぐにでも伺うつもりでおりましたが……あ、ご紹介いたします。こちらは、私がハンターに任命した少年たちです」

「は、初めまして、海林蘭州です。よろしくお願《ねが》えします」

王が自分に視線を移してきたので、緊張した蘭州が、ちぐはぐながら言った。王がクスリと笑う。

「蘭州君じゃな。顔に似て、腕白そうでなによりじゃ。そちらの少年は」

「佐藤美由樹です。よろしくお願いします」

美由樹も声色を強めて言った。緊張しても礼儀を忘れないのが彼のよい面で、その甲斐《かい》あってか、王は目をパチクリさせ、彼を凝視する。

「ほ、本当に君が……所長、これは誠か。私の探しておる美由樹君が、え、この少年」

「そのとおりでございます。私も、初めて会った時は驚きましたよ。こんなにも立派になってたのですから」

所長がニッコリと微笑む。途端に王は歓声を上げた。

「なんということか。誠に、え、何年ぶりじゃろう。実に懐かしい。まさか君が、ほおッ、立派に成長したのぅ。ン、浮かぬ顔をしてどうした。なにか不満か。まあ、そんな顔になるのも無理はない。あの時君は物心つく前じゃったからのぅ。真ッ、真はおらぬか！」

「ここにおります、秦淳様。て、あれ。随分とご満悦なお顔をなさっておられますが、なにかございましたか」

「アア、真。君に朗報じゃ。ここにいる少年は、他でもない美由樹君じゃ。君が昔、世話を受け持っていたあの子が帰ってきたのじゃよ」

秦淳の声に、閉められたはずの扉がパタリと開かれて、さっきの金髪の青年が入室してくる。秦淳の興奮は尋常でなく、それを見て悟った青年の肩に王は腕を回すと、状況を呑み込めない美由樹を指さした。青年が彼を振り向く。目と目が合う二人。

「彼があの時の……秦淳様、誠でございますか。本当に彼が、私が親代わりになって育てた美由樹なのですか」

「この目に間違いはない。彼こそあの美由樹君じゃ。美由樹君が帰ってきてくれたのじゃ。いやぁ、もう、なんと喜ばしいことか。王座に即位した時よりも嬉しい知らせじゃ」

「な、なあ、あいつって俺様たちを迎えに来た奴だよな。おめぇのこと知ってるみてぇだけど、知り合い？」

想像以上に王が喜んでいる姿を見て、若干気の引けた蘭州が美由樹に囁《ささや》く。美由樹は頭を振って、「初対面」と小声で返した。それに所長が気づいて説明する。

「彼は光真《ひかりまこと》君だ。君が鈴街町に越してくるまで、君の世話をしてた人なんだよ」

「えッ、俺の世話をですか⁉」

「そうだよ。て、あれ。覚えとらんかね」

「え……あ、まあ、その。なんというか、えっとぉ」

徐々に小声になる美由樹。その場にいる全員の視線が、突然暗くなった美由樹に集中する。思わしくない空気が漂い始める。どうやら少年には、気づかれたくない事情があるようだ。空気がさらに重くなり、このままではいけないと、少年が取り繕おうとするが、その前に青年が、彼を助けるように言葉を発する。

「覚えていないのも無理ありませんよ。町に住む前までの記憶は、私の左腕と交換で消しましたから」

真の言葉に、その場にいた誰もがエッと驚く。特に驚いたのは美由樹で、どういうことかと聞き返すも取り合ってもらえず、真は一礼すると退室してしまった。言葉の意味を聞けなかったことに、少年は疑惑を深めるが、腹の虫がまた鳴いたことで周囲の笑い者となり、恥ずかしさで身を縮めた。

その後、皆は着席する。秦淳は、テレビではまさにこの星の王というように崇高な印象を受けたが、中身は実に庶民的で、家族は何人か、学校生活は楽しいか。趣味はなにか、スポーツではなにが好きかなどなど、積極的に話しかけてきた。おかげで美由樹たちは、それまで保っていた緊張を緩めることができ、自慢話をするかのように話し始める。

それを秦淳はワクワクしながら聞き、それもあってか少年たちの話は弾みに弾むのだが、そこでお楽しみのご馳走《ちそう》が厨房から運ばれてくる。秦淳の庶民的印象をさらに裏づけるように、ご馳走は貴族風のフレンチコースではなく、あっさりとしたちらし寿司だった。しかも桶《おけ》の器にこれでもかと山盛りにされ、食べ盛りの少年たちは、腹の虫を抑えながら、シルッと舌なめずりをする。ドッと笑いが湧き起こった。

「食べなさい、食べなさい。なにせ町からここへは、かなりかかるからのぅ。遠くから大変じゃったろうに。ささ、遠慮せずに食べなさい」

秦淳が促す。しかし彼は、どれほど親切でフレンドリーだとしても、一国の王である。失礼があってはならないと、少年たちは、初めは遠慮深げに手を出さなかったが、空腹感には勝てなかった。装《よそ》られたちらし寿司をポツリポツリと食べていくうちに、次第に手が止まらなくなり、ガツガツと食べ始める。王の言うとおり朝がとても早かったため、朝食を抜いて出発してきたのだ。

美由樹は寿司を何回もお代わりし、蘭州も負けずとお代わりする。お代わりお代わりと椀子《わんこ》そばを食べているように次々と器が差し出され、料理長らが用意した十人前の寿司は、あっという間に平らげられてしまった。

「オッホッ、よくぞ平らげた。私でさえも、この量はさすがに食べきれんかったじゃろう。いやはや、お見事」

「では王様、この子たちをお願いいたします。私たちにはまだ仕事が残っておりますので、そろそろ帰らねばなりません」

食べ過ぎたと腹を抱える少年たちを見て、ニコニコ顔の秦淳に、所長が席を立って言った。

「いつものことじゃから礼はいらぬ。来てくれてありがとう。久々に話ができて嬉《うれ》しかったよ。こういうことはいつでも大歓迎じゃ」

「もう行っちまうんですか、所長」

「すまんね、蘭州君。ここからは君たち二人の実力次第だ。協力がなによりの力となる。幸運を祈っとるよ」

別れは新たな始まりである。所長の言葉で、自分たちが未知の世界にいることを思い出した少年たちは、表情を一変させて不安がった。そんな彼らに、所長は笑顔を見せると、秘書と共に退室する。

「これもまたハンターとなるための試練。じゃが君たちは未成年。初めてで心細いのかもしれぬが、案ずることはない。君たちのことはすべて真が受け持ってくれる。真ッ」

秦淳が言い終わると同時に扉が開き、再び真が入室する。

「準備が整いました。指令が出るまでの間、あなた方が自由にお使いいただける家に、これから車でお連れいたします」

美由樹たちは、秦淳に礼を言うと、持ってきた荷物を手に、青年に続いて外に出た。そこには一台の青い車が停まっており、彼らはその車に乗り込むと、城をあとにする。

しばらくの間、車は花園の中を走っていた。見渡す限りどこまでも花の海が続いているので、薔薇《ばら》色に近い気分を味わっていたが、それも二十五分ほどで終わり、車は城へ来る前と同じ砂利道を走り始める。

そこまで凸凹ではないが、カタカタと揺れる車体につられて、体を揺らしていた蘭州が、美由樹の隣に座る真に、

「光さんでしたっけ。俺様たちはどこへ向かってんですか」

「真でいいよ、蘭州君。敬語もいらない。普通に接してくれ。俺もそうするから」

「俺様も蘭州でいいよ。んじゃ、もう一遍聞くけどさ。俺様たちはどこへ向かってんだ」

「自然森《しぜんのもり》だよ。そこのほうが安心できると思ってね。親のいない人や、なんらかの事情で家族と別れてしまった人がたくさん住んでいるんだ。おまえたちと同い年の子もいるよ。事情のある人が集まっているせいか、音響消人森《おんきょうしょうじんのもり》とも呼ばれているんだけどね」

「音響消人？」

「音響消人は、いい意味で使われているわけじゃない。そう呼ばれる人々は、周囲に多大な影響力を持っていて、音のようにいつの間にか消えてしまうんだ。人として扱ってもらえないし、難民よりも酷い。一般人と差別をつけるためにつくられた言葉なんだよ。あ、でも全員がその力を持っているわけじゃないし、気遣ってくれる人たちもちゃんといるよ」

「じゃあ、おめぇも差別されてんのか」

「そういうことになるかな。本当のことだから仕方ないんだけど、俺は気にしていないよ。そういうのは昔から言われていたから慣れているし。ただその差別が、自分を通して仲間たちへ向けられるのだけは嫌なんだ」

「なんか、いろいろ事情がありそうだな。俺たちがそんなとこに行って大丈夫なのか」

「確かにそれぞれ事情があって、気が合わずに喧嘩することもあるけど、おまえたちが来てくれることはまた別の話。みんなして、おまえたちの到着を心待ちにしているよ」

「着きました。自然森です」

真が言い終わったところで、走っていた車が止まる。美由樹たちは、真に続いて下車した。

「ありがとうございました。これは送っていただいたお礼です」

「いつもこんなにいただいてすみませんね。家内が喜んでますよ。子供たちも、君たちに会いたくて連れてってくれと騒いでるくらいで、君たちが差別される理由が分かりません。力だけしか違わないのに。て、あ、すみません。君たちの話を聞いてたらつい。それでは」

車から降りた真は、窓越しに運転手へバスケットを手渡す。その中には鈴街町では売っていない、彩り豊かな果実がたくさん入っていて、運転手は目を輝かせるが、勤務中であることを思い出し、城へと戻っていった。残された美由樹たちは、真に連れられて、目の前に広がる森へ入っていく。

そこは、本などに載っているものとは違う、樹海のように鬱蒼とした森だった。先に通ってきた花園に目が慣れていたこともあり、森に入った途端その暗さに一瞬目眩《めまい》がしたが、それでも花園と森とでは雰囲気が異なるのには驚きである。花園での温もりや、飛び交うチョウやミツバチなどはどこにもおらず、代わりに木々の間から漏れる淡い光と、見たことのない鳥たちが枝に留まっていた。そんな鳥たちのユーモラスな声が新鮮に聞こえるほど、森の空気は冷たく、どちらかと言えば居心地がよい。森ってとても静かなんだなぁと、美由樹は深呼吸をしながら思った。

森の入口が見えなくなるまで奥に進んだ頃、不意に目の前が開ける。他所《よそ》と違い、そこだけ日の光が差し込んでいるので、不思議に思った美由樹と蘭州は前方に振り向く。

そこには、一本の木が立っていた。天高くまで伸びる幹。六十人が周りで手を繋いでも輪がつくれないほどの太さはあり、地面から剝き出している根も、軽自動車一台分の高さを誇る。その枝も枝で、森全体に覆い被さるように、広範囲に伸びている。日本の屋久島にある杉の木などに引けを取らない、いやそれ以上の巨大かつ荘厳なる佇まいに、少年たちは言葉を失い、その場に立ち尽くした。そんな二人を見て、真がハハハッと笑う。

「やはり驚いたね。この木は自然木《しぜんのき》といって、森のシンボルで樹齢三五六二年。今日で三五六三年目になるんだよ」

「へえ、この木って意外とじいちゃんなんだな」

「そうだよ。そういえば、美由樹が小さかった頃は俺と二人で、この木の周りでよく遊んでいたっけ」

「……なあ、さっきから気になってるんだけど、どうしてみんな俺を知ってるんだ。王様とは初対面だし、所長もテレビでしかお目にかかれない人だったのに。おまえもおまえで、俺がここに来たことがあるような言い方をするし。俺はここに来るのが初めてなのに」

「え……あ、ごめん。つい感情が先走っちゃって。今はその、あ、せっかく森に来たんだから、仲間たちを紹介するよ」

言うと真は、自然木の奥に歩き出した。美由樹は彼の言葉に疑問を抱きながらも、ワクワクしている蘭州と共にあとを追いかける。

自然木からさほど歩かないうちに、前方から人の声がザワザワと聞こえてきた。近づけば近づくほど、それは次第に大きくなってくる。そして音が最高潮に達した時、三人は大きな広場に出た。広場には日光が燦々《さんさん》と差し込んでいて、大きな広場であるにもかかわらず、さらに広く感じられる。

ふと気がつくと、広場の中央に人が大勢集まっていた。なにかあったのか、美由樹たちの存在に気づかないほど騒いでいる。

そんな中から、一人の少年が真の存在に気づき、駆けてくる。

「アア、真さん、真さん。グッドタイミングです」

真が首を傾げたので、少年は事情を説明しようとするも、その前に集団の中から女の怒鳴り声が聞こえてきた。

「いい加減にしてよッ。あんたのせいで服が汚れたじゃない！」

「この声は（ハア）またあの二人か。まったく、喧嘩に懲りない子たちだなぁ。美由樹、蘭州、おまえたちはそこで待っていてくれ。大騒ぎになる前に止めてくる」

そう言って真は、駆け寄ってきた少年と共に、集団に向かって駆けていった。同時に、集団から今度は男声が上がる。

「君が変な避け方するから当たったんだろ。君こそいい加減にしろよ、小っちゃい子たちのお城を壊したじゃないか！」

一体なにを騒いでいるのか。よく見ると集団の真ん中には、睨み合う少年少女が立っており、少女の手には鞠《まり》のような小さなボールが握られていた。

「あんなの、どこがお城なのよ。ただの砂じゃない」

「みんなは、今朝から一生懸命つくってたんだよ。それなのに、君はそのボールで壊したじゃないか」

「飛んでくる場所につくるのがいけないのよ。そりゃあ壊しちゃったのは悪いと思ってるけど、たまたま蹴っただけなんだから、どこに飛んでくか分かんないじゃない。でも泥団子を投げるのは別。おかげで服が汚れ……て、顔にもついてるじゃないッ」

「泥なんて洗えばすぐ落ちるじゃないか。でもお城は、一度壊れたらもう戻らないんだよ！」

「原因はそれか。そこの二人、口喧嘩も程々にしろ。いつまで言い合うつもりだい」

呆れ顔で真が言った。突然の登場に驚き、声を上げる二人。

「い、いつの間に帰って……でも、ちょうどいいや。真、彼女を叱ってくれよ。彼女はみんなのお城を壊したんだッ」

「彼を信じちゃ駄目よ。悪いのは彼なの。泥団子を投げてきたんだから！」

「また始まった。程々にしろと言ったばかりだろう。確かにお城は戻らないけど、それは物なんだから、もう一度作り直すことはできる。ちゃんと反省しているのに、彼女を一方的に悪者扱いするのはよくない。謝るべきだ」

「エエッ、そんなぁ」

少年が落胆する。それを見て、少女は満面の笑みを浮かべた。

「ほら、真は私の味方なのよ。ざまぁ見ろだわ」

「おまえも偉そうなことを言える立場じゃないよ。そう、おまえも謝るんだ。彼の言うとおり、泥は洗えばすぐに落ちるのだから、彼と同じくらい反省しなければならない」

「エエッ、そんなぁ」

「分かったなら『ごめんなさい』だ。ほら、二人とも、砂場を見てごらん。おまえたちがここで喧嘩をしている間に、彼らがあんな大きなお城をつくっちゃったよ。物は何度でもやり直せる。もしこれが取り返しのつかないことだったら、俺はおまえたちを叱った。でも今回は事故だ。彼らは、壊されたからって泣いたかい。おまえたちにも、喧嘩してほしいなんて一言も言っていないだろう。彼らは偉いなぁ」

真が、広場の奥にある砂場で、せっせと砂の城をつくっている幼児たちを指さした。それを見て、シュンッとなる二人。顔を俯《うつむ》かせ、しかしすぐに上げると、相手に頭を下げる。歓声を上げる野次馬。そばで見守っていた真も、ポケットからアメを取り出し、二人に手渡す。二人の顔がパッと晴れて、「ありがとう」と礼を述べると、砂場へ駆けていった。野次馬が解散する。一件落着のようだ。

「凄えな、あいつ。一発で騒ぎを鎮めたぜ。俺様ん家だったら、大概は俺様が叱られて終わっけど、さっきのはどっちも謝って、どっちも笑顔で終わった。おかげで空気が明るくなって、マジ神業としか思えねえよ」

離れた位置から騒ぎを見ていた蘭州が呟《つぶや》く。美由樹も、同感して頷いた。そんな彼らに、真は手を振りながら、野次馬だった数人と連れ立って駆けてくる。

「待たせてごめん。終わったからもう大丈夫だよ。あ、紹介しよう。俺と親しい仲間たちだ」

「初めまして、弥生《やよい》です。以後お見知りおきを」

そう言ったのは、真の隣にいる二十代そこらの女だった。この場の誰よりも背が高く、黄色と紫のマーブル模様があしらわれた服を着ている。そんな彼女が言い終わると、今度は萌葱《もえぎ》色の服装をした青年が話しかけてきた。

「君たちのことは真から聞いたよ。その年でハンターらしいな、凄いじゃないか。俺は皇《こう》、よろしく」

「真が連れてくる人って、どうして子供ばっかかなの。私の王子様はいつ来んのかしら」

次に言葉を発したのは、紺色のワンピースを着た女だった。腕を組み、ため息をつく。そんな彼女を見て、袴《はかま》姿の女がツッコミを入れる。

「なに言ってんの。あんたの恋人は当分来ないわよ」

「なんですってッ。あんたにゆわれる筋合いは更々ないし、あんたも恋の修業をしたらどうなの。強者になりたくて滝に打たれる修行より、こっちのほうがマシだと思うけど」

「あ、今、修行を馬鹿にしたわねッ。あんただって、滝に打たれて身を清めたらどう。恋よりこっちのほうが一番よ」

「やめろ、恵美《めぐみ》、沙月《さつき》。新人の前でみっともない。あ、俺の名は天童《てんどう》。この子たちは弟の孝治《こうじ》と駿平《しゅんぺい》だ。孝治は君たちと同い年だから、よろしくな」

啀《いが》み合う女二人を止めた白服の青年が、後ろに隠れている男の子二人を前へ押し出す。

「こ、こんにちは。孝治……です」

「エヘヘ、シュンペイでちゅ。にちゃいでちゅ」

「孝治、君の仲間も紹介してやってくれ」

「あ、うん。分かったよ、兄さん。えーと、彼は僕の親友の魚龍《ぎょりゅう》。隣は氷期《ひょうき》で、徹《とおる》に弟の俊治《しゅんじ》。葉月《はづき》、航《わたる》、風紀《ふうき》。で、紫のスカートを穿いてるのが愛《あい》ちゃん。みんな同い年だけど、俊治は五つ年下、愛ちゃんは三つ下なんだ。うん、終わり。真さん」

「ありがとう。みんな優しいし、ここのことをよく知っているから、分からないことがあれば相談に乗ってくれるはずだ。ちなみに弥生は、料理の腕なら誰にも負けないよ。愛も、天光堂《てんのこうどう》って裁判所に勤めている裁判官なんだ」

「へえ。あ、初めまして、美由樹です。こっちは親友の蘭州、よろしくお願いします」

　美由樹が照れながら自己紹介をした。弥生たちがよろしくと声を揃えて言ってくれたことはとても嬉しかったが、自分の名を聞いて愛が一瞬目を見張るのを、美由樹は目撃する。

「真さん、二人を小っちゃい子たちに紹介してきてもいい」

「いいよ、俊治。もちろん」

「じゃあ一緒に行こうよ」

「ごめんな、航。行きたいけど、美由樹たちの荷物を部屋に置いてこなくちゃならないんだ」

「部屋?」

蘭州が聞き返す。

「ここの人たちは皆、自分の小屋を持っていて、そこを部屋と呼んでいるんだ。詳しいことは追い追い分かると思うから、今はここに慣れてくれ。慣れるためには彼らと遊ぶことだ。大丈夫。みんな、おまえたちと友達になりたがっているだけだから」

言うと真は、美由樹たちの荷物を持って、今日から彼らが寝泊まりする小屋へと運びに行った。

その姿を、美由樹はどこか物寂しげに見ていたが、魚龍に突然腕に抱きつかれ、視線をずらす。

「美由樹君だよね。向こうで一緒に遊ぼうよ。蘭州君もどう」

「お、いいな。賛成だぜ」

「決まりだね。じゃあ、行こう」

「皆さーん、柳にはくれぐれも気をつけてくださいねぇ」

「はーい、分かってまーすッ。行こう。かわいい子たちを紹介してあげる」

弥生の注意に氷期はそう答えると、幼児たちのいる砂場へ駆けていった。美由樹たちは、気が早いなぁと思いながらあとを追う。

砂場では、さっきの騒ぎの発端となった砂の城が完成していた。喧嘩していた二人はいなくなっていたが、代わりに大勢の幼児たちが城の周りで楽しく遊んでおり、そんな中、ロープで電車ごっこをしていた幼児の一人が、やって来る美由樹たちに気づく。

「あ、おにいたんたちだ」

「あ、ホントだ。おにいちゃんたちだ。おーい、こっちだよぉ」

「みて、みてぇ。おっきなおシロができたんだよ」

砂場で遊んでいた幼女が、愛の腕にしがみついて言った。

「わたちはね、おっきなトンネルね、つくったんだよぉ」

「ワァァッ、上手につくれてるわねぇ。あ、紹介するわ。このお兄さんたちは、美由樹お兄さんと蘭州お兄さんよ。みんな、仲良くしてあげてね」

「はーいッ」

幼児たちの声が揃う。

「ねえ、ミユキおにいちゃん。いっしょにカクレンボしよう」

「隠れんぼ?」

「ランシュウおにいたんも、いっちょにやろうよ」

「ああ、いいぜ。やってやろうじゃんか」

「ボクたちもやるぅ」

「あたしたちもー」

「なら、みんなでやろうか」

「やろう、やろうッ」

風紀の案に、幼児たちの声がハモる。

「鬼は誰にする」

「ミユキおにいちゃんはゼッタイッ」

「ランシュウおにいたんも！」

「アハハ（もう気に入られちゃってるし）」

「わたしがやるぅ。ミユキおにいちゃんと、わたし」

「いいや、ボクちんとだよ」

「ダメ、ランシュウおにいたんとワッチ」

「ボクもやりたーいッ」

「分かった、分かった。みんなやりてぇのは分かっけど、それだと隠れんぼの意味なくなるじゃねえか。こうなりゃ一発勝負。誰が鬼になるかジャンケンで決めて、最後に負けた二人が鬼ってのはどうだ」

「やろう、やろうッ」

幼児たちの声がまた揃った。そうと決まれば話は早く、全員で輪となりジャンケンをする。最初はグー、あいこでパー、あいこでチョキ。しかし一向に決まらない。それでも、彼らはジャンケンをし続け、五分ぐらい経ってからやっと決まる。

「ワアァッ、いいなぁ。オニは、ミユキおにいたんとミユたんだ」

「アハハ（ジャンケン弱いなぁ、俺）」

「鬼はこれで決まったから、今度は僕たちが隠れる番だ。遠くに行くと二人が大変だから、広場の中だけにしようね」

　魚龍の提案に、皆は「はーいッ」と元気に答えると、足取り早く散っていった。残った美由樹と、桜色の服を着た美優《みゆ》は、目を手で隠し、隠れんぼ独特のかけ声を発する。

「もういいかい」

「まぁだだよ（テヘ）」

「もぉいいかい」

「まぁーだ、まだ（あ、ここに隠れよっと）」

「もぉいいかーい」

「もぉいーよ（隠れんぼ開始ッ）」

「よし、合図が出たから行こう。美優ちゃんだっけ、美優って呼んでいい。ジャンケンでは負けたけど、一緒に頑張ろうな」

「うん。ミユね、おにいちゃんとガンバる」

「よし、その意気だ。でも捜す場所がこうも広いと、みんなを見つけられなさそうだな。よくこんな場所で隠れんぼができるよ」

「エヘッ。ミユね、みんなのいるとこね、わかるの。ついてきて」

　美優は美由樹の手を取り、砂場へと駆けていく。転びそうになりながらついて行くと、そこには象の滑り台が設置されていた。

「ここに誰かいるのか。いなさそうに見えるんだけど」

「いるよ。ほら、トオルおにいちゃんとユイちゃんみっけッ」

言いながら美優は、滑り台の裏に回る。指さした方向を見てみると、確かにそこには徹と、水色の服を着た幼女が隠れていた。驚く美由樹。捜し始めてから一人目を見つけるまでにかかった時間が、わずか十秒だったからだ。

だが驚くのはまだ早かった。徹とユイを見つけ、二人が、集合場所として砂場を指定し、そちらへ回った頃、美由樹たちは再び仲間たちを捜し始める。美由樹は、この時初めて美優の凄さに気づくのだが、彼女はなんと天才なことか、トントン拍子に仲間たちを見つけていくではないか。たとえそれが木の上や茂みの中だろうと、はたまた小屋前に置かれたサボテンに扮していようとも、彼女の目をごまかすことはできなかった。美由樹は、驚きと不思議が交じった表情をしながら、あちらこちらへ駆けていく幼女のあとに続く。

そんな彼女の劇的な活躍もあってか、捜し出してから二十分が経過した頃には、隠れていた全員が砂場に集合する。

「早かったなぁ。でも、木の上で息を潜めてんのは楽しかったぜ」

「そうだね、蘭州君。君って木登りが上手なんだね。すぐに美優ちゃんに見つかっちゃったけど、またやりたいなぁ」

孝治が笑顔を見せる。人数が増えた上の隠れんぼだったので、皆は遊び疲れて、地面に座り込む。美由樹も、美優のあとを追いかけていたので、息が上がり、疲れがドッと出る。この場で唯一疲れていないのは美優だけであり、彼女は、皆が座っている中で一人だけ立ち、辺りを見渡していた。

それに気づいた美由樹が、美優に、

「どうしたんだ、そんなにキョロキョロして」

「あ、あのね、おにいちゃん。アイおねえちゃんがいないの。ミユ、おねえちゃんをね、みつけてなかったの」

「まだ人がいるだって⁉」

美優の言葉に、幼児たちを除く皆が驚きの声を上げる。確かに彼女が指摘したとおり、この場に集まる人の中に少女の姿が見当たらない。氷期曰く、少女はこの場の誰よりも隠れ上手で、隠れんぼをするといつも決まって最後まで見つからないのだそうだ。しかしそれも、美優の手にかかれば呆気なく見つかるのだが、今日に限って見つけられないことに、皆は一様の不安を覚える。

「愛がいないだなんて……え、本当に愛を見つけられないのか」

「うん。あ、でもおねえちゃんね、おねえちゃんのね、ココロがあるんだよ」

「ココロ？」

蘭州が疑問を抱いて聞き返した。

「ミユ、わかるの。だからカクレンボすきなの。でもおねえちゃんのココロね、マコトおにいちゃんとちがうからね、わかんないの」

「真と違う？　どういう意味なんだ」

「彼女が言ってる《**ココロ**》は気配のことだよ。そして真さんは光族の守護者、というより、彼自身が光の塊なんだ。世界の光を支える力を持ってて、彼と違うってことは闇族になるんだよ」

　航が美優に代わって説明する。

「けど愛ちゃんは優しいよ。泣いてる子がいればすぐに飛んでくし、怪我をしてたら手当てしてくれる。小さい子にはいつも引っ張りだこで、そうかと言えば裁判官だから、いろんなことを知ってて」

「大人っぽいとこもそう。真さんなら、もっと詳しく知ってるはずだから、聞いてみるといいよ。愛ちゃんは、闇族って感じホントにしないもん。でも今は、愛ちゃんを捜そう。早く見つけないと日が暮れちゃう」

「そうだな、魚龍。美優ちゃん、君一人でみんなを部屋に連れてってあげられるかい」

「うん、フウキおにいちゃん。みんなぁ、シュッポしよう。シュウテンはおへやだよぉ」

　心配そうに見詰める幼児たちに、美優が元気な声で言った。やはり彼女はなにか持っているのかもしれない。その明るさに、幼児たちはたちまち元気を取り戻して、汽車ごっこをしながら自分たちの小屋へと戻っていく。

それを見届けた風紀が、一回り大きい小屋に駆け寄りながら、

「弥生さんたちに話してくる。たくさんいれば、早くに愛を見つけられるかもしれない」

「ああ、頼むよ。ところで、愛がよく行く場所とか知ってる？」

美由樹が葉月に尋ねる。

「ウーン、真さんの部屋か、自然木の横を流れる小川ゾヨ。それがどうかしたゾヨか」

「隠れんぼ中なのを忘れて、そこに行ってると思っただけだよ。ほら、女の子って、自分の世界に入っちゃうことがあるだろ」

「なら、すぐに分かるゾヨ。ここからでもそこは見えるゾヨな。でも、あそこにいないゾヨば、どこに行ったゾヨ」

「愛さんがいなくなったって本当ですか⁉」

葉月が言い終わると同時に、後方から女声が上がる。見ると弥生たちが、夕食の準備でもしていたのだろう、エプロン姿のまま、風紀と共にこちらへ駆けてくるではないか。

「はい。隠れんぼしてたら、愛ちゃんだけいなくなってるのに気がついて」

「彼女がいつもいるところには？」

皇が質問する。俊治が残念そうに首を横に振った。

「まったく、忙しいのにどこほっつき歩いてんのよ。こんなことが起きた時は素っ飛んでくる真がいないのも気になるし。あいつ、ホントに森の番人？」

「そう言ってる暇はないぞ、恵美。日暮れまでに彼女を手分けして捜そう。暗くなれば、ここになにが出るか知ってるだろ」

「分かってんわよ、天童。ワガママで意地悪なあいつに会うくらいなら……て、仕方ないわね。私は奥にある花畑のほうを捜すから、みんなは違うとこ捜して」

「僕たちは、隠れんぼをやった広場を捜してみます。もしかしたら、途中で寝ちゃったかもしれませんから。彼女、最近、寝不足だと言ってたし」

「分かった。それじゃあ、三十分後にここに集まろう」

第五章　少女の思い

「おーい、愛ィ。どこにいるんだぁッ」

　森に少女を捜す声が響き渡る。彼女がいなくなってから二十分は優に経過しており、美由樹たちの心に不安の影が忍び寄る。

「おーいッ、いるなら返事をしてくれぇ！」

　美由樹が声を張り上げた。しかし応答はない。いくら呼んでも返事がこない。彼は、込み上げてくる不安を抑えながら、血眼になって捜し続ける。

　辺りが暗くなった。捜しているうちに日が落ちたらしい。日没と時同じくして、森はそれまでの姿とは一変し、夜の闇に包まれる。風が怪しく吹き抜け、カサカサと木の葉の擦れる音が鳴る。仲間たちの少女を捜す声も聞こえなくなり、その気配もまた途絶えてしまう。

　込み上げてくる恐怖。美由樹は、この時になって自身が、道に迷っていることに気づく。どこを見渡しても闇しかなく、住人たちの小屋の明かりも見当たらない。独りぼっちという現実が、少年をさらに恐怖の谷へと突き落とし、怯えた彼は前方に走り出した。

　途端に衝撃が走る。衝撃を感じたのは額で、どうやらなにかに衝突したらしい。反動で尻餅をついた美由樹は、額を押さえながら顔を上げる。

「人か……いや違う。これは木だ。枯れた大きな木。でも、どうしてこんなところに」

そこにあったのは、少年の言葉どおり、大きな木だった。といっても、自然木の半分ほどの高さしかないのだが、幹は太く、枝のほとんどはしなやかに垂れ下がっている。木の葉も、こちらは若々しい緑色というより、泥にまみれた焦茶色といったところか。

その見た目から、少年が枯れ木と思ったのも無理はないが、そんな彼が首を傾げ、言葉を発したその時、突然木が枝を振り下ろしてきたではないか。あまりの速さに、少年はその場に固まるが、すぐに我に返ると、急いで横へ飛んでそれを回避する。

地面を叩く枝。間一髪で避けられた美由樹は、安心よりも疑惑をさらに深める。木が人に襲いかかってきたからだ。木とは本来は人を襲わず、その前に動かない。揺れ動くことはあっても、それは風が吹くなどしたからであり、自らの力で枝を振る、もしくは振り下ろすことはしないはずである。

しかしこの木は違う。なにかの理由で枝が折れ、それが偶然にも自分目がけて落ちてきたのかと解釈しようとした少年に対して、木が再び攻撃してきたのだ。仰天する少年。

「やめろ！」

攻撃はやまないと思われていた。再三再四、攻撃を繰り出し、美由樹もその都度回避するが、五度目の攻撃を避けようとした刹那、石の上に乗り上げ、体勢を崩してしまう。

そこへ迫る枝。避けきれないと少年が目を瞑ったまさにその瞬間、近場で男声が上がる。目を開けると真が、自分を庇うように立っており、彼が現れた途端に木が枝を引っ込める。

「ま、真」

「大丈夫だったか、美由樹。柳、人にイタズラするのは駄目だとあれほど注意したはずだぞ。もう忘れたのか」

〝でもさぁ、悪戯するなと云ってもぉ、面白いから止められないよ。超楽しいしぃ〟

脳裏に響く声。少年のものでも、青年のものでもない。洞に向かって叫んだ時のような、なんとも不気味で、くぐもった声を聞いて、美由樹はポカンと口を開け、立ち尽くした。

一方で真は、慣れているのか心は揺り動かさず、木を睨みつける。

「言い訳は聞かない。昨日にあれほど注意して、なにもしないと約束したのに、おまえはそれを俺の目の前で破ろうとしたんだからな」

〝わ、分かったよ。分かったから怒るなって。今度こそ約束するからさ、其奴だけ〟

「美由樹以外にもだ！」

〝へいへぇーい〟

反省の色は微塵もないようである。柳は、軽く返事を済ませると、ブツブツと不平不満を漏らす。しかしそれも、真が再び睨んできたことで引っ込み、おとなしくなった。

「真……あの、その、た、助けてくれてありがとう」

「今度から気をつけてくれ、彼は気性が荒いから。おかげでここには、他の木や草が生えられないんだ。かわいそうに」

真がため息をつく。目が暗闇に慣れたことで、柳を中心に半径六メートルの円状の、広場のように地面が剥き出しになっているのを見て、美由樹は「なるほど」と内心で納得する。

「ところで、なぜおまえが、森の端のここにいるんだい」

「あ、そうだった。真、愛が隠れんぼしてる間にいなくなったんだ。みんなで捜すことになったんだけど、どこにもいなくて」

「愛？　彼女なら今、隣町の病院にいるよ」

「病院⁉　え、ど、どうして」

「茂みの裏で倒れているところを見つけてね。顔色が悪かったから、なにかあってはいけないと思って運んだんだ。戻ってきたら広場にみんなが集まっていて、一応説明はしておいたけど、まさかおまえも彼女を捜していたなんて」

「え、じゃあ、ここで迷ってた俺だけ事情を知らなかったってこと」

「そうなるけど、過ぎたことだからいいんじゃないかな。それより、弥生が夕食をつくって待っているよ。お腹が空いただろう」

真が尋ねる。なんとタイミングのよいことか、少年の腹が元気よく鳴り、彼ははにかんだ。真も微笑み、体の向きを変えて、どこかへ向かって歩き出した。少年は、迷いたくない一心で、すかさずあとを追いかける。

夜の森は、昼間に比べてとても怖いものであった。そのことを学習した美由樹は、青年のあとに続いて歩き続ける。すると前方に、隠れんぼをした広場が見えてきた。二人はそこを通過し、奥にある、弥生たちが出てきたあの小屋へと向かう。恐怖を体験したあとだったからか、窓から漏れる光はなんとも温かく感じられ、またそこからは食欲を誘う香りも漂ってくる。少年の空腹感が増幅し、進む足が速くなる。

「あ、真さん、美由樹さん。お帰りなさい、グッドタイミングですね。今でき上がったところなんですよ」

エプロンを脱ぎながら弥生が、入室してきた真と美由樹に言った。

小屋は、山の中の隠れ食堂という感じだった。キッチンとダイニングが壁で仕切られていて、ダイニングの中央には、三十人ほどが一斉に食事できる、円くて大きな木製のテーブルと、かわいらしい椅子が置かれている。テーブルの上に目をやると、そこには、甘い香りのソースで和えられた肉の丸焼きや、野菜のバター炒めが大皿に盛られていた。他にも、海の幸一色のグラタンや、春のような香ばしさがするパスタなど、見たことのないご馳走が、今か今かと食べられる時を待っている。

「これは凄いッ。飛び切りのご馳走じゃないか。摘み食いしてもいいかい」

「駄目ですよ、摘み食いは。今日は美由樹さんと蘭州さんの歓迎パーティーですから、ご馳走のほうがいいかなぁと思いまして、皆さんに手伝ってもらったんです。もちろん、料理下手な恵美さんも手伝ってくれました」

「ちょ、弥生ッ。私が手伝ったことは真にゆわない約束でしょ。どうしてゆっちゃうのよ」

「あら、顔が真っ赤よ、恵美。て、ハハンッ。あんた、もしかして真のこと」

「ば、馬鹿ッ。そんなのある訳ないでしょ。どうして私が、説教臭いこいつを」

「まあまあ、二人とも。せっかくのご馳走なんだから、今は食べようじゃないか。言い合ってるとご馳走が冷めちゃうぞ」

「そうだな、皇。それじゃあ、みんな。いただきます」

「いっただきまーすッ」

真の言葉を合図に、皆は一斉にご馳走を食べ始める。さっきまで遊んでいたことや、愛を捜して歩き回ったこともあって、いつも以上に食が進んだ。皿のご馳走もあっという間に姿を消していき、三十分もしないうちに完食する。今日の夕食は特別のため、食後には待望のデザートが振る舞われた。満腹の上のデザートで、だがそれを残した者は誰もおらず、歓迎会終了後は皆、狸《たぬき》のような腹を抱えながら、それぞれの小屋へ戻っていった。

食堂部屋から一番遠くにある真の小屋に着くなり蘭州が、真が敷いておいてくれたのだろう、床の上の布団に寝転んで、

「フワァ、食った、食ったぁ。みんなでつくった料理はやっぱ最高だぜ。マジで満足ぅ」

「蘭州ってば、見かけによらず大食いなんだな。パスタのほとんどを食べちゃったろう」

「蘭州は、学校じゃ大食漢で有名で、この前あったコンテストでもチャンピオンになるほどなん

だ。給食はいつも大盛りだし……ところで真、あの、ちょっと聞いていいか。昼間の城でのこともそうだけど、その、こっちは相談というかなんというかぁ」

美由樹の声が次第に小さくなる。首を傾げた真は、美由樹たちの布団の横にあるベッドに腰かけ、話の続きを促した。

「相談っていうのは、その……実は俺、最近同じ夢を見るんだ。でもなんかそれが変で」

「もしかして、食べ物を腹一杯に食べ続ける夢だったりして」

「そんな楽しい夢じゃないよ、蘭州。火の海の中に立ってる、ちょっと怖い夢なんだ。真みたいな髪の誰かが、俺を強く抱き締めてて。目の前には、女の人と男の人が倒れてて。隣からは女の子の悲鳴と、赤ちゃんの泣く声が聞こえてきて。俺、この夢が現実になりそうで怖いんだ。日に日にリアルになってくし、今朝もそれ見たし、これって考えすぎ？」

美由樹が不安げな表情を浮かべる。彼の話を聞いて、真は目を大きく見開き、口はあと言ったままの形で固まった。驚く少年二人。

「ま、真」

「……やはり、あの時の記憶は消えていなかったんだな。おまえのためだと思ったのに、結局はおまえを苦しめてしまっている。こうなれば仕方がない。もう少しあとになってから話そうと思っていたけど、実はそれは、森の歴史としてもう実現しているんだよ」

「ど、どうゆうことだよ、そりゃ」

蘭州が真剣な顔つきで聞き返した。

「まずは森の歴史から話そう。ここは昔、大勢の人がいた町村で、どこからかやって来た闇族との戦いで滅んでしまった。焼け野原となった大地は、闇族が去ったあとに木々が、長い年月をかけて再生し、巨大な森ができ上がった。そしてそこに流れ着いた人々が、小屋を建て定住し、守るようになった。今は俺たちが守っている。自然木は、戦前に強い魔力を持っていた場所に生えた。だから、あんなにも大きくて逞《たくま》しいんだ」

「じゃあ俺がぶつかった柳は、もしかして自然木と同年齢？」

「一世紀ほど若いかな。今柳が生えている場所は、以前は無縁仏となった遺体の安置場所だったからね。根は優しいんだけど、それが原因で気が荒くなってしまったんだ」

「うわぁ、怖え。生えた場所でそんなにも変わんなんて」

蘭州が身震いする。

「この森は、夢見秀作《ゆめみしゅうさく》という冒険家によって、架空の森として外国に伝わった。おまえたちも知ってのとおり、ここは空気が本当に美味《おい》しい。誰にも見つかってほしくなかったんだと思う。残念ながら見つかってしまったけどね。よりにもよって闇の王に」

「話の腰を折るかもしれないけど、おまえはその夢見って人に会ったことがあるのか」

「もちろん。彼は秦淳様のご親族で、ここへも遊びによく来てくれたんだ」

「てことは王様？」

「元ね。秦淳様が九代目で、その二つ前だから七代目だ。三年ほど前に亡くなって、遺品を整理していたらメモらしき紙切れを見つけてね。文字が書かれていて、読んでみたら遺書だったわけだ。俺が遺品を整理しに来ると見越して、隠していたらしいんだよ」

「それで、それで。それにはなんと書いてあったんだ」

蘭州が目を輝かせる。実は彼は、こういうミステリアスな話が大好きだった（このことについて、美由樹は怖がりのくせにといつも不思議に思っている）。

「確か《**私が逝って二年後に戦は激化し、最も脅威を与えた者が勝利を収める。しかし恐れてはならぬ。光は必ず生き残っている。ある一家が森に来るが、恐れてはならぬ。彼らは逃げてきたのだ**》だったかな。続けて俺宛に、支えてくれてありがとうとか、自分にしてくれたように、その一家の身の回りの世話を受け持ってもらいたいとも書かれてあって。遺言の最後には《**本当に感謝している。どうか幸せになってくれ**》って」

いつの間にか話は感動的になっていた。青年の話を聞いて、蘭州が涙目になる。感情に敏感なのも彼の特徴であるが、美由樹は疑問を抱いていたので、それを青年にぶつけた。

「もしその遺書に書かれてることが本当だとしたら、その年にその一家がやって来たのか」

「まさにね。戦争の激化も、驚くぐらいに時期がピッタリだったよ」

「なあ、そん家族ってどんな家族だったんだ。焦らさねえで教えてくれよ」

「夜だから大声出されると困るんだけど、ここまで話したんだから、最後までちゃんと話そう。

実に言いにくいんだけど、美由樹、おまえの本当の家族だ」

真が顔を顰《しか》める。エッと静止する美由樹。蘭州も、ボケが多少入っているため、彼から一言二言遅れて、エエッと声を上げげた。そう青年は、美由樹が、地球からポロクラム星に逃げてきたニンゲンだと言っているのである。

ニンゲンとは、ポロクラム人にとって最も忌み嫌う種族である。強欲非道で残忍酷薄の精神を持ち、ポロクラム人とは戦争を経験している。戦争は今から半年前に終結したが、当時のポロクラム人は敵対心が強く、ポロクラム星に逃げてきたニンゲンを大虐殺したという歴史が残っている。今現在は法律で人権が保障され、人狩りのような大虐殺事件はなくなったものの、ポロクラム人の多くは、意識の深層ではニンゲン蔑視をしている状態が続いている。

そのような謂《い》われを持つ種族であるニンゲンが、よもや自分のことであろうとは、美由樹は思ってもいなかった。敵対者に捕まって虐殺されることもなく、生まれ故郷の敵地であるこのポロクラム星で、ポロクラム人の友に囲まれて生きている自分。しかしそれも今日まで、以後はその恐怖に怯えて暮らす日々が始まる。美由樹は、あまりのショックに茫然自失となる。

だがそれは少年だけではなかった。親友の蘭州も激しく動揺し、布団から跳ね起きると、真に駆け寄り、その肩を揺さぶる。

「嘘だッ。美由樹がニンゲンだなんて。真、な、これは嘘だよな。嘘だとゆってくれ！」

「……今まで美由樹と一緒にいたおまえには悪いけど、これは変えようもない事実だ」

真が表情をそのままに言った。蘭州はますます心を揺り動かし、アアッと叫びながら、髪の毛を掻《か》き毟《むし》り、部屋の中を行き来する。それを見た真が、彼に歩み寄り、肩に手を置いた。

「落ち着いてくれ。確かに美由樹はニンゲンだけど、半分はポロクラム人、ハーフなんだよ。魔法を使えるのがその証拠で、ニンゲンは魔法の動力源である魔力を元々持っていないから、魔法は使えない。でも美由樹がハーフであることを知っているのは、俺も含めごく一部の人だけだ。だからあの時、父君と母君に次いで殺されそうになったんだよ」

「どうゆう意味だよ。ちゃんと説明してくれ」

「さっき美由樹が、同じ夢を何度も見ると言っていただろう。あれは半年前に起きた、ある出来事のことだ」

言うと真は、今まで隠してきた美由樹の過去を語り始めた。

＊

その日は、朝から清々しい空だった。俺たち三人は、自然木の周りで追い駆けっこをして遊んでいたんだ。あ、三人というのは、俺と美由樹、それから愛のことだ。愛は、美由樹の妹で、他にも美優という妹もいる。つまり美由樹は、三人兄妹の長男であり、もちろんこの時も長男らしく妹たちを気遣ったり、面倒を見たりしていたんだ。

美優は生まれて間もなかったために、俺たちの遊びにはつき合えず、母君に抱かれて眠っていた。母君は、それは大層美しく、また親切な方で、どんな時も明るく前向きに、まさに聖母のような存在だったよ。変わった力を持っていたけど、それ以外はどこも皆と変わらない、本当に優しい心の持ち主だった。

父君の方は、息子の美由樹にも受け継がれているように美男で、かっこよかった。叱る時は叱り、泣いている時は励まし、嬉しいことがあった時は一緒に喜んでくれた。彼から学んだことはたくさんあるけど、これらは彼の座右の銘で、また誰よりも強いものを持っていた。それは、どんなことにも諦めない希望と、どんなことにもめげない勇気だった。たとえご家族が闇族の、それもかなり高貴な寿山《じゅざん》という家系の血を引いていても、彼はそのお心を捨てることはなかった。

「て、美由樹も闇の血を引いてたのか⁉」

蘭州が驚きの声を上げる。真が口に指を当てた。

「声が大きいぞ。確かに、美由樹の体内には闇の血が流れている。でも闇族じゃない」

「どうしてだよ。俺には闇の血が流れてるんだろ。光族闇族ってのは、出身地もそうだけど、血でも決まるって学校で習った。なら俺は、光族じゃなくて闇族の」

「それでもおまえは闇族じゃない。なぜならおまえの体内には、光の血も流れているからだ。おまえの母君はニンゲンだけど、光族に近い血を持っておられた。つまり父君と母君は、人種もさることながら血の関係でも、相反する者を愛したんだ。当時はまさに戦中で、敵対者と恋仲になったと知られれば、有無を言わさず殺される時代だった。だから父君たちは、お互いに種族を捨て、幼い美由樹と愛を連れてこの星へ逃げてきたんだ」

「まさに禁断の恋だな。ウウ、なんてロマンチックなんだ。俺様もやってみてぇ」

蘭州の目が再び潤む。肩を落とす美由樹の隣で、真は苦笑いをしていたが、話が脱線したことに気づくと、本題について再び話し始める。


自分たちが遊んでいた時、突然空から見知らぬ物体が降ってきた。今の森には侵入者除《よ》けのシールドが張られているけど、当時はそのような物がなかったために、降ってきた物は広場で爆発し、辺りに火の粉を撒き散らした。

逃げ惑う人々。敵襲と気づいた頃には、火が間近に迫っていたから、自分は美由樹と愛を風上へ避難させた。そして弥生たちに合流し、皆の避難と消火を手伝った。でも火は、自分たちの足より速く、森中へ広がっていった。ようやく全員が避難し終えた頃には、どこを向いても火の海で、消火は疎《おろ》か、どうすることもできなくなっていた。自分は、安全圏に置いてきた美由樹たちが気になって、そちらへ駆けていった。ところがそこに二人の姿はなく、自分は血眼になって捜し続けた。

どのくらい捜したかは知れない。自分は、いつの間にか森と隣町の境目に来ていた。そこにはまだ火の手が来ていなくて、時間の問題ではあったけど、そこに美由樹と愛がいた。もちろん、父君と母君、美優も一緒にね。

避難を誘導している時、彼らの姿が見えなかったから心配していたけど、無事な姿を見て安心した自分は、彼らに駆け寄ろうとした。でも、ちょうどそこで風向きが変わって、ついに火の手が回ってきた。そこから先はあっという間の出来事で、炎に囲まれて父君たちに近づけなくなってしまったんだ。

そして事はその時に起きた。炎が自分たちを囲み、逃げ道を断たれたまさにその瞬間に、魔法の放たれる音が聞こえてきた。父君と母君がマリオネットみたいに倒れ、自分は炎を跨《また》ぎ、急いで彼らに駆け寄った。美由樹と愛、美優は、父君たちの後ろにいたから、魔法を受けることはなかったけど、美由樹はその場に立ち竦み、愛は悲鳴を上げ、美優は彼女の悲鳴に驚いて泣き出した。

そう、まさしく美由樹がこの頃見るという夢と同じことが、この時に起きたんだ。そして自分は、父君と母君を近くで見て悟った。二人が受けたのは死の魔法であることを。

死の魔法は、相手に無条件で死を与える恐ろしい魔法だ。そのほとんどが即死で、けれども二人は、奇跡的にも即死を免れた。でも魔法の効果はそれだけじゃない。受けた相手は必ず死ぬのも、死の魔法の特徴だった。そのため二人も、たとえ今は息をしていたとしても、そう長くないうちに命尽きる。助かる見込みはなかったんだ。

そのことを悟った父君は、美由樹たちを連れて逃げるように頼んできた。けれども自分は、首を横に振った。二人に死んでほしくなかったから。秀作さんみたいに、我が子のように接してくれた彼らを失うことは、信じたくなかった。しかも美由樹たちを残して逝ってしまうなど、自分には到底許せるものではなかった。

ところが、父君も頑と首を振って、ここで死なせてほしいと頼んできた。母君も同じことを言い、二人は同時に息を引き取った。その時の顔は今でも忘れることはできない。二人共に手を繋《つな》ぎ、なんとも安らかな顔をして黄泉へと旅立っていった。

でも自分は、それが耐えられなかった。助けられたはずの命を助けられなかった自分自身が悔しくて、だからこそ自分は美由樹たちの世話を買って出たんだ。遺言として残されただけでなく、自らの意思で、この身に代えても美由樹たちを守りきると。

そう決意した時、後方から人の気配がして、振り向いた。そこには敵が二人、自分たちをじっと見つめていたんだ――


「そいつらが、美由樹の父ちゃんたちを殺したんだな」

蘭州が、零れる涙を、真から受け取ったタオルで拭う。

「そして彼らは、美由樹たちにも襲いかかってきた。と、その前に俺が庇ったけどね。俺はこのとおりの髪をしているから、彼らはすぐに俺の正体に気づいた。上から指示があったらしくて、俺にはなにもせず、代わりに美由樹たちを突き出せと言ってきた。もちろん俺は抵抗した。頑として庇い通したら、敵たちのほうが折れてくれてね。見逃してくれたんだよ。絶対的な権力に逆らって、彼らはすぐに森からいなくなったけど、そこから先、彼らがどうなったか知る人は誰もいない。行方不明になってしまっている」

そこで青年が一旦息をつく。美由樹たちの表情は、夕食時とは一変し、なんとも暗いものとなっていた。

「敵たちが去ったあと、俺たちは復興に取りかかった。森の全面積に火の手が回ったからね。自分たちが使ってた部屋もすべて消えて、自然木にも被害が出たけど、他の木より丈夫だったから、表面が焦げるだけで済んだ。すべて一からつくり直しだったけど、それより大変だったのは、おまえたちの今後の身の振り方だった。

だから俺は、おまえたちの記憶を消すことにした。美優はまだ赤ちゃんで、事件の記憶はなかった。泣きやむまでにかなり時間はかかったけど、一方で愛は、三人の中で誰よりも闇の血が大量に流れていたせいで術が効かなかった。だから彼女だけは、おまえが兄さんであることも、この事件のことも全部覚えているんだ。そしておまえは、三人の中で一番記憶を消すのが難しかった。目の前で両親が亡くなったショックが、心の奥底まで突き刺さっていて、何度やっても消せなかったんだ」

「でも最終的には消せたんだろ。俺には小さい頃の記憶が一切なくて、だから城で王様に聞かれた時、なにも答えられなかった。つまりそれって、記憶を消すことに成功したってことだよな」

「俺は神に相談した。守護者としての立場上、神と交渉しなければならないことがあったからね。ゼウス様に相談することにしたんだよ」

「その神様は、おめぇになんつったんだ」

「ゼウス様はこうおっしゃった。《記憶とは簡単に消せぬ。消すには己か他者を捧げなくてはならぬ。残忍な方法だけに避けたいところだが、汝《なんじ》の思いが変わらぬならば、再度試してみるがよい。成功したならばその子を、鈴街町という町に住まわせよ》とね。俺は言われたとおりに実行し、結果おまえは記憶をなくしたんだ」

「じゃあ、その時の捧げ物が、おまえの左腕だったんだな」

「そういうことだね。あ、でも俺は悔やんでいないよ。そして、おまえは真実を知った。それは悪いことではないんだ。俺は真実が明かされる日を、ずっと待っていたんだから。もちろん愛も、記憶が残っているだけに、おまえのことを待っている」

「あ、だから自己紹介の時、俺の名前を聞いて驚いてたんだな」

「愛は、滅多なことがない限り、感情を表に出さない。裁判官は欲に駆られてはならないからと、自分に言い聞かせているようでね。時々、鬱状態になるんだよ。そこで提案なんだけど、明日彼女に会いに行ってあげてほしい。急な頼みで困惑することは分かっている。だから俺も、ちゃんとついて行くよ」

「え。あ、ああ。分かったよ。でも大丈夫かな、愛が妹って実感ないし。どう励ませばいいか分からないよ」

「大丈夫だって。俺様たちがついてるさ。普通にしてりゃいいんじゃねえ」

「そうなんだろうけど、いや、そうだよな。ありがとう、蘭州。普通が一番だよな。て（フファア）ご、ごめん。急に眠たくなってきた」

「そうだな。もう夜遅いし、この辺で話を打ち切ろう。あ、俺が言ったことは秘密にしておいてほしいんだ。おまえがいいと言うなら話してもいいけど、闇の王にばれたら大変なことになるからね。それじゃあ、お休み」

「約束するよ、真。お休み」

そう言って三人は就寝する。いつも見る夢の謎が解決できたので、美由樹は夢を見ることなく、眠りに就くことができた。

翌朝、美由樹たちは森に接する、自然町《しぜんのまち》と呼ばれる小さな村落の病院を訪れた。そこは古くから開業しているらしく、木造で、二階建てだった。一階は診察室で、昼ドラに出てきそうな田舎の診療所のような内装をしていたが、どちらかと言えば近所の老人たちの交流場所となっていた。

そんな彼らの視線を浴びながら、美由樹たちはキシキシと音の鳴る階段を上って、二階へ上がる。そこは入院患者用のフロアで、個室が三つ設けられていた。愛のいる部屋は、ツルツルに磨かれた木の廊下の突き当たりにあり、真は二人の少年に待機するよう指示してから、扉をノックし、入室する。

中は、廊下と同じく、なんともシンプルな造りをしていた。十二畳ほどの広い室内に、所々ささくれ立った木の床。入って右手には木のテーブルと、高い背凭《もた》れの椅子が二脚。左手に向き直ると、そこにはチェストが置かれ、その横にベッドが、さらに横の窓には白いカーテンが取りつけられている。そして愛は、そのベッドで横になっていた。

自分が入ってきたことで、少女が上半身を起こすのを見た真が、

「やあ、元気になったみたいだね。体はもう大丈夫かい」

「ここに運ばれてからずっと寝てたし、随分と楽になったわ。もう大丈夫だって先生が」

「無理は禁物だよ。寝不足と貧血で、いつまた倒れるか分からないからね。当分仕事は休んだほうがいい。あ、体がよくなったところで、おまえにプレゼントを持ってきたよ」

真がニコニコしながら言った。そんな彼の言葉に、愛は首を傾げる。真はさらにニコニコ顔になり、扉に向かって合図を送る。すると扉が音を立てて開き、美由樹と蘭州が入室してくる。

「や、やあ、愛。その、心配したんだよ。ほら、隠れんぼしてたらいなくなっちゃったから。美優も不安がってたし。だからみんなで捜して、それで……」

ここまで来る間に、少女へかける言葉を考えていたが、本人を前にした途端に、頭の中が真っ白になったらしい。美由樹がしどろもどろに言葉を発する中、愛は彼の登場に目を丸くしていた。

だがすぐにも目を潤ませ、嗚咽《おえつ》交じりに「兄様ッ」と叫ぶと、美由樹に抱きついたではないか。たじろぐ少年。このような時、どう呼びかけてよいか分からなかったからである。

しかし彼は、少女の気持ちをちゃんと受け止めてみせる。

「話は真から聞いたよ。記憶はないし、実感もないけど、俺は本当の家族に会えたんだよな。おまえのことも、血の繋がった妹とはまだ思えない。それでも俺は、おまえの兄さんなんだろ」

「ええ、そうよ。兄様は兄様。私が会いたかった兄様で、大切な家族なの。記憶にしかいなかった兄様に、やっと会えた。どんなに遠く離れてても、私は兄様を兄様と呼び続ける。だって兄様は、世界に一人しかいないんですもの」

顔を上げる愛。涙を服の袖で拭った彼女は、ニコリと微笑んでみせる。さすが姉妹といったところか、その笑い方はどことなく美優に似ており、美由樹はそれを見て嬉しくなった。今自宅にいる美羽とは、一切血の繋がりがない。ポチもいるが、こちらは捨て犬だったところを助けただけで、どれほど仲がよく、家族のように振る舞っていても、少年にはどこか寂しい気がしていた。

しかし今は違う。美由樹は、血の繋がった家族を見つけられたことに、心の底から安堵《あんど》した。そして感謝する。この出会いを与えてくれた青年や王、ハンター総務役所の所長たちに。なによりも笑顔の素敵な妹たちに、少年は内心で感謝の言葉を捧げ、蘭州や真と共に森へ帰っていった。

第六章　攫う者　攫われし者

愛と美優が実妹であることを知ってから、一週間が経った。森はいつもと変わらず穏やかで、時がのんびりと流れている。

美由樹と蘭州はというと、依然として初任務をするに至らず、森で待機となっていた。真の提案で森の仲間たちが、料理や火の熾《おこ》し方、森の地形や魔法学のことなど様々な知識を教えてくれたおかげで、二人はその間、暇を持て余すことなく、あっという間に一週間目の朝を迎える。

その日、二人の少年は、真に連れられて自然塔《しぜんのとう》を訪れた。自然塔とは、森の東に聳える、ピサの斜塔のような塔のことである。自然木と比べれば塔のほうが低いと真は言っていたが、いざ塔を前にすると同等の高さに思えた。

「なあ真、もしかして俺様たち、今からこの塔を登んのか」

「もうばれたか。中に入るまで黙っておくつもりだったんだけど、蘭州は察しが早いね」

「でも、どうして俺たちを連れて来たんだ。理由があるんだろ」

「美由樹の場合は勘が鋭いね。ここの最上階に人が住んでいるんだけど、その人がおまえたちに会いたいと言っているんだよ。あ、登る前に忠告しておくけど、その人は地獄耳だからね。やって来た人にはイタズラをして諦めさせる、まあ、人を試すことが好きなんだよ」

真がため息をついた。すると空から、「あぁだこぉだ言う前に早く来い」と女声が降ってくる。

どうやらその人物は女で、かつ短気らしい。真は二度目のため息をつき、塔の中に入っていった。美由樹たちもあとに続く。

中は一本の筒のような感じがした。壁には階段が、最上階までグルグルと貼りついており、それを使って最上階まで行くには時間がかかりそうである。初めて中に入った美由樹と蘭州は、階段の長さに言葉を失いかけた。

「マジで登ってくのかぁ。どこまでも続いてんぞ、これ。俺様、登る前に目ェ眩《くら》みそう」

「そう弱音を吐かないで、一緒に登ろう。手摺《てす》りがないから、下は見ないほうがいい。行きは辛いけど、帰りは楽だから」

少年二人を励ましながら、真は階段に足を置き、登り始めた。そんな彼の姿を見て、蘭州は渋々と、美由樹と共に登り始める。

階段はどこまでも続いていた。少年たちは、ハンターになるための試練としてクリアした、親父ギャグ大会よりも過酷な試練となっていた。登れば登るほど足に負荷がかかり、体力も落ちる。息を切らし、一歩を踏み出す動きが鈍くなり、青年との距離が次第に離れていく。それに気づいた青年が休憩を入れるが、少年たちはそこで自分たちが、まだ半分の高さほどしか登っていないことを知る。悲鳴を上げる二人。それでも階段は、容赦無用と、挑戦者に一切の加減をしてくれなかった。

再び登りだして少し経った頃、最後尾にいた蘭州が、

「ま、待ってくれよ……もう駄目、登れねえ」

「もう少しだよ、蘭州。あと五十段だ」

「ま、まだそんなに、あんのかよ……駄目、もう、俺様ここでギブアップ。これ以上登ると……足がおかしく、なっちまう」

「諦めちゃ、駄目だよ。あと、少しだろ。ここまで来たのに、一緒に行きたい。く……無理なら、俺の背中に乗れよ。俺が、おまえを上まで連れてってやるから」

言いながら背中を差し出す美由樹。蘭州は、一言謝ってから彼の背に乗った。

そんな親友を背負いながら、美由樹はまた登り始める。あと二十段、十五段、十段。もう少し、もう少しで最上階だ。真の応援がある中、美由樹は重い足を無理やり動かし、次の段へ進んでいく。そして彼らは、ついに螺旋《らせん》階段を登り切った。

塔の最上階は、ホールのような造りをしていた。明かり取り用の開口部が等間隔に四方を囲み、そこから漏れる光はとても眩しかった。そのため広く感じられ、天井はドームのように丸くなっており、天使や神が描かれた色とりどりのステンドグラスがはめ込まれている。床には魔方陣に似た模様が描かれていて、神聖な空気が漂っていた。

床の一角から顔を覗かせた少年二人は、到着するなり床に這《は》い蹲《つくば》った。しかし不意に顔を上げる。これほど眩しいホールの一角に、日の光が一切当たらない場所があることに気づいたからだ。そこには、自分たちの腰ぐらいの高さしかない石碑があり、透き通るような緑色の玉が、天使を象《かたど》った置物の上に載っている。その美しさといったら、日光が直接当たっていないにもかかわらず、キラキラと輝いて見えた。

「なあ真、あの玉は」

「アア、あれは自然玉《しぜんのたま》だよ。森に、侵入者除《よ》けのシールドを張ってくれているんだ。俺たちと一緒に森を守っていると言ってもいいんだけどね」

「てことは、森のお宝？」

「まさか蘭州、あれ狙ってる」

「えッ、な、なにゆってんだよ、美由樹。物騒なことゆうなよな。俺様は、あん玉が闇の王に取られたらやべぇと思っただけでい。確かに欲しいけど、あれはみんなのもんだからな。手ェ出したら、神様から罰当たんぜ」

「本当かなぁ（まだ目がキラキラしてるんだけど）」

「ハハハ、やはり蘭州は面白いね。確かにおまえの言うとおり、玉が闇の王に取られたら、森は死んでしまう。だからこそ彼女が守っているんだよ」

「て、そういえばここに人がいるんだったよな。でも見渡しても、俺たち以外は誰もいないけど」

「いるよ。ほら、蘭州の後ろに」

真が蘭州の肩を指さした。振り向いた美由樹は、途端にアッと声を上げる。

少年の見たもの。それは、親友の肩の上に、人の手が置かれた光景だった。しかし手首より上がなにも見えない。胴体もなく、心霊現象そのものと言っていい光景に、美由樹は一瞬心臓が止まる思いがした。親友が震えるのを見た蘭州も、肩に視線を向けて手が載っていることに気づくが、恐怖のあまり口から泡を吹いて倒れてしまう。

「蘭州⁉　（ハア）その辺になさってください、樹理《じゅり》様。あなた様も、柳のようにお説教が必要なのですか。やっとの思いでここに来た蘭州を驚かすなんて、柳にそっくりだ」

「いいでしょ、別に。怪我したり発作を起こす人がいるわけじゃないんだから。それに、華麗で美しい私を、ボロで生意気で意地悪で、礼儀のなっていない枯れ木野郎と一緒にしないでよね」

真がため息をつくと、どこからか女声が聞こえてくる。その声が途切れたと思えば、蘭州の後ろに、髪も目も服もすべて緑色の、弥生と同等の背丈をした女が現れたではないか。登場が突然だったために、美由樹は驚いて飛び退く。

「それにしても、あんたが連れてくる人は、みんなだらしがないわね。もっといい人はいないの」

「彼氏を見つけようたって無駄ですよ。恋愛はよいことではございますが、その前に乙女らしくないそのご性格を直さなければ」

「わ、悪かったわね、乙女じゃなくて。でも見ていなさい。私にだって、白馬に乗った王子様がやって来る。その時に後悔しても知らないから」

「後悔などいたしませんよ。その前に、白馬に乗った王子様とは少女漫画の読み過ぎではありませんか。あなた様のことですから、恵美の部屋辺りに夜な夜な忍び込んで、お読みになっていたのでしょうが、美顔に隈《くま》ができております。それに、たとえそのようなことが現実にございましても、ここまで馬に乗ってこられる方などいやしませんよ」

「絶対にいるわ。そうよ、夢は信じれば叶う。白馬に乗った王子様、私を抱き締めて。私に誓って、必ず迎えに来ると。私も誓うわ、待ち続けますと。王子様が遠くへ行ってしまう。私は一人、ここで待つ。でもそれも今日で終わり。アア王子様、私はずっと待っておりました。王子様は私を強く抱き締め、耳元で囁くのよ。二度と独りにさせないと。アアン、なんて素晴らしい言葉なのでしょう。夢のような言葉に誘われ、秘密の花園で二人だけの結婚式を……いやーん、そうなったら私、どうすればいいのぉッ」

「……あーあ、完全に自分の世界に入り込んじゃった。止めようと思ったけど、かえって刺激したかな。俺としたことが、自ら火に油を注ぐなんて」

青年が、何度目か知れないため息をつく。一方で美由樹は、空想的なことを言い出したかと思えば、突然その場で踊り出した樹理に驚き、真に彼女は誰かと尋ねた。

「そういえば紹介していなかったね。この人が玉の守人の樹理様だ。女神様と呼ばれているけど、イタズラ好きな性格のどこが女神に見えるのか、俺には理解できないんだけどな」

「真、ちゃんと私をアピールしてちょうだい。華麗で美しいだけじゃなく、誰よりも冷静で神秘的な私を、イタズラ好きと一言で済まさないでよね。名前からして美しい私を」

「あなた様のことをお話しすると長くなるので、簡潔にまとめたまでのこと。次回からは省略しないよう心掛けます。それより、こうして美由樹たちを連れてきたのですから、そろそろ本題に入りましょう。玉があなた様を待っておられるようですが、まさか、あれをなさるためだけに、美由樹たちをここへ」

「それ以外になにがあると言うの。これはこの方の命令よ。ささ、文句を言っていないで始めましょう。あんたは中央に、屁《へ》っ放《ぴ》り腰のあんたは、泡吹いた子を連れて魔方陣からどいて。動いていいと言うまで、そこを動かないこと。いいわね」

樹理が慌ただしく指示を送った。美由樹は戸惑ったが、気絶中の蘭州を抱えて、床の絵の上から退く。真が絵の中央に立ち、玉と向かい合った。その間樹理は、玉が置かれている石碑の裏側に立つと、玉に右手を載せて魔法を唱える。

するとどうだろう。広場が突然暗くなり、玉からエメラルド色の光が発せられたではないか。その時美由樹は、今までに感じたことのない強力な力を感じ取る。どうやらそれは樹理から発せられているらしく、彼女はなおも魔法を唱え続けた。光が一層濃くなり、床の絵を照らし始める。そして光が少し弱まったと思った次の瞬間に、美由樹は開いた口が塞がらなくなる。

床に、描かれているとおりの魔方陣が浮かび上がったのだ。それを見た真は、静かに目を閉じて、その場に跪《ひざまず》く。初体験が連続している美由樹は、それを見て、彼になにかあったのではないかと不安になり、近寄ろうとするが、樹理の言葉を思い出したために、確かめたい気持ちを抑えてじっと見守った。

それから数分して、玉からの光が完全に消え失せる。ホールはまた明るくなり、床の魔方陣も元の絵に戻った。

「さあ、そのことをハンターに伝えなさい。それが今日のあんたの仕事。アア、肩凝った。体もだるいし、こんなにも力を使うなんて思わなかったわ。あとは頼んだわよ」

疲れ果てた声でそう言うと、樹理は幽霊のように消えていった。真も目を開けて立ち上がり、背伸びをしてから、呆然《ぼうぜん》としている美由樹に歩み寄る。

「なあ、真。あの人はおまえになにをしたんだ。おまえは大丈夫なのか」

「ン、あ、ごめん。おまえが初めてだったことを忘れていたよ。俺なら、ただ儀式をしただけだから大丈夫だ。いつもより厳しかったけど」

「どういうことだ。どうしてあの人はあんなにも疲れてたんだ」

「まだ話していないから、知らないのも無理ないね。玉の守人には、玉を守る役目の他に、もう一つ役目があるんだよ」

「もう一つの役目?」

「さっきみたいに、玉が森の番人になにか伝えようとしている時、その手助けをすることなんだ。でもこれが意外と難しくて、玉はその時己の力を発揮する。それがあまりにも強力すぎるから、抑えないといけないんだよ。その力に触れる分だけ、自分の体力や魔力が落ちる」

「だからあの人はヘトヘトだったんだな。ところで、玉からなにを聞いたんだ」

「ウーン、なんて説明すればいいのか。未来の予言であることは確かで、なんとなく見当はついているから、できればなにも起きないでほしいんだけど」

真の声が徐々にか細くなっていく。美由樹は首を傾げながらそれを聞いていたが、青年が言い終わらないうちに、突然床が激しく揺れ動く。驚く二人。床に這ったので転倒は免れるも、大地の轟《とどろ》きはやまず、鳥の群れが慌てて空へ羽ばたいていく。爆発音らしき音も広場から聞こえ、気絶していた蘭州が、驚きのあまり飛び起きる。

「な、なんだぁ。なにがあったんだ」

「あ、蘭州。目が覚めたんだな」

「あ、美由樹。なにが一体どうなってんだ。さっきん音は……て、怖え顔してどうしたんだ」

蘭州が、外を見て訝《いぶか》しげな顔をしている真に言った。

「……美由樹、蘭州。おまえたちは武器を持っているようだけど、ちゃんとそれを使いこなせているかい」

「え。あ、ああ。もちろん。て、まさか、玉の言ってたことが」

「急ごうッ、質《たち》の悪い人たちが侵入してきたらしい」

言うや真は、階段へ駆け出し、中央に空いた吹き抜けから飛び降りた。仰天する少年たち。慌てて縁に駆け寄ると、青年は一階に着地しており、塔から出て行く影だけが見えた。唖然とする二人。

「こんな高えとっから飛び降りんなんて度胸あんなぁ。敵が来たから急ぎてぇのは分かっけど、こっからダイビングしろってのは正直勘弁だぜ」

「でも、確かに帰りは楽だよ。いちいち階段で降りてくのは面倒だ」

「仕方ねえなぁ。よし、ここは一丁派手に行こうぜ」

「そうだな。せーのッ」

美由樹が、吹き抜けへ飛び込んだ。蘭州も同時に続く。

その頃、森の広場では大変なことが起きていた。大型の戦車が一台、あちらこちらに弾を乱射し暴れ回っているのである。どうやらさっきの音は、これから発射された弾がシールドを突き破った音だったらしい。

戦車の中には、二人の男が座っていた。二人共に黒いマントを羽織っており、テレビゲームをしている感覚で、大砲から弾を次々と発射させ、逃げ惑う人々を踏み潰そうとする。

「ヒィッヒヒヒッ。いい気なもんだぜ。こんなちっぽけなとこに人が住んでんなんてなぁ」

「本当だな、哲《さとる》。ほらよ、もう一発喰らっとけッ」

敵の一人が大砲を撃つ。発射された弾《たま》は、ジェット機のように辺りへ降り注ぎ、木々は倒れ、子供が一人下敷きになりかける。

「ヒヒ、面白いのなんのって。利明《としあき》、もっとぶちかましてやれぇッ」

「そうこなくっちゃな。ほらほら、もう一発だ！」

上機嫌になった利明が、発射ボタンを押そうとする。だが彼の指がボタンにかかったまさにその時、光り輝く矢が電光石火の如く飛んできて、大砲の発射口に入り込んだではないか。アッという声が上がる間もなく、矢と弾がぶつかり、内部で爆発が起きる。

咄嗟に結界を張ったおかげで爆風から逃れた哲が、内部がかなり損傷を受けたことに、

「オゥノーマイガットゥッ。球が発射できなくなっちまったじゃんか。誰だ、矢なんて物を突っ込んだ奴は！」

「あ、あそこからだ。あの塔のほうから飛んできたぞ」

利明が咳き込む。哲は、そばにあった槍《やり》を手に取り、外へ飛び出した。

「誰だッ、僕のドコデモドカチャンを壊した奴は。隠れてねえで出て来い！」

「チ、気づかれたか。気づかれずに入れたつもりだったんだけど、さすが闇の王の手下（ま、どうでもいいや）これは失礼いたしました。あなた様の愛車が大きな口を開けていたものですから、手が滑ったのか、運悪く入ってしまったのですよ」

どこからともなく男声が聞こえてくる。そうかと思えば、そばにある木の陰から、光り輝く弓を持った真が現れた。哲の目がギラリと燃える。

「てめぇか、ドカチャンを壊した野郎は。絶対に許さねえぞ。おい、名を名乗れ。勝負だ、勝負

ッ」

「すみませんが、森から出て行っていただけませんか。人騒がせなのですよ。今頃は楽しい昼寝をしていたはずなのに、マナーのなっていないあなた方のせいで丸潰《まるつぶ》れだ」

「人の話は最後まで聞けぇッ。質問に答えろ！」

「え、なんですか。申し訳ございません、聞こえないのです。ここまで届くぐらいの声でおっしゃってください」

真が耳に手を当てる。青年の挑発的態度に、哲は拳を震わせた。

「てめぇ、わざとゆってやがんな。もぉ怒ったぞ。利明、こいつは僕に任せろ。てめぇは物《ぶつ》のほうを頼む」

「以前にもやったターゲット作戦ですか。あなた方も懲りませんね。ですが、その策を取られると困るのですよ。二対一でも構わないので……て、完全に無視されているし。美由樹、蘭州。あの戦車を頼む。俺はこっちをどうにかするよ。すぐに行くから、それまで食い止めていてくれ」

真が、追い着いた美由樹たちに言った。彼らはコクリと頷くと、自然木がある方向へ走って行った戦車を追いかける。

その間青年は、戦闘モードの男相手に一騎打ちをしていた。哲は、青年の心構えに気をよくしたのか、ギラギラと熱狂して、槍を手に真に向かって走り出した。真はそれを躱すと、手の弓を素早く剣に変形させ、彼の上に振り下ろす。ところがその攻撃は、勢いが遅かったのか、軽々と受け止められてしまう。

受け止めている剣を見て、哲が目を丸くしながら、

「随分ご立派につくってんじゃんか。その剣、魔法でできてんだろ。しかも超絶強え光だ。てことは、てめぇが光真か」

「それがなにか。私には時間がございませんので、この勝負、早めに終わらせていただきます。

『ライトゲン』」

真が魔法を唱えた。光る玉が眼前に現れ、そうかと思った瞬間にピカッとフラッシュが焚《た》かれる。怯《ひる》んだ哲に、今度は無数の光の刃が突き刺さり、彼は光が収まった頃にはフラフラと体を揺らして、パタリと地に倒れ込んだ。

「あなたにはヒヨコの冠のほうがお似合いですよ。と、ここはこれで済んだし、美由樹たちのほうに行ってみるか。続けざまに走らせたから間に合ったかなぁ。この人より強い相手と戦わせる羽目にさせたようだし（それにしても、なぜこんなにも光の力を消耗するのだろう。儀式のあとだからか……！　ま、まさか）って、これはあとで考えればいいや。今は美由樹たちが心配だからな。闇の餌食になっていなければいいんだけど」

言うと真は、哲を放って、森の奥へと駆けていった。

一方で、戦車を追いかけ、自然木のある方角へ向かった美由樹と蘭州の二人は、巨木の根本近くで、敵に苦戦を強いられていた。離れた箇所にはあの戦車が、完全に壊れた状態で放置されて

おり、戦車による森壊滅だけは防げたようである。

それでも敵は戦車だけではなかった。戦車の中から降りてきた利明という男は、雪だるまの謎の三人組よりも強敵で、少年たちの得意技を尽《ことごと》く破いていく。理由は明確で、少年たちはまだ小学生であり、鈴街町にいれば来月にも中学生になる年齢である。学校で基礎的な魔法は習ったものの、実戦的かと言えばそうではなく、片や利明は大人で、二人よりも知識は上である。技が当たらないのは当然であった。

「ちくしょうッ、これじゃ切りがねえぜ！」

「弱音を吐いちゃ駄目だよ。弥生さんたちは、敵たちが連れてきた怪物たちと戦ってるんだし、でも真がこっちに向かってる。あと少しで応援が来る」

「そうだけどよぉ……と、うわッと」

愚痴を言う前に魔法が飛んできたので、蘭州は慌てて横へ飛び退いた。脇をギリギリで掠めていく魔法。なんとか回避した彼は、蒼海牙を利明に振り下ろす。だが利明は、持っていたナイフで受け止め、少年を剣もろとも遠くへ突き飛ばした。高く飛ばされた少年は、先にあった木にぶつかり、のびてしまう。

「蘭州!!　チ、喰らえ、**『サイバーストリーム』**」

美由樹が魔法を唱える。電気をまとった風が渦を巻き、暴れ牛の如く利明に突進した。こちらも以前、大男が出した魔法と同じく直撃を受ければ体が麻痺するため、真っ正面から喰らった男も、そうなるかと思われていた。しかしその思いは脆くも崩れ去り、利明が、蛙の面に水と言わんばかりに立っているではないか。しかも少年が放った魔法は、彼の掌に魔法玉として載っていたのである。

「こんな弱っちい魔法でこの俺を倒そうなんて、百年早いぞ。さあ、俺からの餞別《せんべつ》だ。ありがたく受け取りな」

利明が魔法玉を発射した。魔法は勢いよく美由樹に突進する。驚きのあまり反応が遅れた美由樹は、直撃を受け、砂埃を上げながら後方へ飛ばされる。自然木に激突する前で止まったものの、魔法を破られたことのショックと、体の麻痺が相俟《あいま》って、立ち上がれなくなってしまう。

「自分の魔法を喰らった気分はどうだ。と、こうしちゃいられなかったんだった。俺らはターゲット捕獲のために来ただけであって、坊主どもと遊ぶために来たわけじゃない」

利明は、動けない美由樹の首を摑むと、構わずにナイフを振り下ろした。抵抗しても大人の力に勝てるわけがない。容赦なく刃が、自分の顔目がけて落ちてくる。美由樹は目を固く瞑った。

『**死**』が頭を過《よぎ》る。

次の瞬間、風を切る音が聞こえ、魔法玉が飛んでくる。玉はナイフを持つ男の手に直撃し、ナイフが吹き飛び、持ち主から遠く離れた地面に突き刺さった。持ち主はというと、こちらも反動で突き飛ばされ、木にぶつかり崩れる。

「大丈夫か、美由樹」

直後に聞こえた男声。それと同時に真が、こちらに駆け寄ってくる。青年の姿を見て安心した美由樹は、痺れを無視して体を起こそうとするが、できずに崩れる。さっきまで首を絞められていたこともあってか、噎《む》せ返ってしまい、真がその体を起こして背をさすった。

「無理に言葉はしゃべらないこと。自身の鼓動に呼吸を合わせるんだ。そうすれば噎せなくなる。と、そういえば蘭州は」

「ら、蘭州なら……あそこで、のびてる（ケホ）」

「あ、本当だ。あんなところで目を回している。やはりおまえたちに、この人とのバトルは難しかったな。ごめん」

「イッテェ……くそ、今のはてめえの仕業だな。あの気配は光で間違いない。てことは、てめえが光の守護者ってわけか。そんなら話が早い、『**ダークモールバ**』！」

のんびりとしている間に、利明が魔法を唱える。闇の玉が単に相手へ突進する、初心者向けの魔法として知られているが、威力は馬鹿にならないほど大きい。

美由樹は、ここへ来る以前にハンター総務役所の所長の言葉を思い出した。《**闇は光を、光は闇を弱点とする**》。そして真は、徹たちの話によれば、光の塊であるという。世界の光を支える存在とすれば、その体内にある光はかなり強力となり得て、言い換えれば些細《ささい》な闇に弱くなりやすい。つまり彼は、今すぐにも防御しなければ、命に関わるダメージをその身に受けることになる。いや、無事に回避できたとしても、掠り傷程度で症状が悪化する場合もある。光が強ければなおさらであった。

　しかし青年は微笑むだけで、袖を掴んだ美由樹の手を優しく離した。目を見張る少年を背後に、やって来る魔法と向き合う。魔法は容赦なく二人に迫り、青年はそれをギリギリまで寄せつけると、間一髪のところでシールドを張り、魔法を受け止めた。

「ハハッ、バカじゃないの。光ってのは闇に弱いと知ってるだろ。しかも、右手だけじゃ弱いシールドしか出せない。そんなので俺の魔法を防ぐことはできないんだよ」

　利明が力を強める。途端にシールドから異音が鳴り始め、真も力を込めて維持し続ける。だがその足は、相手の威力に圧されて、ズルズルと後退りしていった。さらに男が威力を強める。シールドから発せられる音が大きくなり、砕けるのは時間の問題であった。

「(このままでは美由樹が闇の餌食になる。そうなれば最後、世界は夢で見たあの世界と成り果てる。玉の警告はこのための布石。敵はすでに美由樹の存在に気づいて)……いや、結論はもう出ている。ならば俺はこうするまで。『**ホーリーゲン**』！」

　真が魔法を唱えた。無数に出現した光の刃が、一つの巨大な槍となって利明の魔法を突き破る。驚く男。身を翻すが時遅く、突き刺さった槍は直後に光を発して、森全体を包み込んだ。突然の光に、皆目が眩んで顔を背ける。美由樹も訳が分からぬまま、あまりの眩しさに目を閉じた。

　森を覆い尽くした光は、すぐには鎮まらなかった。それはつまり、それだけの効果を発揮する魔法を青年は放ったことになるが、十分もすれば威力が衰え、影をひそめる。

眩しさが解消され、目を開けられるようになった頃、そこに広がっていたのは、普段の森の風景であった。砲弾で倒された木々も、それにより延焼した小屋もすべて元通りになっており、敵襲以前にあった静寂さや神秘さも、敵襲が嘘であるかのようにそこに漂っている。しかし襲撃があったのは紛れもない事実で、美由樹は、怪物たちの死骸が転がっているのを見て、さっきまでの戦闘が現実だったことを改めて思い知る。

それと同時に美由樹は、青年の姿が見当たらないことに気づく。光に包まれた瞬間までは、確かに眼前にいたはずの青年は、今ではどこにもおらず、不安を抱いた美由樹は、急いで立ち上がると、声を張り上げて彼を捜し出した。光の影響か、気絶から目覚めた蘭州も、事態を瞬時に把握し、彼を手伝う。

「真！」

美由樹が叫ぶ。自然木の足下を流れる小川に、真が倒れているのを発見したのだ。

シールドは、結果的に破られてしまった。それを見越して青年は魔法を放ったのだろうが、利明の魔法と衝突した際に爆発が起き、彼はそれから美由樹を庇おうとしたらしい。急いで駆け寄り、彼を川から引き上げた時、美由樹はその体に、無数の傷ができているのを目にする。血がにじみ出ており、衝撃がどれほどのものであったかを痛々しく表していた。

「しっかりしろ、真。真ッ」

美由樹が真の体を揺さぶる。だが青年は目を閉じたまま、ピクリとも動かない。何度呼びかけても状態は変わらず、それは蘭州が声を張り上げても同じであった。

「あらら、光を使い過ぎたのね」

それでも必死に呼びかける二人。とその時、後方から女声が上がった。振り返ると、そこには恵美が腕組みをして立っていた。「使いすぎ？」と美由樹が首を傾げる。

「簡単にゆえば、熱あんのに無茶してぶっ倒れたのと同じ。そいつは自らの体内で世界の光を調整したり、産出することができんだけど、その光が少ない時、さっきみたいな馬鹿でかい魔法を出すとそうなんのよ」

「じゃあ、どうすりゃいいんだ。体が冷たくなってく。死んじまったら俺様たちは」

「私は体質上そいつに触れないから、応急処置はできないけど、塔にいるあの女なら助けられるでしょうね。私と違って、あいつはそいつに触れるから」

どうやら真は、このようなオーバーヒート状態を、過去にも起こしたことがあるらしい。その対処法を知る恵美からアドバイスをもらった美由樹は、彼女に礼を述べると、蘭州と共に自然塔へ真を運ぼうとする。

しかし彼らは塔に辿り着けなかった。彼らが走り出した刹那、魔法でできた巨大な手が突然眼前に現れ、二人を突き飛ばし、青年を強奪したのである。驚いた美由樹たちが振り返った頃には、魔法の手は逃げ出していて、数十メートル離れたところで、ピタリと静止する。よく見るとそこには哲が立っていて、戦車を魔法で掌サイズに圧縮し、ポケットに入れると、魔法の手から青年を受け取り、脇に抱え込む。恵美が攻撃体勢を取る。

「真をどうする気。今すぐ返しなさいッ」

「返せとゆわれても返さねえ。それが僕ら手下の鉄則だ。音響消人のくせして、仲間もなにもねえだろぉが。こいつは闇族がいただいてくぜ。光栄に思え、ハッハッ」

「誰が光栄に思うかよ。真を返しやがれ！」

蘭州が蒼海牙を構える。美由樹と恵美が、彼の言葉に賛同した。

「黙れ、音響消人。てめぇらは災いの原料だ。それが一人消えんだからお得だろぉが」

哲の指摘は鋭かった。それまで反論していた恵美が顔を曇らせる。それを見た美由樹と蘭州は、そんなことはないと攻撃に転じるが、そこは魔法の手が行く手を遮った。その間に哲は宙に浮き上がり、そこへ気絶から目覚めた利明が合流する。少年たちを背に、森の出口へ向かって飛んでいき、美由樹たちは魔法の手を武器で叩き切った後、急いであとを追いかける。

「待ちやがれッ、真を返せ！」

「誰が獲物を返すかよ。そんなことしたら、僕らがここまで来た意味がねえじゃんか」

「守護者を返してほしくば、俺らのアジトまで来るんだな。待ってるぜ、ハハハッ」

尻を叩く哲に、利明も少年たちを嘲笑うように言うと、マントを翻した。途端に二人の姿が消える。移動魔法でも使ったのだろうか、マジックを見ているような手際のよさに、しかし少年たちは引っかかることはなかった。彼らは呆然と立ち尽くす。間に合わなかったのだ。

「まことおおおおおおおぉぉぉッ‼」

美由樹が絶叫する。体を張ってまで、自分を守ってくれた青年が今、目の前で連れ去られた。その事実、そして彼を助けられなかった自分たちへの悔しさが、なによりも瞬時に少年たちを支配し、悲しみで心を浸す。青ざめる二人。彼らはその場に膝を突いた。

それを見た恵美が、バシッと二人の頭を叩いて、

「なにそこに座り込んでんのよ。男ならシャキッとなさい」

「でも真が……あいつが、闇に落ちたんですよ。闇に落ちたらもう戻れないと聞いてるし、だから」

「なに馬鹿げたことゆってんのよ。そんなの、やってみないと分かんないじゃない。あんたたちは弱虫ね。私だったら、なんも考えず、すぐ行動するわ。まだ一歩も踏み出してないのに諦めるなんて、バカがすることよ。なんのために、あんたたちはここへ来たのよ」

「そ、それは、俺様たちがハンターに選ばれたからで」

「その《**ハンター**》てどんな仕事なの。困ってる人を助ける仕事じゃなかったの。あんたたち、自覚あってハンターやってるわけ？　どんなことあっても諦めないのがハンターってもんじゃないの」

指摘され、下を向く少年たち。恵美は構わずに話を続けた。

「真がゆってたわ。あんたたちなら、自分が闇に落ちても救ってくれるって。あいつはあんたた

ちを信じてんの。あいつは光の守護者とも呼ばれてんけど、実際はこの星にいる生き物すべての運命を背負ってんのよ。あいつが死んだら、私たちも死ぬことになんだから」

「でも、どうしたらいいんだ。方法が見つかんねえ」

「ハンターは、答えのないところに答えを見つけるのも仕事よ。この緊急事態を真っ先に知る必要があるのは誰」

「知る必要がある人。家族、友人、勤め先の……あ、秦淳様だッ」

「真が攫《さら》われたってこたぁ、光族にとって超がつくほど一大事。王様に知らせねえと、もっと大変なことになっちまう。行こうぜ、美由樹。あ、そうだ。ありがとな、恵美」

蘭州が恵美に礼を言った。美由樹もペコリと一礼して、蘭州と共に光宮殿へ駆けていく。恵美は、その背を見てフッと顔を綻《ほころ》ばせると、彼らの姿が森の出口の先へ抜けたところで後方に向き直り、後始末をしている仲間たちの元へ駆けていった。

第七章　仲間

「王様ァッ」

　ここは自然森から離れた位置にある、光宮殿の中である。廊下から自分の名を呼ぶ声が聞こえてきて、書斎でそれを聞いた秦淳は、ふと後ろを振り向いた。それと同時に扉が音を立てて開き、少年二人が息を切らしながら室内に転がり込んでくる。

　突然の訪問者に、初め秦淳は驚き、家来を呼ぼうと緊急用ボタンに手を伸ばすが、二人が顔見知りであることに気づくと、ボタンから手を離して、

「やあ、美由樹君と蘭州君ではないか。そんなに息を切らして、え、一体どうしたのじゃ。先に森から大きな音が聞こえたが」

「ま、真が……森に、闇の王の手下が現れて、それで真が攫われ、て」

　美由樹が、呼吸を整えながら言った。彼の言葉に、秦淳は驚きの声を上げる。蘭州がコクリと頷いた。

「だから、こんなことを王様に伝えなくちゃって。んで俺様たちは、真を助けに」

「ちょ、ちょっと待ちなさい。まさか君たちは、二人だけで敵地に乗り込む気かい。それは無謀じゃ。相手は幾人おるか分からぬ。そのようなところに、二人だけで行くなどと」

「でも真が捕まったのは俺たちのせいなんです。ハンターなのに、困ってる人を助けるのが仕事

なのに、俺たちは真を助けられなかった。真は、この星に生きるすべての生き物の運命を背負ってると、恵美さんから聞きました。俺たちに、真を助けに行かせてください。絶対に真を取り返してみせますから。お願いします！」

「美由樹君……それは覚悟の上での発言か。後悔などせぬな」

美由樹の決意を前に、秦淳が尋ねた。真剣な面持ちで、美由樹も彼から目を逸らさず、真っすぐに見つめ返す。秦淳が、今度は蘭州に向き直る。彼も親友と同じ態度を示し、親友と共に頭を下げた。唸る秦淳。だがそう長くないうちにコクリと頷き、近くの棚から方位磁石と地図を取り出して、少年たちに手渡した。

「その地図は昔、私が旅をしておった頃に使っておったものじゃ。大まかなことは描いてあるが、細かなところまでは回れなかったために、未完成な部分が多く残っておる。じゃから、大体の地形は分かるかもしれぬが、あとは君たちが描き込んでほしい。

よいか、真を絶対に助けるのじゃ。そして、無事な姿でここへ戻ってきてほしい。これは命令じゃ。分かったかい」

「秦淳様……はい！」

美由樹がはっきりと返事をした。蘭州も元気よく答え、二人は王に礼を述べてから、出発の準備をしに城をあとにした。

その翌日、美由樹と蘭州は荷物を持ち、仲間たちに見送られながら森を出発した。方位磁石で方角を確かめ、地図を見ながら歩き続ける。

「美由樹ィ、もう駄目……ここらで休もうぜ。腹減ったぁ」

「そうだな。俺も腹減ったし、ここで朝食にしよう」

美由樹がその場に座り、背負っていたリュックから弁当を取り出す。蘭州も向かいに腰を下ろし、弁当の蓋に手をかけた。

「せーので開けようぜ。どんな弁当なのかワクワクすんし」

「分かったよ。じゃあ、せーのッ」

合図を元に、少年二人が弁当の蓋を開ける。

「ウッヒョオッ、食べんのがもってぇねえほどうまそぉ。そんじゃ、いただきまーすッ」

「ンッ、この卵焼き、かなりうまい。蟹《かに》形のウインナーもうまいぞ。これを作ってくれた弥生さんに感謝しなきゃな」

「そうだな（クチャクチャ）。ところで（モグモグ）これからどうすんだ」

蘭州が、白い飯を頬張りながら言った。

「敵は、真を返してほしければアジトへ来いと言った。でも俺たちはアジトがどこにあるか知らないし、敵も空中で消えちゃったからどっちに行ったか分からない。だからここは、王様から借りた地図を見て、それらしい目星をつけよう。えっと、今俺たちがいる場所は、たぶんここら辺だな」

「ここを中心に考えっと、東に行けば森に戻っちまうな」

「西に行けば海が広がってて、北は山ばかり」

「南にはなにがあんだ、イッ」

酸味の利いた赤色の果実を食べたために、蘭州が口を窄《すぼ》める。

「町がある。でもそこへは砂漠を越えなくちゃ行けない」

「マジで。砂漠を越えようなんて、時間の無駄だ」

「なら海に行くか。そっちにも小さな村があるみたいだし、そこで情報収集をしよう」

「うし、そうと決まれば実行あるのみだぜ。朝食タイム終了だ」

そう言って蘭州は、空になった弁当をリュックに戻した。美由樹も弁当をしまい、二人は、西に広がる海のそばの村を目指して歩き出した。荒れ地を越え、流れの急な川を泳ぎ、深い地の底まで続いているだろう崖の上を丸太で渡って、ようやく目的地に到着する。

しかしそこは、少年たちが想像していたものとはかけ離れた場所であった。彼らのいる場所はちょうど表通りで、道の両側には、アメリカの田舎町にあるような家々が立ち並んでいる。酒場や馬小屋も点在していることから、ここは物資の流通の拠点とも見て取れるが、そのような盛期はどこへ消えたのか、この時は自分たち以外に人は誰も存在しなかった。寂れた道。住人たちが使っていただろう手押し車は風雨に晒されて、地に崩れており、軒先の鍬《くわ》も錆《さ》びついている。花壇に植えられた花々も枯れ、触ると粉塵と化してしまう。家々の玄関や窓は板で何重にも塞がれ、中には屋根が陥没したところもあり、その屋内では雑草が生い茂っていた。そのような村の通りを、土埃を巻き上げて、風が冷たく吹き抜けていく。身震いする少年たち。どうやら彼らは、ゴーストビレッジに来てしまったようだ。

美由樹からゴーストビレッジに来たのではと聞かされ、蘭州はさらに震える。実は彼は、幽霊やお化けといった存在や、それらしきものが出現しそうな場所が大の苦手なのだ。

しかし彼の震えは、このあとでさらに激化する。このようなことにはあまり動揺しない美由樹を先頭に、蘭州があとに続いて村を探索しようとしたその時、後方から地響きを伴う轟音が聞こえてくる。振り返ると遠くから、暴走族らしき集団が、バイクに似た乗り物に跨《また》がって、こちらに走ってくるではないか。

「人捜す前に俺様たち大ピィーンチッ。急いで隠れようぜ」

「無理だよ。前からも後ろからもやって来るんだ。俺たち囲まれたんだよ」

「うそおおおおおおおおおおおおぉぉぉッ⁉」

蘭州が悲鳴を上げる。そうこうしている間に集団がとうとう自分たちのところまで迫り、自分たちを中心にグルグルと回り始める。

泣き顔になる蘭州。親友に縋《すが》りついた彼を見て、集団の一人がケラケラと笑いながら、

「おい、ガキども。ここをどこだと思ってやがる」

「さあ、俺たち、ここへは初めて来たのでよく分からないんです。よろしければ教えてもらえま

せんか」

「ほう、いい度胸じゃねえか」

さっきの男とは別の男が言った。

「そんじゃ親切に教えてやるよ。そん前に、おまえたちの荷物を寄こしな」

「お断りします、大事な物が入ってるんで。俺たちは先を急いでるんです。ここがどんなとこか、早く教えてください。教えてくれないなら、俺たち先へ進みます。どいてください」

「俺たちに指図しようってか。ゆうこと聞いたほうがいいと思うんだがなぁ」

集団の中から、筋肉モリモリのボスらしき男が進み出てきて、美由樹たちを睨みつける。鋭い目つきに蘭州は震え上がったが、美由樹はかえって冷静となり、男を睨み返した。

「なんだぁ、そん目は。やれるもんならやってみろってか。なら、野郎ども。遠慮は要らねえ、やっちまえ！」

集団は喧嘩っ早かった。三十人はいるだろう男たちが一挙に襲いかかってきたので、蘭州はこの世の終わりと絶叫する。

「やめろッ」

だがその声が消えきる前に、集団の動きがピタリと止まった。後方から声が上がり、皆は声のしたほうを振り向く。そこには、背高で、腰まで伸びた茶髪が印象的な女が、腕組みをして立っているではないか。女？　と美由樹は思ったが、彼女を見た途端に集団が、水を打ったように静まったのを受けて、蘭州と顔を見合わせる。

一方で女は、集団を一瞥《いちべつ》すると、騒ぎの中心に歩み寄った。男たちが慌てて脇へとどき、道をつくる。女は美由樹たちに歩み寄ると、二人を背に、眼前にいるボス的な男を睨みつけた。怯み、後退りする男。

「久美《くみ》⁉　あ、え、いつの間に」

「こいつら怖がってんじゃないさ。弱い者イジメは駄目だって、何度ゆわせりゃ気が済むんだい」

久美の眼力が光る。集団は蛇に睨まれた蛙のように動かず、男も動揺を隠せない。

「べべ、別になんも。た、ただ遊んでやっただけだ」

「それが駄目だとゆってんのッ。ったく、教育の届かない人たちだね。怖がってんのに遊びだなんて、よくぞまぁ、そんなことがゆえるもんだわ。まさかこいつらを、遊びと偽って脅してなんかないだろーね」

「お、脅しだなんて物騒な。そんなの絶対にしてないでっせ、ボス」

「嘘だッ。こいつら、俺様たちの荷物を奪おうとしたんだぞ！」

蘭州が声を震わせて訴える。集団がギクッと焦り出した。

「ほら、嘘だとゆってんじゃない。やっぱ脅したのね」

「そ、そいつが嘘をついてるんだ。そうに決まってる」

男たちは久美には勝てないらしい。そんな彼女に嘘がばれるのを恐れた一人が、焦りを必死に抑えながら言った。彼に続いて、全員が「そうだ、そうだッ」と言い始める。

しかし女は、問答無用と彼らの言い分を一蹴すると、アジトへ戻るよう集団に命じた。集団の姿勢が急に改まり、暴れ馬のように、元来た道を戻って行く。後に残るは土煙だけで、それが収まった頃には、集団の姿はどこにもなくなっていた。

「(ハア)行ったな。うちん連中が迷惑かけてごめん。外見はあーだけど、中身はいい人たちなのよ。ただ遊び好きなだけで、私が目ェ離すとすぐあんなことすんだから。王様がやって来た時もあんなことを……ブルルッ、あん時を思い出すだけで鳥肌が立つわ」

「あ、いえ。こっちこそ、助けてくれてありがとうございました。えっと、あなたは」

「まだ自己紹介してなかったね。私は久美、あんたたちは」

「俺様は蘭州。こっちが美由樹だ。マジで助かったぜ」

「礼はいらないよ、仕掛けたんはあんたたちじゃないんだから。ところでこん村になんの用」

「俺たち、人を捜してるんです。実は俺たちハンターで、仲間が闇の王の手下に捕まって、助けに向かってる最中で。でも手下を途中で見失って、そこで敵のアジトを捜すことになったんですけど、どこにあるか分からなくて、この村で情報収集しようかなと思ったんです。そしたらさっきの人たちに囲まれて」

「まさかと思うけどあんたたち、闇の王と対決すんの。無謀ね。命知らずもいいとこだわ」

「大切な仲間なんです。仲間を放っとくなんてできません」

「じゃあ、あんたたちは、なにがあってもそいつを助けるつもり？」

「もちろんです」

「命を懸けてでも？」

「俺様たちのせいで捕まったんだ。助けんのは当然だろ」

「フーン……あんたたち、気に入った。凄いよ、そん気持ち。そん年でそんなこと考えんなんて、私じゃ絶対できない。と、そーいやあんたたち、ハンターだってね。それを見越してお願いがあんだけど、引き受けてくんない」

久美が尋ねる。顔を見合わせる少年たち。自分たちは真を捜すという重大な任務を背負って、森を旅立った。真は敵にとって、喉から手が出るほどほしい力の持ち主である。こうしている間にもなにをされるか分からず、またなにかされるのではという恐怖も募っていく。

それを取り除くべく、自分たちは一刻も早く救助に向かう必要があるが、美由樹たちはそれだとハンターの掟《おきて》に反すると思い、コクリと頷いた。久美の顔が綻び、二人に手招きすると、集団が去っていったほうへ歩き始める。少年たちも、見失わないようにあとに続いた。

歩き出してから一時間は経っただろうか。三人は、潮風で枯れた森の中に、突如として口を開いた洞窟《どうくつ》に辿り着いた。ここもさっきの寂れた町と同じ雰囲気を漂わせており、そのせいで蘭州の元気が完全に失われたのは言うまでもないが、一方で久美は、そんな彼を呵呵大笑《かかたいしょう》し、二人を引き連れながら洞窟の中に入っていった。

中は意外とほんわかしていた。地面の至るところに苔《こけ》が生えており、とても滑りやすく、天井には蜘蛛《くも》の巣が点在している。天井の高さも低いために、三人は腰をかがめながら奥へ進む。

徐々に道幅が狭くなり、人一人がようやく通れるほどの隙間を抜けた時、彼らは空洞に出た。人が住むには充分なスペースがあり、天井も高く、中心には穴が開いていた。そこまで大きくない穴で、そのような穴が開いているにもかかわらず、洞内は過ごしやすい温度が保たれている。床一面に敷き詰められた石に触ってみると、仄《ほの》かに温かい。出入口の近くには水が湧き出ているところがあり、そこからは湯気が出ていた。

どうやら地下に温水が流れているらしい。遠赤外線効果で、洞内は一年中温かいと久美から説明を受け、少年たちが納得していると、洞内の中央からガヤガヤと人声が聞こえてきた。振り向くと、そこにはさっきの集団が地べタに座り込み、大葉の上に盛られたキノコや魚を頬張っているではないか。

皆用意された食事を楽しみ、その雰囲気は、先の騒動で感じたものとはかけ離れた、和気藹々《わきあいあい》としたものであった。そのことに少年たちが驚いて見ていると、さっきの筋肉質の男がこちらに振り向いた。

「おう、久美、お帰り。随分と遅か……て、そいつら、さっきのチビどもじゃんかッ」

「もっと綺麗《きれい》に食べなさいよ、ジャック。行儀悪い。ほら、鼻の頭に赤いのついてる」

「え。あ、マジ。て、話を逸らすんじゃねえ。どしてそいつらを連れて来やがった」

「別にいいでしょ。こいつら、ハンターだったんだから」

久美の言葉に、ジャックの隣にいた男が、口内に含んでいた飲み物を噴き出す。途端に集団が静まり返り、久美は噎せる男にハンカチを手渡してから、皆を見渡した。

「そーよ。あんたたちが脅してたこいつらが、あのハンターだったの。そんで、私たちの願いを聞いてくれんだって」

久美の声が洞内に響き渡る。皆未だに事情が呑み込めないのか、シーンッとしていたが、彼女が言い終わって数秒置いた後に、ワアァッと歓声を上げげた。目を点にする少年たち。

そんな彼らを見て、さっき噴き出した男が美由樹たちを指さして、

「でもでも、こんなガリガリなチビどもが、ホントに奴らを倒せんですかい」

「知んないの。ハンターは、光の王の認定証がないとなれないのよ。こいつらにゃ、勇気と希望に満ちた心がある。私が認めんだ、みんなも分かってほしい。ジャック、こいつらに今までのこと話しといて。じゃないと、なに頼まれるのか分かんないから」

久美はそう言って、洞内奥の穴の中へと入っていった。この集団は、さっきはあのような態度を取っていたが、裏ではなにかしらの事情を持っているらしい。久美の言葉で気前をよくした彼らは、さっきよりもさらににぎやかとなり、食事を続行する。

一方で美由樹たちは、ジャックの元に呼び寄せられた。目の前に、さっきまで睨み合っていた

相手が座っているとあって、二人は内心でビクビクする。

この重苦しい空気をどうにかしたい。そう思った美由樹は、意を決して、

「よ、よろしくお願いします」

「……おい」

「は、はいッ」

「おめぇら……久美に気に入られんなんて凄えなぁ」

ジャックの顔が急に笑顔になる。驚くのも束の間、美由樹と蘭州は彼に抱きつかれ、筋肉ムキムキな腕に挟まれてしまう。目をぱちくりさせる少年たち。

「あ、あの、その、く、苦しいんですけど」

「おっと失礼……俺はジャック。レジックスのサブボスだ」

「レジックス？」

「チーム名さ。廃墟《はいきょ》になったあの村に住んでた連中で構成されてる。みんな、闇の王の手下に大切な人を殺されちまってな」

ジャックが説明する。少年たちが驚いて声を上げた。

「（シイ）静かにッ。驚くかもしんねえがそんとおりだ。俺たちは、仇討《かたきう》ちをしようと思ってる。つっても法で裁いてほしいってだけで、ハンターに捕まえてもらって、裁判所に突き出してやろうって寸法だ。んでそこに、おめぇらが来たってわけ」

「そんなことがあったなんて……みんな楽しそうに食事してるけど、裏ではそうなんですね。信じられません」

「あの姿を見てりゃな。でも久美のほうが、家族のいねえ悲しみや、孤独感とかと一番闘ってる。あいつはさ、身内を立て続けに殺されちまったんだよ。今も奥で、みんなが写る写真見て泣いてんだろうぜ。特に弟の死は応えたみてぇで、久美はあいつを一番かわいがってたからな。実はそいつも、おめぇらと一緒でハンターだったんだ」

「え、あいつの弟もハンターだったのか」

　蘭州が目を丸くして尋ねる。頷くジャック。

「あいつは固定型ってか、ずっと村を守ってくれてたんだ。とても元気で腕白で、一度言い始めたら最後まで貫き通す奴だったよ」

「そうだったんですか。だから久美さんは俺たちをここに……でも、闇の王の手下を捕まえると言ったって、どうやって」

「それなら心配ねえ。明明後日《しあさって》に闇の王の手下が、村を通って海へ行く情報を掴んだんだ。そん時に攻撃を仕掛けて、捕まえるって魂胆だ。なにはともあれ、そん時はよろしくッ」

　ジャックが少年たちの肩をドンッと叩く。それを受けて美由樹は、厄介なことを引き受けたと内心で後悔した。自分たちの任務を優先すべきだったと、後戻りできないことを悔やむ。

　しかし引き受けたからには完遂しなければならない。依頼達成のため、洞内で過ごすことになってからは、集団とも仲よくなれ、村の歴史や周辺の地理のことなどを学ぶことができた。おかげで少年の、引き受けたことへの後ろめたさは次第に影を薄め、ジャックと蘭州は馬が合ったのか、翌日には、皆を笑わせるお笑いコンビという関係となっていた。久美は相変わらず優しくて、男だらけの集団のボスとは思えない笑顔で振る舞っていたが、夜になると穴の奥に籠もってしまい、皆と顔を合わせることはなかった。

そのような楽しい時もあっという間に過ぎていって、とうとう闇の王の手下が村を通る日となった。その日は、朝から重い空気が村周辺に漂っており、緊張感と恐怖が集団に降りかかる。

そんな中、美由樹と蘭州の二人は、本番当日でも緊張感を見せない久美に連れられて、村を一望できる高台に来ていた。

「ここなら村を一望できんでしょ。誰か通ればすぐに分かる」

「ウヒョオッ、確かに遠くまでよく見えんぜ。ところで、どうしてジャックを連れてこなかったんだ。いつも一緒にいんのに」

「アア、それはあいつが連中から信頼されてっからよ。時にはドジっけど、頭はいいほうだから、大丈夫かなって置いてきた」

「フーン……もしかして久美さんって、ジャックのことが好きなんですか。あいつと一緒にいる時だけ、なんか笑い方が違うし」

「えッ、あ、突然なにゆうの。敬語はみんなの前だけでいいとゆったでしょ。それに、私がどーしてジャックのことを。あいつはただの幼なじみで」

「顔が真っ赤だぞ。正直にゆやぁいいのに」

「こー見えても女ですからね。プライベートを、あんたたちガキにゆえるわけないでしょーが」

「て、それもそっか。アハハ」

蘭州が笑った。彼の笑顔を見て、美由樹と久美も笑う。

その時、バシュッと魔法の放たれる音が高台まで響いてくる。驚く三人。その音は立て続けに三回発生し、それはどれもジャックたちがいる洞窟のほうから聞こえてきたではないか。

なにかあったのだろうか。不安を抱いた三人は、急いで洞窟に向かって駆け出した。ゴツゴツした岩場を駆け降り、枯れ草の草原を抜けて森を走り、やっとのことで洞窟に到着する。

美由樹たちよりも早く到着した久美は、休む間もなく中に入り、奥にある空洞へ向かう。だが彼女の足はすぐに止まった。空洞へ通ずる穴は、元の姿より一回り大きくなっており、その先には仲間たちが、頭から血を流したりして地に横たわっているではないか。そして出入口手前、自分たちに一番近いところにはジャックが、左胸を赤く染めて倒れていた。

蒼白になる女。追い着いた少年たちも、その光景に驚愕《きょうがく》した表情で固まるが、すぐに我に返ると、彼女と共にジャックへ駆け寄った。静まり返った洞内。温水の水蒸気が洞内に溜《た》まり、爆発を起こしたわけでもなく、また魔法で争った痕跡も見られない。疑問を抱いた美由樹は、怪しげなオーラを放つ壁を見て、ハッとなにかに気づくが、久美の泣き叫ぶ声のほうが大きかった。

「しっかりして、ジャック。目を覚まして。ねえ、ジャックッ」

「く……く、み……か」

「ジャックッ。アア、よかった。まだ生きてんわね。ねえ、なにがあったの。どーしてあんた、血だらけなのよ」

「……敵が、ここに……みんな、やられて……三人、組」

ジャックが、苦しいのか喘《あえ》ぎながら言った。だが言い終わらないうちに口から血を吐いてしまう。久美がその名を叫んだ。

「もう駄目だ、俺は……久美、おめぇに会えて、よかった」

「そんなことゆわないでッ。生きて、生きて、生き続けんのよ！」

涙を零しながら、久美が回復魔法で傷口を塞ごうとする。しかしジャックは、その手を掴み、首を横に振った。

「もう、いい……みんなと、逝かねぇと……俺、おめぇが」

「やめて、ジャック。死なないで、死んじゃ嫌！」

「俺……おめぇ、が……す……」

視界がぼやける。脳に酸素が行かなくなり、ジャックは死期を悟って、最期の力を振り絞って思いを届けようとした。だがそれは叶わずに終わり、言い切る前に意識が遠退き、すべての力を失って、頭がカクンと垂れる。目を見張る久美。

「ジャッ、ク……お願い、私を、独りにしないで。私もあんたを愛してたのに、どーして逝っちゃうの。どーしてみんな、私を置いてくのよ。お願い、ジャック。戻ってきて。お願い、お願い……」

愛しき者の亡骸に泣き伏す女。そんな彼女の姿に、美由樹は顔を背け、蘭州も歯をこれでもかと噛《か》み締める。助けられなかった。助けられたはずの命が今、自分たちの手の届かない場所へと逝ってしまう。眼前で人が死ぬというのは、誰もが心苦しくなり、それが自分たちの知る者の死であればあるほど、その衝撃は計り知れない。

そのような悲しき現場に、ムードをぶち破るように男声が響き渡る。

「恋心を抱いていた両者が、思いを打ち明けられず別れるって、何時見ても泣けるなぁ。でも、光族に愛はちっとも似合わない」

この場にいる誰の声でもなかったそれを聞いて、少年たちはハッと我に返り、天井を見上げた。

「そん声は蛛蘭かッ」

「お、良く分かったな、チビ。然うだ、此の声は格好良いお兄さんの声だ。アァハハハ……て、うわわッ」

言い終わらないうちに蛛蘭が、天井から滑り落ちてくる。美由樹と蘭州が、久美を後ろ手に庇い、身構えた。

「おまえたちって本当に卑劣な人たちだな。天井に隠れて見てるだけだなんて」

「然う思わせる事が私たち手下の流儀。処で坊や、何時から私たちの存在に気付いたの。何故私たちが天井に隠れている事が分かったのよ」

隠れるのをやめて姿を現した蝶蘭が、大男と共に蛛蘭の脇に着地し、美由樹に尋ねる。美由樹は、無言で入口脇の壁を指さした。視線を向ける敵たち。そこには蛛蘭の、なんともマヌケな顔の跡がついており、それを見た蝶蘭は男を叱咤《しった》する。まさかそのようなところに犯行の痕跡を残していたとは思ってもいなかった蛛蘭は、シュンッと身を縮め、しょぼくれる。そこへ蘭州が、怒りを前面に押し出し、先手必勝と剣を振るった。蛛蘭が素早く横へ飛びのき、攻撃を回避する。舌打ちする蘭州。

「おめぇら、絶対に許せねえ。ジャックたちを殺しやがって、この罪は死刑より重えぞ！」

「其のような事情、我等には関係無い。此処に居る虫螻《むしけら》を排除せよとの御命令だ。其れより、我等の申し出を受ける気に為ったか」

「俺はおまえたちのとこに行く気はない。同じことを何度も言わせるな」

「問答無用。今日こそは大人しく付いてきてもらうわよ。其れとも、此の場で誰か死なないと駄目？」

「誘惑に騙されんな。こいつらなんか、俺様の魔法でコテンパンにしてやる。『ローカリザンドポセイドン』！」

蘭州が魔法を唱える。魔法は海神ポセイドンが怒り狂ったように三人組を氷柱で囲み、水を噴射して押し潰そうとした。彼らは押し合い圧《へ》し合いして喚いていたが、諦めたのか指を鳴らし、以前のように姿を消す。攻撃する相手がいなくなったことで、魔法は静かに消えていった。蘭州が本日二度目の舌打ちをする。

騒動が片づき、辺りが再び静かになった時、久美が、開かれたままのジャックの目を静かに閉じる。

「ジャック……あんたたちの仇《かたき》は私が討つ。こん身がどーなろーと、必ず討つから」

少年たちが彼女を振り向き、美由樹がその隣にしゃがみ、両手を合わせる。

「なあ、お墓をつくってやろうよ」

「美由樹？」

「ここに置いとくと怪物とかに食われちまうし、そんなの嫌だからさ。な？」

「蘭州……うん」

＊

「墓づくりを手伝ってくれてありがと」

花を手向けた久美が、後ろにいる美由樹と蘭州に言った。彼らは今、敵襲に遭う前までいたあの高台に来ており、そこには、小さいながら石碑が建てられていた。

そのような石碑を見ながら、美由樹も花を手向けて、

「俺たちも、少しの間だったけど世話になったから。みんなを助けるって約束したのに、こうなってごめん。俺たち、なにもできなかった」

「あんたたちが悪いんじゃない。私たちだって、あんたたちに無理に依頼したんだし。私も私で、みんなを守れなかった。お互いさまよ」

「久美……久美、これからおまえ、どうするんだ」

「私には、帰る場所がない。あっても誰もいないし、仇を討つって約束したからね。だからその、あんたたちについていってもいい」

「別にいいけど、なんかはっきりしねえなぁ。ビシッてゆわねえと、途中で諦めちまうぜ」

「それじゃあ、はっきりゆうわ。美由樹、蘭州。私を連れてって。いや、どんなことがあろーと、私は仇を討つまでついていてく！」

「よし、そうと決まれば先を急ごうぜ。みんなの近くにいてぇのは分かっけど、それじゃ先に進めねえ。出会いも始まり、別れも始まりだ」

「それじゃあ、新しい仲間と一緒に出発進行だッ」

「オオッ！」

第八章　海

「ウヒェッ、広え海ッ。鈴街町よりも広えし、夕日が眩しぃ」

　蘭州が、波がまったりと濡らす砂浜を裸足で歩きながら言った。美由樹たちは今、久美たちの村からさらに西へ進んだところにある海へ来ているのだ。

「ねえ、それって湖じゃない。湖だって海のよーに見えんのよ。こんくらい大きくなきゃ、海とはゆえないわ」

「そう言われればそうかも。ところで、久美ってここに来たことがあるのか」

「ここは近所だし、ジャックとの思い出の地でもあんの。ガキん頃、私が砂浜で遊んでんと彼ね、カニを素手で捕まえて見せてくれて。そしたらハサミに挟まれて、手を上下に振り回して。最後にゃ自分が目を回して海にドボンッ。近寄ると、カニ共々に泡吹いて気絶してんの」

「アハハ、あいつらしくて面白えや」

　蘭州が腹を抱えて笑った。

「他にもある？　ワクワクする話とか、スリルな話だとか」

「アア、あれがあんわ。前にジャックと魚釣りをしてた時、海へ引き込まれたことがあってね。私も手伝ってたから、一緒にドボンしたけど、おかげでいいもん見つけたの。ねえ、それ見たくない」

久美が尋ねる。ジャックの死後、旅に出ることを決意した彼女だが、愛する者を失った悲しみは癒せず、気持ちが塞いでいた。

そんな彼女が、明るさを取り戻したような表情で尋ねてきたので、少年たちは嬉しさのあまり、「もちろんッ」と答える。すると久美は、自分について来るよう言ったあとで、海の中へ潜っていった。仰天する少年たち。実は彼らは、運動神経抜群と言われていても、潜ることは大の苦手だったのだ。

見たいと言ってしまったからには行くしかないが、どれほどチャレンジしようと、息が保たず、一分も経たないうちに海面に浮上してしまう。これには先に行った久美も愛想を尽かして、彼らが再度潜水にチャレンジしたと同時に足を引っ張り、海中に沈める。突然引っ張られたので、少年たちは必死になって息を止めようとするが、そんな彼らを女は、腰に手を当てて眺めていた。

「なに必死こいて息止めよーとしてんのよ。ここは息ができんだから、止めたら大変なことになんわ。ほら、しっかり泳ぐ」

「あ、本当だ……ところで、見せてくれるものってどこ」

「だからついて来てとゆったのよ。ほら、深くまで潜る」

「て、海底まで行くのかよ。マジ?」

「マジ。あんた、人ん話聞いてんの。海中で見つけたとゆったじゃない。陸上で見つけたなんて、一言もゆってないわ」

久美は潜り始めた。美由樹たちも、心を決めてあとを追う。

潜り続けて一時間は経っただろうか、彼らは深海に辿り着いた。しかし妙な感じがする。そう、自分の姿が見えるのだ。深海に来たなら、辺りは暗くてなにも見えないはずだが、ここでは自分や仲間の姿がはっきりと見えていた。

「なあ、俺たちがいる場所って深海だよな」

「そーだけど、それがどーかした」

「深海なのに、その、どうして自分の姿を見られるのかなって。深海は、太陽の光が届かない海の深いとこだけど、俺たちがいるとこは明るいから」

「やっと気づいたのね。そう、ここは明るい深海ラディプシーよ」

久美が説明する。美由樹と蘭州が揃って首を傾げる。

「他の海と違って、コロンってプランクトンが大量にいてね。そいつは日光を反射できて、だからここは明るい深海になったわけ。他に聞きたいことは」

「なら、あそこにある町は」

「あそこに行こーとしてんの。ほら、早くしないと鮫《さめ》の餌になんわよ。て嘘、嘘。冗談よ」

蘭州が指さした先には、確かに町並みが続いていた。ここら一帯の海底に広がっており、それを見て久美が指摘する。途端に慌てる美由樹たち。しかしそれは彼女の冗談で、彼女は笑いながら、町へと泳いでいった。美由樹たちも、胸を撫で下ろしてあとを追う。

町は大いににぎわっていた。彼らが到着した場所は、メーンストリートに面した商店街だったらしい。住民たち（魚類と言っていいだろう）があちらこちらに行き交っていた。

「ウヒョーイッ、イクラにタラコ、サザエ、カラスミまであんじゃねえか。海ん幸で溢れかえってんぜ。さすが海ん中ッ」

「カメにサメに、イルカに……て、えッ、クジラも⁉　なあ、久美。ここの住人って海の生き物だったりする？」

「そんとおりよ。よく見破ったわね（て、隠してはないんだけど）それよりこっちよ。昔釣り上げよーとした親友を紹介すんわ」

　そう言うと久美は、メーンストリートの奥に聳え立つ、貝殻の形をした城を指さして歩き始めた。美由樹と蘭州も、住民たちを避けながらあとを追う。

　貝の城は、町の中心部に位置する場所にあった。町の通りは、フランスのシャンゼリゼ通りのようにすべて城へ向けて伸びており、敷地面積は光宮殿より一回りほど小さく感じられた。丸く囲った城壁の中に、青々とした海草の庭。赤や黄色など、色鮮やかな珊瑚《さんご》が点在し、門から玄関へ真っすぐ続くアプローチは、ホタテの貝殻が敷き詰められている。

「まあ、そこにいるのは久美なのねッ」

　そのような城の景色に見惚れながら、少年たちが、貝の形をした玄関扉の前に差しかかった時、庭のほうから女声が聞こえてきた。振り向いてみると、淡い桃色の鱗《うろこ》のある人魚が、こちらへ向かって泳いでくるのが見え、彼女が到着すると久美は、淑女のように片足を半歩後ろへ引き、頭を下げる。

「こんばんは、姫。ご機嫌麗しゅう」

「……敬語、嫌だと言った」

「アハハッ、冗談よ、冗談。そんなにふてくされないで。それより、また会えて嬉しいわ。ご両親はお元気」

「元気すぎて困るくらい。ところで、後ろにいるその子たちは」

「アア、そーだった。紹介すんわ、旅仲間の美由樹に蘭州。二人とも、この年でハンターなのよ。美由樹、蘭州。こん子が、私とジャックが釣り上げよーとした魚よ」

「まあ、かわいらしいハンターさんたちですこと。初めまして。西海の王の娘クリメネです。ちょうどよかったわ。頼みたいことがあったの」

「いいぜ、なんなりとゆえよ。俺様たちがちょちょいのちょいで、あっという間に片づけてやっからよ」

蘭州が胸を張った。隣にいた美由樹は、慌てて彼に注意する。

「別にいいわ。姫だからって、あなたたちと対して変わらない年なんだから。普通に接して」

「ところで頼み事ってなに」

「それは……（ボソ）実は大声では言えないことなの。お父様たちのいる場所でなら堂々と話せるわ。ささ、中へどうぞ」

言うとクリメネは城内に入っていった。美由樹たちもあとに続くが、蘭州が途中で美由樹に、

「なあ、王様のいる場所って、もしかして」

「ああ、おまえの思ってる場所だと思うよ。王の間だ」

「やっぱし？（ハア）俺様、あーゆう部屋の緊張感が嫌えなんだよなぁ。慣れなくて」

「……同感」

美由樹も、言いながら肩を落とす。

それから間もなくして、彼らは王の間に到着した。といっても、すぐには謁見できず、控え室で十分少々待ってから、ようやく室内へ通される。中は少年たちが想像していたとおりの場所で、広い室内に赤い絨毯が敷かれ、その先にある一段上がったところには、椅子が三つ置かれていた。どれもサイズは同じだが、そのうち中央に置かれた椅子だけは、少年たちには小さく見えて仕方がなかった。なぜならそこに座っているのが、王冠を被ったクジラだったからである。クジラが王位に就いているなど、おとぎ話の延長線かと思ってしまうが、現実に起きていることに少年二人は目をぱちくりしながら、久美に続いて彼の前に跪く。クジラ王が、巨体を動かして見下ろしてくる。少年二人が緊張する一方で、久美は慣れているのか、親しみを込めて頭を垂らした。

「お久しゅうございます、王様」

「オオッ、久美君か。久しいな、元気にしとったか。ワシのお転婆娘に釣り針を引っかけるほど

じゃ、あり余っとるじゃろうて」

「おかげ様でこのとおり。ですが、あの時は本当に驚きました。まさか人魚を釣ろうとしてたなんて、思いもしませんでしたので」

「フォフォッ、おぬしらしい。娘も娘で、雇った家庭教師を悩ませるほど腕白じゃったから、よいお灸になったと感謝しとるよ。ところで、いつも連れとるジャックはどうした。今日は見えとらんが、彼も元気にしとるかね」

「あ……ジャックは……彼は、もうおりません」

「どういうことですか。彼の身になにか」

王の隣に座る、年のいった人魚が、久美が急に落ち込んだことに不安げな表情をする。

「ジャックは昨日、闇の王の手下から奇襲を受け、死亡いたしました。そのことをお伝えするために、私はここへ参ったのです」

「！　う、嘘でしょ。そんな、あんなにも元気だったジャックが死んだなんて、間違い、そう間違いよ。ジャックはまだ生きてるわ。これは彼のよくやる冗談なのよ。ね、そうでしょう、久美」

「クリメネ……ごめんなさい。これは冗談なんかじゃないわ。私も信じたくない、でも彼は死んだの。私の目の前で、レジックスのみんなと一緒に。だから私、みんなの仇《かたき》を討つことにしたの。みんなを殺した闇の王の手下を、ウウン、一番の災厄である闇の王を倒しに、ハンターのこいつらとね。そん前に、せめてあんたたちにお別れをしたくて」

「久美……ねえ、あなた、まさかジャックのあとを追うつもりなの」

「分かんない。でも、それもあり得っかもしんない。そん時になって、あんたたちになんもゆわなかったことを後悔したくない。だけど心配しないで。絶対に生きて戻ってくっから」

「久美君……そういえば、おぬしは先にハンターと口にしたのぅ。後ろにいる二人が、そのハンターかね」

王が話を切り替える。それを聞いて、美由樹が一歩前に進み出た。

「おっしゃるとおりです。実は俺たち、闇の王を退治しに敵のアジトを捜してるんですが、手がかりがなにも見つからず立ち往生してます。久美の用件を済ませるためにここへ来たんですが、どうか俺たちのためにも、あなた様のお力をお貸しください」

「ワシの力を、か。どうしてワシの力を欲しとるのか、その理由はなんだ」

「あなた様がこの海の王だからです。王様なら、町に出回ってる噂とか、近頃起きた出来事などを一番知ってそうだし、特に俺たちが聞きたい、闇の王にまつわる情報をお持ちと判断したので、あなた様のお力をお借りしたいと思ったんです。どうか俺たちに、情報の提供をお願いします」

美由樹が頭を下げた。沈黙が漂うが、それはすぐにもクリメネに破られる。

「ねえ、お父様。あのことを言いましょうよ。私は、彼らに頼めば大丈夫だと思います。それにこれは、彼らには重要な情報でもありますから、一石二鳥ですわ」

「じゃが、この者たちにできるかのぅ。ワシもこの者たちを信じたいが、さすがにあれは」

「王、嘘を見抜ける娘が申してるのですよ。ここは彼らに託してみてはいかがですか」

「う、ウム。そうじゃな、娘に認められたのじゃから……よし、おぬしらに力を貸そう。ただし、ワシからもお願いがある。実は娘がもうすぐ式を挙げるのじゃが、それを妨害してもらいたいのじゃ」

「妨害？　結婚式を、て、え、どうしてっすか」

「これはあの、実に言いにくいんじゃが……その、娘の相手が、実は闇の王の手下なのじゃよ」

王がためらいがちに言った。美由樹、蘭州、久美から驚きの声が上がる。

「騙《だま》されたのよ。どこかの国の御曹司で、明るく社交的な感じにお父様ってば、酔ったついでに縁談を決めちゃって。町の人たちにも、私が結婚することを言い触らしたのよ。おかげで町はお祭り騒ぎ。でも数日経ってから、彼が闇の王の手下だとオフレコで話が舞い込んできて。今度はこっちが大騒ぎ」

クリメネがツンッと顔を逸らす。王妃も同じ態度を取り、王は身を縮めた。どうやらこの件について、二人にこてんぱんに扱《しご》かれたらしい。巨体がこの時ばかりは、ワンランク下のイルカサイズに見え、美由樹は彼が気の毒でならなかった。

「しかもその人ったら、確かに気前はよかったけど、顔が超ブサイクなの。あれは間違いなく、先祖がサルだわ」

「て、まさかその花婿、下っ端トリオのバカザルかぁ」

蘭州が目を丸くする。直後に久美から「そーゆうなら蛛蘭でしょ」とツッコミが入った。王妃がウンウンと頷く。

「そんな感じの名前だったわね。珍しいお名前だとは思ってたのだけれど、どうして娘を選んだかはさっぱり」

「言っとくけど私、その人とは結婚しないから。私たちは光族よ。秦淳様のためなら喜んで戦地へ兵を遣わせる。それが秦淳様の配下にいる、私たちの役目。だからもしその人と結婚したら、光族に対する裏切り行為になっちゃうのよ。そんなこと、絶対にしたくないの」

「というわけで、おぬしらに娘の嫁入りを阻止してもらいたいのじゃ。もちろん民に気づかれてはならぬ。あくまで隠密に、突然のアクシデントふうに頼みたいのじゃ。もし手を貸してくれるのであれば、ワシらはなんだってする。どうじゃ。引き受けてもらえんか」

「お安いご用でい。俺様たちに任せておくんなせぇ。絶対に姫様を結婚させませんから」

「て、蘭州、王様の前でその言葉遣いは」

「気にせんでいい、子供の元気な印じゃ。引き受けてくれてありがとのぅ。これでワシらも安心じゃ。あ、今日から娘の結婚式まで、お主らには城に留まってもらうが、よいかな」

「そーできるのでしたらお願いいたします。今の私たちには寝床がありませんから」

「部屋は娘に案内させましょう。クリメネ、あとはお願いね」

「分かりましたわ、お母様。みんな、こっちよ」

そう言ってクリメネは、部屋をあとにした。美由樹たちも、王と王妃に一礼してから、彼女のあとを追いかける。

その夜、美由樹たちは、宿泊する部屋で、どうすれば式を止められるか作戦会議に取りかかった。会議には、もちろんクリメネも同席する。王や王妃も同席する予定だったが、急遽客が入り、残念そうな顔をしながら客の接待へ出掛けていった。

そんな二人を見送ったあとで、クリメネが、

「ところであなたたちは、闇の王を退治するとか、村のみんなの仇《かたき》を討つだとかと言ってたけど、他にも目的がなくて」

「え、どうして分かったんですか。あ、どうして分かったんだ」

「情報が欲しいと言ってたでしょう。闇の王だけの情報なら、あちこちで噂が立ってるからすぐに集まるわ。でもあなたたちはそれを求めてなかったから、他に目的があるんじゃないかと思ったのよ」

「どんぴしゃりだな。実は俺様たちの仲間が捕まっちまって、助けに向かってる最中なんだ。けど美由樹がゆったとおり、全く手がかりがなくって。時間が削られんのは困んだけど、いろんな場所に行きゃヒントが見つかんのかなぁと思ったのさ」

「そんな時に私たちの村にやって来て、私たちに手を貸してくれたの。まあ、生き残ったのは私

だけになっちゃったんだけど、目指すとこは一緒だし、同行することにしたのよ」

「道理で、滅多に張り切らない久美がバリバリしてるわけだ。これで納得。聞きたいことや困ったことがあったら、私に遠慮なく相談して。なんでも答えてあげるから」

「じゃあ、闇の王とか手下関連で、なにか聞いてない」

「えーと……ごめんなさい。そういった噂は、今のところはないわね。あるとすれば、あのサル人がここへよく来るようになっただけで」

「なあ、そいつが来る時間はいつ頃だ。ちと知っときてぇんだ」

「えっと、お昼時か夕方か。あの人、つまらないお世辞で私の気を惹こうとしてるのよ。タイプじゃないのに、いい迷惑だわ」

「でも、さっきから蛛蘭のことばっか話してんわよ。どーしてあいつの話すんの。嫌いなら嫌いとゆってやりゃいいじゃない。もしかしてあんた、マジで好きなんじゃない」

「えッ、あ、そんなはずないでしょ。ただ私は、彼の顔が頭から離れないだけで。気にしないで、と言っても気にするのが久美なのよね……言われてみると、結婚が決まってから私、彼のことをよく口にしてる。どうしてかしら。私は彼のことが嫌いなのに」

「なあ、そいつは三人でここに来てないか」

　美由樹が尋ねる。

「え、あ、ええ。三人でよくいらっしゃるわよ。一人は綺麗な女の方で、もう一人が」

「筋肉マッチョで色男って感じの奴？」

今度は蘭州が質問する。クリメネの顔がパッと映え、それを見た蘭州が大きく頷いた。

「ビンゴか。今回の仕事に絡んでんのは、またあのトリオだ」

「知り合い？」

「いや別に、バカでアホでドジな奴らってだけさ。美由樹のストーカーで、いつも返り討ちにしてやってんだけど」

「でも、ジャックや村のみんなは彼らに殺されたわ。そんだけ力に自信あんのよ。ところで、クリメネ。聞きそびれてたけど、問題の式はいつ」

「うん。来て早々のあなたたちには言いにくいんだけど、明日」

クリメネが申し訳なさそうに答える。美由樹、蘭州、久美が驚きの声を上げた。

「ええ、明日。一日かけて行われる予定よ」

「明日か……なあ、明日は城にいつ戻ってくるんだ」

「夜よ。それまでは教会にいたり、自分たちの姿をお披露目するために町を回ったり」

「舞踏会とかやる？」

「ええ。私、踊りがてんで下手で、本当はやりたくないんだけど、儀式だから仕方ないわ」

「あッ、美由樹の考えてることが分かったぞ。そん時あいつを捕まえて、真の居場所を聞き出す戦法だな。招待された客は踊ったりして動いてるから、緊急時は素早く行動できる」

「どーかしらね。相手だって、なにかあると思って罠を仕掛けてくっかもしんないし。でもまぁ、やってみる価値はあんわね」

「じゃあ、みんなで作戦を練ろう。まず初めに王様がこうして、その次に楽団の人たちの演奏があって。嫌だろうけど、姫はその時こう言って」

「ええ、それなら私も賛成だわ。じゃあ、このことをお父様たちに言わなければ。招待客には、騒ぎになるかもしれないけど、このことは秘密に……て、あら、もうこんな時間。早くしないとお父様たちが寝てしまうわ」

クリメネが、壁にある貝殻形の時計を見て言った。

「ありゃ、もう夜中だ。そういやここに来たの夕方だっけ」

「明日は、お互い成功するよう祈ってから寝ることにするわ。それじゃあお休みなさい」

言うとクリメネは、自室へ戻っていった。美由樹たち三人は、「お休み」と挨拶をしたあとで、もう一度作戦をお復習《さら》いしてから就寝する。

翌日、ついに結婚式が、盛大な鐘の音と共に開かれた。世界で二番目に大きい海の王女の結婚式ともあって、貴族や著名人といった人々が次々と、式場である教会へ入っていく。

その頃、新郎新婦の控え室では、ウエディングスーツを身にまとった蛛蘭が、ウエディングドレス姿のクリメネの前に跪き、高価な珊瑚の花束を手渡している最中だった。

「今日の姫は何と美しい事か。ユラユラと揺れる珊瑚のようで、本当に花嫁にピッタリだ」

「そ、そんなことありませんわ（この顔、本当に嫌。声も大きいし、私の耳は遠くありませんよーだッ）蛛蘭様もスーツが似合ってますわよ。まるで白馬に乗った王子様のよう」

「姫に比べれば、私は海老《えび》に等しいですよ。いやぁ、見れば見るほど御美しい。貴方が私に振り向くだけで、胸が破裂して仕舞いそうだ。嗚呼、今日は何て素晴らしい日なんだろう」

感嘆する蛛蘭。そんな彼の様子を見て、クリメネは苦笑いを浮かべるが、ふとなにかに気づいて尋ねる。

「ところで、よくご一緒されてる方々はどうなさったのですか。お姿が拝見できませんが」

「え。あ、あの二人はですね、今日は欠席するそうです。急用が入ったらしくて」

「えッ、あ、そうでしたか。それは残念ですわね、式に出られないなんて……困ったわ。あの方々が城にでも行かれたら、せっかくの計画がばれてしまう。美由樹さんたちは大丈夫かしら」

クリメネが蛛蘭に聞こえないように呟く。しかし声が届いたらしく、男がこちらに振り向いてきたので、彼女は慌てて笑顔を繕い、その場をやり過ごす。

首を傾げる蛛蘭。それと同時に部屋の扉が開いて、神父が入場の時間が来たことを告げる。新郎が新婦に手を差し伸べ、彼女がそこに自らの手を添えると、二人は神父のあとに続いて、バージンロードへと足を運ぶのだった。

それから数時間して、場面は夜の城へと変化する。盛大な結婚式は何事もなく終わり、新郎新婦は誓いを交わした後に、町へお披露目に回った。イルカが引く馬車に乗り、沿道に集まった大勢の民に手を振って挨拶をする。民からは祝福の歓声がかけられ、色とりどりの花が通りに投げ込まれて、二人の行く末を華やかに彩る。

そんな中を馬車はゆっくり城へと進んでいき、到着すると二人はお色直しをして、第二会場である王の間へ向かった。舞踏会に参加するためである。その頃には王の間は、舞踏会らしい装飾で壁や天井などが彩られており、王室御用達の音響楽団が、場の雰囲気に合わせた曲を演奏している。客も客で、式での服装とは一変し、中世ヨーロッパの上級貴族のような衣装に身を包み、用意された持て成しを満喫している。

「いやぁ、蛛蘭君、君は実に大した男じゃ。会場から溢れるほど人が来たと言うのに、あれほど堂々とした態度を取れる者が他にあろうかね。さすがワシが見込んだ男、娘の夫に選んで正解じゃった」

ここでも挨拶回りをする新郎新婦を見つけたクジラ王が、新郎に泳ぎ寄り、その背をバシバシと叩いて褒め称える。苦笑いを浮かべる新郎。背の痛みを我慢しながら、王の盃に酒を注ごうとした時、それまで流れていた音楽がピタリとやんだ。指揮者が譜面台をタクトで二、三回軽く叩き、演奏者に無言の指示を送る。曲が変わり、誰もが踊り出しそうな音楽が流れ出した。舞踏会の始まりである。

「あら、素敵な音楽。蛛蘭様、私たちも踊りませんこと」

「えッ、あ、ええ。然うですね。斯う見えて私、ジェントルマンオブワルツと異名を持つほど、巷《ちまた》では有名な踊り手でして。ささ、参りましょう」

　クリメネの言葉は、男の意表を突くものだったらしい。曲に聴き惚れていたために、蛛蘭は焦った表情を見せるも、すぐにそれを引っ込めては、彼女に手を差し伸べる。式が始まる前は多少の戸惑いを見せていた彼女も、今ではすっかり肝が据わって、男の誘いを快く受け入れると、曲のリズムに合わせてステップを踏み始めた。右に左にタタトタンッと、その後にクルッとターンをし、また右に左に揺れ動く。踊りが苦手なわりに、姫が華麗にステップを決めるため、男はさぞ驚いたことだろうと思われたが、彼も彼でちゃんとステップを踏み、相手をリードしていたので、周りにいる者たちからは感嘆のため息が漏れた。

　そのような、誰もが見惚れるステップを披露する二人だが、途中クリメネが、それまでの勢いから一変し、ゆっくりした歩調でステップを踏み出す。

　首を傾げる蛛蘭。そんな彼にクリメネが、声のトーンを抑えて、

「……ねえ、蛛蘭様。一つお聞きしてもよろしいですか」

「えッ、あ、はい。何でしょう（まさか踊りが下手なのがばれたんじゃ）」

「あの……実は私、妙な噂を耳に挟んだことがありますの。私の大切な親友が、先日何者かに殺害され、その犯人があなた様だと。あなた様は本当に優しくて、紳士の中の紳士と申してよいお方なのに、どうしても噂の真相が気になって、仕方がありません。せっかくの式にこんなことを考えるなんて、私はとても恥ずかしいのです。どうすれば式を楽しめましょうか。噂は本当なの

ですか」

「う、そ、其れは……」

クリメネが真剣な顔つきで尋ねてきたので、蛛蘭は返答に困り、狼狽《うろた》える。

その時、後方で男声が上がる。

「それなら自分めがお教えいたしましょう」

振り返ると、『三銃士』に出てきそうな服装をした若者が、鍔《つば》の広い帽子を被って立っていた。まるで素性を知られたくないかのように、深々と帽子を被っているので、蛛蘭は怪訝《けげん》そうに眺めるが、クリメネはパッと顔を明るませ、蛛蘭から離れて若者の手を取る。

「それは本当ですの。ならぜひ、私に教えてくださいな」

「姫の願いとあらばお望みどおりに。そう、噂は本当です。そこにいる新郎は、あなた様の親友を殺した張本人です」

「う、嘘だ。そんなの、唯の噂話だ。姫、騙されてはいけません。其の者の言葉は偽りだッ」

蛛蘭が焦る。動揺を隠そうとしたため声が大きく出てしまい、驚いた指揮者がタクトを振るのをやめて振り返る。音楽が鳴りやみ、客たちも騒ぎに気づいて蛛蘭たちに視線を向けた。

「本当なのですか。蛛蘭様が私の親友を、え、殺害した犯人なのですか」

「真実に偽りはございません。新郎は、いつも一緒にいる二人と手を組み、逃げ場のない洞窟で、あなた様の親友だけでなく、居合わせた三十人ほどの人を皆殺しにしたんです」

若者が、会場全体に聞こえるような声で言った。客たちが響動《どよ》めき、蛛蘭がさらに焦る。

「違うッ。此の私が、愛しき姫の友を殺害する筈が無い。誓っても良い、私は断じて殺人犯では無い。姫、自分は何もしておりません。其れより、然う申す者の傍に居ると危険です。さあ、此方へ」

「危険はどっちかな。このバカザル、今日こそは逃がさねえぞ」

クリメネに手を差し伸べる蛛蘭。彼が言い終わらないうちに、前方にいる若者と同じ服装をした若者が、蛛蘭の背後で身構え、足を一歩前に踏み出す。狼狽える蛛蘭。

「だ、誰だ、御前はッ。正体を現せ！」

「おや、もーお忘れかい。ジャックたちを殺した殺人鬼さん」

二人の若者に挟まれる形となった蛛蘭に、もう一人、こちらは薔薇をモチーフにしたドレスを身にまとった女が加わる。囲まれたことに動揺を隠しきれない蛛蘭の叫び声を受けて、謎の三人組はそれぞれ着ている服を摑み、次の瞬間それを脱ぎ捨てた。

宙を舞う服。その下から現れたのは、美由樹、蘭州、久美の助っ人チームであった。登場の仕方が華麗だったために、客たちからは拍手が送られたが、当人たちは真剣な表情で相手を睨みつけ、一方の新郎は、やられたッと言わんばかりに悔し顔をする。

少年たちの姿を見て、罠にかかったことを悟った蛛蘭は、素早く蘭州の頭上をジャンプで飛び越えると、客を押し退け、ドアへ走り寄る。しかしドアの前には、作戦を知っている兵士が陣取り、逃げ道を塞ぐ。

「罠に嵌《は》まったのは此方だってか。蝶蘭、カ蘭ッ」

動揺を前面に表した蛛蘭は、逃げ道を求めるように窓のある壁へ走り寄ると、追ってきた美由樹たちを振り返り、言った。すると彼の両脇の窓硝子が、ガシャーンッと音を立てて割れ、外から蝶蘭と大男が入ってきたではないか。

どうやら二人は、窓の外で中の様子を窺っていたらしい。仲間の応援を求める声を聞いて飛び込んできたといったところだが、今日の二人はなぜか呆れ顔をしていた。

「貴方って本当に馬鹿ね。斯う何度も失敗するなんて、今回は今までの事を全て水に流そうと思っていたのに、残念だわ」

「全くだ。相手も相手で、姫の結婚式に此の様な作戦を仕掛けるとは、また大胆な発想だな。其処まで式を台無しにしたいなら、我等も肖《あやか》ろう。成果を見せないと、王の怒りを買う。あの笑い男よりも早く獲物捕獲を始めたのに先を越されたのは、我等には大きな失点だ」

「ちょ、笑い男って、彼の悪口も程々にしてくれない。ああ見えて彼は」

「なにゴチャゴチャゆってやがる。そんな暇あんなら、真の居場所ぐれぇ教えやがれ。『ローカリザンドポセイドン』！」

蒼海牙を素早く取り出した蘭州が、揉《も》める三人組に魔法を放つ。三人組は、隙が多いはずがすぐに反応し、蛛蘭が闇玉を飛ばす。両者の魔法が空中でぶつかり、消滅したのを受けて、一人の客の悲鳴を筆頭に、皆挙《こぞ》ってその場から退去し始める。

兵士たちと共に、客の避難を促していた美由樹が、蘭州と久美だけでは分が悪いと判断し、背後のクリメネに安全な場所へ避難するよう言ったあとで、自身も参戦する。精神を統一し、剣を手に三人組に向かって走り出す美由樹。十八番の『**龍神剱**』をやろうというのである。

しかしそれは、以前見た『**龍神剱**』ではなかった。クリメネが声を上げる。少年の周りを光の渦が取り巻いているではないか。本人は気づいていないのか、そのまま足を動かしているが、その場にいた者は皆、開いた口が塞がらないほど目を丸くする。

「そんなの有りかよッ。光の守護者と同じ光を出して向かってくるぞ」

「其れなら此方も闇で挑むまで、『ダークモールバ』！」

敵たちにも予想外だったらしい。焦りを隠せない蛛蘭に、蝶蘭も動揺する中で魔法を放った。魔法は少年に真っすぐ飛んでいくが、光の効果で掻き消され、少年の足を止めるまでには至らなかった。

自分たちの魔法が効かない。そのことを瞬間的に悟った蝶蘭と力蘭は、すぐさま飛び退き、攻撃を回避する。だが蛛蘭は、動揺を取り除くことができなかったために反応が遅れ、少年の魔法を喰らい、壁に勢いよくぶつかる。衝撃が全身に伝わり、その場に崩れ落ちた。

「矢張り役立たずに成り下がったのね。王、御覧に為りましたか。此が貴方様の蛛蘭です」

「然り。我が部下に弱者は要らぬ」

男は既に堕落していた。最盛期の頃を知っているのだろう、その頃と比べて、避けられるはずの攻撃を受け、崩れた今の彼は落魄《おちぶ》れたと言っても過言ではない。

そのことに蝶蘭がため息をつき、会場中に届くような声を発した。すると直後に、この世のものとは思えないほど、不気味な笑い声が室内に響き渡り、蝶蘭の前に大きな影が現れたではないか。凍りつく一同に、一方の蛛蘭は慌ててその場に立ち上がる。

「御待ち下さい、自分は未だ戦えます。如何《どう》か御許しを」

必死に訴える蛛蘭。しかし影は聞く耳を持たず、体の一部を前に伸ばす。それは見る見るうちに魔女のような手へと変化し、掌に紫色の光を溜め始めた。

「御待ち下さいッ、自分は未だ遣れます。蝶蘭、力蘭、俺は未だ戦える。頼むから王を説得してくれ」

「見苦しいぞ、蛛蘭。我等を巻き込むとは以ての外。即刻排除されるのが貴様の宿命だ」

「そ、そんなぁ……本当に然う思って」

嘆く蛛蘭。絶望感に顔を引き攣らせ、後退りする。しかし彼は、壁のすぐ前に立っていたため、それ以上下がることができない。そんな彼に、影が静かに迫り寄る。

「ハア（私はこうしなくちゃならないのね。やっぱり私は……）お待ちください。蛛蘭様はもう私の友人です。友人を殺さないで！」

自転車一台分まで影が迫った時、クリメネが久美の背後から飛び出し、両者の間に割り込んで蛛蘭を庇う。姫の突然の行動に、全員が目を丸くし、影もピタリと動きを止める。

「どけ。弱者を庇う等、王族には似合わぬ」

「いいえ、庇います。蛛蘭様は、あなた様から見れば確かに弱者かもしれませんが、私より踊りは上手です。顔は気に食わないけれど、私に見せる笑顔はハンサムで、中身はとても優しくて、いつも私のことを心配してくださった。初めは嫌っておりましたが、今は違います。自分の心が訴えてる、私は彼と共にありたいと。私の大切な方の蛛蘭様を、神聖なる王の間で殺すなんて無礼です。絶対に許されません。あなた様も王であるならば、私の言葉の意味がお分かりになるはずです！」

「承知の上での処分だ。神聖な場所ほど、墓場に相応しい場所は無い。其処を退く気が無いのであれば、望み通り其奴と共に逝くが良い」

　言うや影は、掌から死を解き放つ。美由樹たちが防ごうと走るも、誰よりも影に近いところに立つ姫を守るには時間が足りない。クリメネも恐怖に脅え、体が硬直し、その場から今すぐに逃げられそうにはない。死の魔法が容赦なく彼女に迫る。

　だがその刹那、姫は体を動かし、その場から脱した。何者かに背中を押され、バランスを崩して転倒したのだ。初めはなにが起きたか分からなかった彼女だが、ハッと我に返り、後方に向き直る。

　そこには蛛蘭が立っていた。式中どのようなことがあろうと、絶やさずにいた笑顔で、自分のことを優しく見ている。しかしクリメネが声をかける間もなく、男の体がくの字に曲がった。床に音もなく崩れ落ちる。クリメネの悲鳴が響き渡った。

消える敵たち。そのことを気にする者は、今この場では誰一人としていなかった。皆、王の間で人が殺されたことに動揺し、悲鳴を上げる者もいれば、「兵を呼べ」「違う、医者だ」などと叫ぶ者もいた。美由樹たちも、そこでようやくクリメネのそばに駆け寄ることができ、一方でクリメネは、男が目を閉じて動かないのを見て、その体を揺さぶり続ける。

「しっかりしてください、蛛蘭様ッ。蛛蘭様！」

「……ひ、め……良かった。生きていて」

「蛛蘭様。嫌、こんなの、絶対に嫌。お願い、蛛蘭様、逝かないで！」

「姫……有り、難う。友達って、嬉しかった。泣かないで。笑顔、本当に好き、だから、結婚したのに」

クリメネの目に涙が溜まっているのを見た蛛蘭が、それを指で払いながら言った。しかし彼の顔は、すでに血の気を失い、死人同然となっていた。それこそ、無条件で相手の命を奪う死の魔法の特徴であり、その魔法を受けた者は最後、助かる見込みはどこにもない。

そしてそれを受けた蛛蘭もまた、急速に力が衰え、視界もぼやける。目を閉じようとする男を見て、蘭州が「駄目だッ」と叫んだ。

「おめぇにゃ、まだやることがあんだろ。大好きな姫と結婚したばかりなのに、そりゃ食い止めようとはしたけど、そんなに好きなら最後まで姫を守れ。それがおめぇの償いってもんじゃねぇのかよ」

「あんたにゃ、ジャックやみんなを殺された恨みがある。だからって、これ以上目の前で誰かに死なれんのはもーたくさん。ジャックたちも、こっちに来んなとゆってるはず。クリメネを悲しませないで。生きて彼女を笑わせ続けてよ」

「もう良い、んだ。俺、馬鹿だから……世界の、光、助けて。世が、滅ぶ前、に……たの、ん……だ」

生きる力を呼び戻そうと、皆は必死に語りかけた。しかし蛛蘭は首を横に振り、残りの力を振り絞って言葉を発する。

それが彼の最期の言葉となった。言い終わらないうちに、男の目が完全に閉じられる。呼びかけにも反応しなくなり、皆の目の前で、胸の上の手が音を立ててずり落ちた。目を見張る一同。特にクリメネは、夫以上に顔を青くして、止まることのない涙を流し、白き亡骸に泣き伏せる。

自分の本心にようやく気づいた。しかし時遅く、死は彼女から最愛の友を奪うと、誰からも疎まれながらその場を去るのであった。

第九章　ライバル登場で優勝はどっち

「あの事件以来、クリメネ、部屋に閉じ籠もってんだって」

久美が、日光の降り注ぐ砂漠を歩きながら言った。美由樹たちは、結婚式の三日後に海の町を旅立ち、今は砂漠に囲まれた町へ向けて歩いているところであった。

「そうなるよな。人の死って、忘れようにも忘れられないし。そういえばおまえ、さっきからなに持ってるんだ」

「アア、これね。蛛蘭が死ぬ間際までつけてた、珊瑚のペンダント。魔法を受けた時に取れたらしくて変形してっけど、出発前にクリメネから預かったの。王を倒したら、これをそこに置いてきてほしいって」

「形見って奴だな。んでも闇の王って酷え野郎だぜ。人を殺しといて、平気な面して逃げやがって」

「だから私たちが、これ以上の犠牲をつくんないために、王を退治しよーとしてんだろ」

「そ、そうだけどよぉ。（ボソ）なあ、今気づいたんだけど、久美って時々男になんねえか」

蘭州が美由樹の耳に囁く。直後に久美に振り向かれ、慌てて別の話題を持ち出した。

「さ、さすが砂漠だなぁ。暑いったらありゃしねえ。いつ町に着くんだろうな」

「地図ではあと少しなんだけどぉ、時計塔が見えるはずだよ。て、あッ、向こうに塔が見える。

ほら、あそこ。あの下が町だ」

「あと少しね。さっさと行きましょー」

美由樹と蘭州を押し退けて、久美が遠方の塔へ歩き出した。美由樹たちも急いであとを追う。

町は、砂漠の中にあるからか静かだった。道では大勢の人が行き交っているが、その多くはあまりの暑さに話す気力を失っており、話す声も小さくなっている。はっきり聞こえるのは、町の至るところにいる、図体の大きい土偶のような生き物たちの声だけで、それを見た美由樹は、内心で不思議な町だなぁと呟く。

「なんだ、ここ。人もいっけど、あの巨人のほうがたくさんいんぜ」

「ゴーレムよ。あーして人並みに動いてっけど、砂や泥でできてんの。どーやらここはゴーレムが支配する町みたいね。でもま、そこまでギスギスしてないから、警備や防衛をしてもらってんでしょー」

「とりあえず散策してみよう。ここで突っ立ってても仕方ないし。歩いてたら、ゴーレムが多い訳もきっと分かって……」

言いかけたところで、美由樹は眼前にいたなにかにぶつかってしまう。衝撃で体勢を崩すも、慌てて立て直し、顔を上げた。そこには自分より背の高いゴーレムが聳え立っており、少年がぶつかったことに気づくと、硬直している彼を見下ろした。

〝ギロギ、カミオツチヒ。ササハフナドヒニウニ〟

「え、な、なに。もう一度お願いできませんか。ヂロ……」

美由樹がゴーレムの言葉に答えられないでいると、ゴーレムの後ろから男声が聞こえくる。

「ザーロメ、サハフナチツヒパケハナヤヂッ。ムテコトケロト、イルギナエ」

振り向くと、茶色がかった緑色の髪をし、似た色の服を着た少年が立っており、美由樹たちは彼が現れたと同時にエッと声を上げる。彼が、ゴーレムに気づかれないよう小さく手招きをしていたからだ。

美由樹たちは、ゴーレムの言葉や、少年の行動に初めは戸惑うが、ここは彼を信じてみようと、少年に駆け寄った。少年がニコリと微笑み、ゴーレムに振り向いた。その笑みを見たからか、ゴーレムは急に動揺し、彼が言い終わるや尻尾を巻いて走り去る。驚く美由樹たちの隣で、少年がよろしいと言わんばかりに頷き、今度ははっきりと手招きをして、町の奥へと歩き出した。美由樹たちが慌ててあとを追いかける。

「ちょっと待って。あ、さっきは助けてくれてありがとう」

「ここに来るの初めてなんでしょ。それなら仕方ないよ。誰だって最初は戸惑うから」

「ねえ、さっきのゴーレムはなんてゆってたの。それにあんたも」

「アア、さっきの。ゴーレムは《**おまえたちは誰だ、ここの者ではないな**》と言ったんだ。だから僕が《**この人たちは僕の友達なんだ、見つけてくれてありがとう**》て追い払ったわけ」

「うーん、ややこしい言葉だなぁ。俺様にはちんぷんかんぷんだぜ。ところでおめぇ、誰」

「僕はコナラ、鍛冶屋《かじ》で働いてるんだ。君たちこそ誰」

「俺は美由樹。こっちが蘭州で、後ろにいるのが久美。三人で旅をしてるんだ」

「フーン。あ、もしかして、大会のために来たんでしょ」

「大会？」

「知らないの。おかしいなぁ、出場者は必ず知ってるのに。でもいいや、教えてあげる。あそこに見える闘技場で明日、バトル大会が開かれるんだ。魔法とかを駆使して、相手をバトル不能にさせたほうが勝ち。君たちも出るんだったら、これくらいは知っとかなくちゃ。そういえば君たち、今晩はどうするの。もう泊まる場所を見つけてたりする」

久美の質問に、コナラは首を傾げながら、町の奥に聳える楕円《だえん》形の建物を指さした。美由樹、蘭州、久美の口から一斉に感心の声が上がり、コナラはますます不審がる。しかしすぐに表情を元に戻すと、三人に尋ねた。首を横に振る三人。

「だったら僕の家に泊まってよ。鍛冶屋をやってるんだけど、宿もついでにやっててさ。他の宿は、僕のところに比べたら汚いんだ。そんなところに大切なお客様を寝泊まりさせられないよ。ね、いいでしょ」

「そーゆわれても……まあ、確かにそんほうが手っ取り早いわね。断れば、さっきみたいにゴーレムに捕まっかもしんないし」

「決まりだね。じゃあ、案内するよ」

言うやコナラは、スタコラと歩き出した。事情を呑み込めない美由樹たちは、頭を混乱させせながらあとを追う。

目的地は、闘技場を谷とし、そこから少し坂道を上ったところにあった。町にあるどの家よりも大きく、煙突がついた半地下式の工房と、二階建ての長細い宿屋が隣接した形で建っている。外から見た限りでは、開店しているか分からなかったが、コナラの話ではそこそこ繁盛しているらしく、彼は、半地下に入口がある工房の扉を開いて入室する。中は外見と比べるとこぢんまりしていて、奥には天井までの高さはある窯が、手前には武器を鍛えたり、修復したりするための水場が設けられており、そばには打ち出し用の台が置かれている。壁際の机の上には、金槌《かなづち》や攌みハサミといった道具が綺麗に並べられていて、入口近くには来客用のカウンターがあった。

内装は、町に点在する他の工房と同じ造りをしていた。唯一他と異なるのは、職人が一人しかいない点だろう。その職人とは、窯の前にいる青年で、彼は赤く焼けた剣を金槌で叩いていたが、コナラの声を聞くや、その手を止めて振り返る。よく見るとその顔は、汗や煤《すす》に塗れているが鏡に映したようにコナラとそっくりで、しかし少年はそのようなことには目もくれずに、彼に駆け寄った。

「お帰り、随分と嬉しそうだな。て、おや。後ろで息を切らしているのはお友達かい」

「さっき友達になったんだ。大会に出るみたいなんだけど、泊まる場所がないの。そんな時に、僕がここに泊まってと誘ったんだ。ねえ、泊めてあげてもいいでしょ」

「駄目なわけがない。それじゃあ、一〇七室に案内してあげなさい。今はその部屋しか空いていないから」

「ありがとうッ。みんな、こっちだよ」

コナラのテンションがさらに上がる。彼は、そばの梯子を上り、上の階へ行くと、美由樹たちに手を振った。彼らは、青年に一言挨拶を送ると、少年のあとを追う。そこには、宿にしては少し長い廊下があり、コナラは、五、六歩進んだところにある扉の前で、自分たちを待っていた。

「ジャジャーンッ。ここが君たちの寝泊先、一〇七室でーす。これがその鍵で、食事は一階に食堂があるから、そこで食べてね。ゴミはゴミ箱へ。チェックアウトしたいなら、鍵とゴミが入った袋を玄関に置いといてくれればいいから。なにかあったら、僕か兄ちゃんに言って。それから」

宿の規則を説明するコナラ。自分で客を呼び込むことに成功したからか、早口で説明されたことに、美由樹が内容を聞き返そうとする。しかし、その声は少年に届かず、彼の声に遮断されてしまう。

「あ、思い出した。武器のことなら僕たちに任せて。なんたってここは鍛冶屋だからね」

「え、あ、ありがとう、コナラ。それでさぁ」

「コナラッ」

一難去ってまた一難。再び美由樹が尋ねようとした時、背後で声が上がった。振り返ると、淡い黄色の服を着た青年が、茶髪の女と、彼女より少し背が低く、茶髪交じりの金髪をした女を両脇に連れ立って、こちらに歩いてくる。三人を見て美由樹たちは、他者にはない神秘的なオーラが漂っている気がしたが、一方のコナラは、そのようなことを感じていないふうに、興奮のバロメーターをさらに上昇させる。

ホッピングして腰に抱きついたコナラを、青年は優しく引き離し、

「インカはどこにいるんだい。彼に話があるんだ」

「兄ちゃんなら鍛冶場にいるよ。仕事一筋だから」

「ありがとう。じゃあ、またあとで」

言うと青年たちは、梯子を使って工房へ下りていった。

「ねえ、あの人たちは。顔見知りのよーだけど」

「それより、早く中に入って。僕ね、ここが大好きなんだ。早く入らないとアレが終わっちゃうよぉ」

久美の問いには答えずにコナラが、急いで解錠し、扉を開ける。首を傾げる美由樹たちだが、言われるままに中に足を踏み入れた時、彼の言葉の意味を理解する。金色の夕日が、名残惜しく手を振っているかのように、室内を黄金色に染めていたのだ。しかも室内からは、同色に染まる砂漠を一望でき、スイートルームさながらの眺めに、美由樹たち三人からは感嘆の声が漏れる。

「なんとか間に合ったね。この景色、実は他の部屋では見られなくて、だからこの部屋に当たっ

た人は超ラッキーなんだ。どう、綺麗でしょ」

「確かに、綺麗って表現じゃ表せないくらいの絶景だよ。これが好きになるのも分かる気がする。ところで、さっきおまえに話しかけてきた人たちは誰だったんだ」

「アア、兄ちゃんたちね。兄ちゃんたちは、僕の兄ちゃんの親友だよ。（ボソ）これは内緒だけど、ああ見えて兄ちゃんたちは凄いんだよ。歴史書に名前が載るくらいなんだから」

「歴史書に？　どんな人たちなんだ」

「へへッ、僕の兄ちゃんから言うと、『インカ』て名前なんだ。いい名前でしょ」

「インカ？　どっかで聞いた名前ね。あれ、どこだったっけ。思い出せないな、うーんと」

　言うと久美は腕を組み、考え込んだ。その様子に蘭州が「また男になった」と小さく呟き、美由樹が頷くと同時に、彼女の頭上にあるランプが、ピカンと点灯する。

「思い出したッ。昔、ばあさんから聞いた創造物語に出てきた、北を耕したって人だ」

「耕す？」

「手っ取り早くゆやぁ大地を創った人ね、蘭州。歴史書に載るほど凄いってなら、世界大四天と呼ばれるうちん一人、北のインカで間違いないわ」

「ピンポーンッ、大正解！　あとね、さっき会った兄ちゃんたちも、他の三つの方角を築いた人たちなんだよ」

「築いた？」

美由樹が首を傾げて聞き返した。

「《無の地に国を築きし者たち、初めの名をインカといい、北に山を耕して地を固め、続く名をライトといい、西に海を湧かせ地を潤す。終わる名をサラといい、南に命の園を築きて安住を誓い、余る名をフロルといい、東に命を創りて世に光をもたらす。彼の者の仲睦まじく、地は永久の和を約束されたし》。まさかここで有名人に会えんなんて夢のよーだわ」

「やっと女に戻った。(ボソ) なあ、久美はまさしくアレだと思わねえか」

「アレ?　なにそれ」

「なにとゆわれても、アレはアレだ。オカマ。あ、オナベか」

蘭州が美由樹の質問に答える。しかし久美が、直後に「なにか言ったか」と尋ねてきたので、慌ててなにも言っていない体を装った。コナラがクスッと笑う。

「そうだッ。正解した君たちに、ご褒美としてとっておきの情報を教えてあげる。実は、フロル姉ちゃんに弟がいるんだよ」

「あれ、でも歴史書にはそんなこと書かれてなかったはずだけど」

「本当にいるんだ。フロル姉ちゃんが隠してたんだよ。ねえ、知りたくなーい」

コナラの誘いに、久美が「もちろんッ」と目を輝かせた。どうやら彼女も、美由樹たちと同じく歴史には興味があるようで、美由樹と蘭州の二人も頷いたことに、コナラは心を弾ませ、フロルの弟だという人物の名を教えようとする。

しかし彼がその名を口にする前に、扉がノックされる音が室内に響き渡る。驚いた四人が振り向くと同時に扉が開き、廊下から世界大四天が四人揃って入室してきた。

「兄ちゃんッ。あ、ちょうどよかった。今ね、兄ちゃんたちの話をしてたんだよ」

「道理でインカが嚏《くしゃみ》を連発しているのね。ところでそこの二人、そう、彼女じゃないあなたたち二人よ。あなたたち、話によるとハンターっていうじゃない」

フロルが、美由樹と蘭州に視線を向ける。驚く美由樹たち。

「ど、どうして俺たちがハンターだと分かったんですか。まだなにも言ってないのに」

「言わずとも分かるわ。それより、あなたたちに聞きたいことがあるの。あなたたちは今、光の王から重大な任務を任されている。それは、ある人の救出。それってもしかして、光の守護者と呼ばれる光真のことかしら」

フロルが尋ねる。目を丸くする少年たち。特に蘭州は、彼女の口から真の名が出たことに驚きの声を上げる。

「真を知ってんのか⁉」

「て、ちょっと待って。真って、フロル姉ちゃんの弟の名前じゃないか」

「なんだってッ、真が世界大四天の弟？」

「そうよ、美由樹。真は正真正銘、私の愛憎な弟よ」

「！　ど、どうして俺の名前を。あなたとは初対面のはずですが」

「それは真に聞いてちょうだい。簡単に説明すれば、あいつからあなたの名前を聞かされていた。しかも毎晩のように、自然木の前で。これで分かってくれた？」

「え、は、はい。あ、そうか。だから恵美さんが、日が暮れるのを嫌がってたのか。隠れんぼで愛がいなくなったあの日、結局は暗くなるまで捜しちゃったけど、あれってあなた方が出歩くからだったんですね」

「仕方ないわ、私たちは人に見られちゃいけないんですもの。古代の人、架空人物と思われているの。おかげで外出時はいつも変装。あ、森は別だけどね」

「真君が闇の王に捕まったと秦淳王から聞いてね。いい時に来てくれた君たちに接触して、詳しく話を聞こうと思ったんだ」

　サラに続いてライトが、コナラが空けてくれたソファに座りながら言った。美由樹と蘭州は顔を見合わせ、困惑した表情を浮かべるが、世界大四天から直接頼まれたからには致し方ない。久美からも、隠し事はこの際なしにしようと言われ、心を決めた美由樹が頷き、今までに起きたことや、これからすることなどを洗いざらい白状する。蘭州も折れて、彼の話の不足を補い、その間他の者たちは、遮ることなく話に耳を傾け続けた。

　話の後半には久美の事情もつけ加えたので、すべてを話し終えたのは三時間後のことだった。その頃には窓の外はすっかり暗くなり、家々の窓から漏れる明かりがポツリポツリと見える程度であった。そこには今までと変わりない温かさが保たれているのだろうが、一方で少年たちのいる部屋では、沈黙が腰を構えていた。誰もなにもしゃべらず、しかしそれも数秒置いた後に、インカによって破られる。

「恋人を失ったとは、辛い話を思い出させて申し訳ない。しかし、話してくれたことで大筋の事情は理解できた。その上で君たちに必要なのはこれからどうするかだが、敵にまつわる手がかりは、なにも手に入れていないのだろう」

「なので、本当に当てずっぽうで捜すしかないんです。俺たち、町から外に出たの今回が初めてで、世界がどんなかも知らないし。王様からもらった地図に場所が描いてあればいいんですけど、ほとんど白紙の状態で渡されたからお手上げで」

「なら、いいこと教えてあげましょうか」

窓辺にいたフロルが聞く。

「あなたたち困っているみたいだし。大会で優勝する条件つきなら、教えてあげてもいいわ」

「素直に教えてあげなよ、フロル。この子たちが優勝するまでの時間に、彼の身になにかが起きて、そのせいで亡くなったら、僕たちはどうなる。僕たちだけじゃない。この子たちも含む全生物、最悪の場合は世界までもが滅んでしまう。それはなんとしても避けるべきだよ」

「でもライト、この子たちにそれができると思う？　美由樹の言うとおり、私たちとこの子たちは今日が初対面。少なくとも、心から任せられると分かってから教えたほうがよくなくて。弱者に教えたところで、状況はなにも変わらない。なにもできずに終わるだけよ」

「そりゃそうかもしれないけど……」

サラが口籠もる。確かに、初対面の相手に世界の運命を委ねるのは無理がある。自分たちの命運もかかっているとなればなおさらのことで、フロルが危惧《きぐ》するのも当然であった。

しかし美由樹は、そう言われることを事前に予想していた。そのため彼は、サラの言葉を遮り、皆の視線が集中する中でフロルと向かい合っては、彼女を真っすぐに捉える。

「分かりました。その条件、呑みます」

「へえ、随分と覚悟を決めるのが早いじゃない。まあ、試練だと思ってくれて構わないわ。全員が出ても、一人が代表で出てもよし。それじゃあ、精々頑張りなさい」

フロルはそう言うと、部屋を出て行った。そんな彼女を見て、親友三人はため息をつくと、少年たちにエールを送り、コナラを連れて退室する。あとに残った三人は、そんな彼らを最後まで見つめていたが、扉が閉まるなり一カ所に固まって、小声で話し始める。

「で、どーすんの。誰が大会に出る。ちなみに私はパス。こーゆーの慣れてないし」

「俺様はやる気満々だぜ。けど、優勝たって、明日の大会にゃコナラも出んだろ。あいつ、見かけによらず強そうだぞ。鍛冶場にトロフィーが三つも置いてあった」

「それは俺も見たけど、それだけじゃない。夕方、俺がゴーレムにぶつかった時に、あのゴーレム、コナラが現れた途端に逃げ出したのを覚えてるか。大会は結構前からやってるみたいだし、あの巨体の奴が逃げ出すってことは、大会で何度も負けてるってこと。つまりあいつは、ゴーレムも敵わない強者ってことになる」

「……美由樹、おめぇ、見かけによらず凄え観察力してんだな。視力いくつ」

「え。あ、両目とも二・〇だけど」

「て、視力の話をしてどーすんのよ。今は誰が出るか決める時間でしょ。早くしないと、明日の大会に間に合わなくなんだから。フロルから情報が聞けなくなんのよ」

「俺と蘭州の二人で出てもいいんだけど、それだとどこかでぶつかっちゃうし……こうなったら代表者が出ることにして、一本勝負のジャンケンで決めるってのはどうだ」

「なら、負けた人が出るってことで。行くぞぉ。最初はグー、ジャンケンポイッ」

蘭州のかけ声のもと、二人はグー、パー、チョキのいずれかを出した。あいことなり、再びジャンケンをするが、結果はまたあいこ。

その後も立て続けにあいことなり、彼らは決着がつくまで何度もジャンケンをして、ようやく勝負がついたのは、それから十分後の、二十五回を目前に控えた二十四回目のことだった。

＊

「イッツァショータイィムッ。ついに始まったバトル大会。今日も暑いのに、こんなにも大勢の観客が見に来てくれたぞ。みんな、乗ってるかーい」

翌日、大会会場である闘技場で、アナウンサーがマイク越しに尋ねる。会場の観客席から歓声が湧き起こった。

「オオウッ、乗ってるねぇ。今日はここぞとばかりに盛り上がってこうッ。それじゃあ早速、チャレンジャーたちを紹介するぞ。カモンベイヴェ！」

アナウンサーが入退場口を指さした。閉ざされていたシャッターが開き、中から出場者たちが列を成して、大歓声が降り注ぐマウンドへ行進する。

大会と聞きつけ、各地から集まってきた先鋭たち。剣士に魔導士、格闘家といった見た目から判断できそうな者もいれば、お嬢様やヤンキーのような格好で、場違いに見える者たちもいる。もちろんそれが、バトル前に素性を知らせないフェイクだということは、この場にいる誰もが知っていることだが、美由樹はシャッターの中が暗かったために、外の光が眩しくて、手で日陰をつくった。しかしもう片方の手では、しっかと愛剣を握り締め、これから始まるだろう激戦に心躍らせる。

「やあ、美由樹。君が来たんだね」

「あ、コナラ。うん、ジャンケンで負けちゃったからな。にしてもこの大会、人よりゴーレムのほうが多くないか。誰でも参加できるのは知ってるけど、まさかこんなにいるなんて」

「この町の一大イベントみたいなものだから、ゴーレムもやる気満々なんだ。ああ見えて、拳は重いからね。油断しないほうがいいよ。と、そろそろ時間だから、決勝戦で会おう」

「自信満々だなぁ。まあ、決勝まで上がれたら、の話だけど」

「絶対に行くよ。決勝が楽しみだね」

そう言ってコナラは、他の選手に続いてマウンドをあとにした。美由樹は、彼の自信ありげな表情に疑問を抱くが、すぐに前に向き直ると、大会スタッフの案内のもと、マウンド中央に移動する。そこにはすでに、自分より一回り大きいゴーレムが待機しており、美由樹は、開始十分前のくじ引きで一番初めにバトルをすることになっていたのだ。

「まず初めは、出場経験ありのゴーレム対、初出場のサトウ選手だ。ワクワクする試合を期待するぜ。二人とも、アーユーレディ」

「それじゃあ見せてもらおうかな、君の実力って奴を」

入退場口近くにある選手控え室でコナラが、美由樹とゴーレムが映るモニターを見ながら呟いた。同時に、試合開始の銅鑼《どら》の音がスピーカーから聞こえてくる。

〝へへへ、**楽勝だな。さあ来い、小僧**〟

「ゴーレムの言葉って厄介だなぁ。聞いてるだけで頭がおかしくなりそうだよ。『**ウッドストローム**』」

「お、サトウ選手、先手必勝だ。しかーし、ゴーレムがそれを躱したぁ。と、今度はゴーレムの『**拳倒し**』が炸裂ゥッ。サトウ選手、それを剣で受け止めたぁ。て、力負けして押されてるぞ!」

「(なんて馬鹿力。このまま押さえてたら、俺の腕がへし折れちゃう。こんなとこで出したくなかったんだけど、優勝するためには仕方ないよな）『**ウッドボルグ**』！」

フロルから情報を得るには、優勝が絶対条件である。美由樹は、片足を下げて踏ん張り、ゴーレムを突き飛ばすと、蹌踉《よろ》けたゴーレムにすかさず魔法を唱えた。植物の蔓が地面から突き出て、相手の体に巻きつき、力をジワジワと奪う。七宝奥義と呼ばれる、難易度が最も高い魔法だが、そうと知らないゴーレムは、突然現れた蔓に驚き、怯んでしまう。その隙に蔓が体を縛り上げるも、そこはゴーレム、腕に力を込めて蔓を千切ろうとした。

しかし蔓は、相手がもがけばもがくほど体に食い込み、力を吸い上げる。終いにはゴーレムの巨体を全面覆い隠し、それが解けた頃には、ゴーレムは目をクルクル回して地に崩れる。十秒経っても起き上がらず、その状態は三分経過しても変わらなかった。

「ゴーレム、バトル不能。よって勝者、サトウ選手だッ。初出場とは思えない早業、十分もかかってない！」

「よっしゃあッ。さすが美由樹、まずは一勝だ！」

歓声を上げる客たち。その中で蘭州が、隣の久美と共にガッツポーズをした。初戦を終えた美由樹も、しかしこちらはどうしたことか、担架で運ばれるゴーレムを見てため息をつくと、客たちに手を振って、控え室へと向かう。

ライバルが控え室に戻ってきたのを見て、コナラが、

「凄かったよ、美由樹。さすがハンターだね」

「え、あ、ああ。でもあれ、本当は使いたくなかったんだよなぁ」

美由樹が再び息をつく。コナラが、モニターに向けていた視線を彼に戻した。

「どうして。あんなに凄い魔法だったのに」

「だってあれ、最後は人前でもがいて終わるじゃないか。相手の立場になって考えてみたらってことだけど、俺はそんな終わり方したくないし、なんかこう、恥ずかしいし」

「ウーン、僕はそうは思わないなぁ。出すか出さないかで勝敗が決まるんだもん。僕は、勝つためならなんでもやるタイプだから、君とは正反対だね」

コナラが無邪気に言った。彼が言い終わると、天井のスピーカーからアナウンスが流れてくる。どうやら次は彼の番らしい。

「確か君は、六分で終わらせたよね。なら僕は、一分で終わらせてくるよ」

再びアナウンスがかかり、コナラはニコニコしたまま部屋をあとにした。少年の自信に満ちた表情とその言葉に、美由樹は疑惑をさらに深めるが、モニターに視線を移した途端に、目がそれに釘《くぎ》づけとなる。

美由樹が見た光景。それは少年が、大会に出場している誰よりも強い証でもあった。

コナラの相手は、自分が戦ったのとはまた違うゴーレムだった。クマと対峙《たいじ》する金太郎のようなもので、ゴーレムが一度拳を振り下ろせば簡単に潰されてしまうほど、両者間の身長差は大きかった。

ところがコナラは、大会開始時からの笑みを絶やさず、銅鑼が鳴る前に、魔法で竜を召還する。ゴーレムは「反則だッ」と叫ぶが、銅鑼が鳴る前に攻撃を仕掛けなければよいというルールのため、結果としてその行為は反則にはならなかった。そして銅鑼が鳴り、試合が始まるや竜が相手の体を貫く。一瞬の出来事で、受けた本人ですらそのことに気づかず、気づいた頃には戦闘不能で倒れていた。

担架で運ばれていくゴーレム。その様子に美由樹は驚愕する。ゴーレムの腹に穴が開いているではないか。

しかしそれだけが、彼を驚かせたわけではなかった。試合開始の銅鑼の音から、終了のホイッスルが吹かれるまでにかかった時間が、少年が試合前に予言した一分ジャストだったのである。少年のあまりの手早さに、観客一同、呆気に取られポカンとしていたが、すぐに我に返ると、大歓声を送った。コナラが、我こそがチャンピオンと言わんばかりに笑顔で手を振り、マウンドをあとにする。

控え室に戻った時、美由樹が呆然としているのを見てコナラが、

「ね、言ったとおりだったでしょ」

「凄すぎだよ。相手の腹に穴が開くなんて。でもおまえ、あれを何歳で習ったんだ。あれは『**ウッドボルク**』と同じ最上級クラスで、魔力をかなり使うって聞いたことがある。おまえみたいな年齢の子じゃ、そんなに魔力ないし、使えないはずだけど」

「へえ、美由樹、あの魔法知ってたんだね。実は昨日、兄ちゃんに教えてもらったんだ。兄ちゃんってば優しいんだよ。一撃必殺の魔法を教えてと頼んだら、親切に教えてくれたんだから。やっぱり兄ちゃんは偉い」

コナラはかなりご機嫌である。美由樹は、インカがなぜ弟の願いを快く引き受け、魔力の消費が激しい魔法を教えたのか分からず、バトルを中継するモニターに視線を移した。

その後大会は盛大に盛り上がった。美由樹とコナラが、競い合うように対戦相手を次々と倒していったからである。そして、ついに迎えた決勝戦。決勝戦まで上り詰めた美由樹の相手は、予想どおりあのコナラとなった。

「とうとう決勝戦だ。ここまで来た二人にベリィサンキューッ。てなわけで二人とも、アーユーレディ」

このバトルでチャンピオンが決まることを考えているのだろう、アナウンサーが興奮しながら言った。

「勝つのも負けんのも美由樹次第か。美由樹、ガンバレ！」

「でも蘭州、勝算はあんの。相手はコナラなのよ」

久美が心配げに、マウンドの仲間を見つめる。銅鑼の音が鳴り響き、同時にコナラは例の竜を召還した。一発で試合を決めるつもりらしい。そのような思いが影響してか、竜が美由樹に襲いかかる前に巨大化する。驚いた美由樹は内心でどうしようと焦ったが、コナラがその手で来ることは前もって予想していたので、『**サイレンスデストリント**』と唱えた。消去魔法の一種で、魔法でつくられたものであればなんでも消せ、さらには相手の魔力を抑える効果がある。抑制は一時的だが、試合の流れを転換するには好都合で、竜は美由樹を呑み込む前に消え去った。

「嘘でしょ。そんなのあり」

コナラが目を丸くする。美由樹が、そのような高度な魔法を会得していることを知らなかったからだ。もちろんこれは、蘭州や久美にも言えることで、実は美由樹はこの魔法を、森にいた際に真から密かに教えてもらっていた。いずれ役に立つだろうからということだったが、試合の流れがこちらに傾いた今がチャンスと、彼は目を瞑り、戸惑うコナラに走り出した。十八番の『**龍神剱**』である。

「サトウ選手、目を瞑ってコナラ選手に突進してったぞ。て、おや、光ってる。光り輝く渦がサトウ選手を取り巻いてるぅ⁉」

アナウンサーが仰天する。予想外の展開に、コナラも初めて動揺を浮かべ、あたふたと焦る。

「ねえ、あの光」

客席もざわつき、そのような客たちに交じって観戦しに来ていたサラが、隣のライトに尋ねた。

「君の思っているとおりだよ。あれは『**光万折衝**』を使う時に出る光さ」

「『**光万折衝**』？」

「『**龍神剱**』に光が渦状に取り巻く剣技だよ、インカ。『**龍神剱**』の強化版ってところかな。出した分だけ加速し、威力も増す。彼は前にもあれを出したらしいね。当の本人は気づいていないようだけど、今の彼は二倍になっているよ」

「二倍の光の力か。ところでインカ、コナラってあなたと同じで、力の属性は闇だったわよね。陰系の魔法を教えるのはいいけど、光系の魔法の対処法はちゃんと教えたの」

フロルが尋ねる。するとインカが急に黙り込み、フロル、サラ、ライトはエッと振り向いた。

「まさか……ちょ、待って、インカ。あの子をどうするつもり」

「どうするつもりもない。そして俺は、今後も教えるつもりはない」

「どうして」

フロルが、チラチラとバトルを見ながら聞き返した。

「人の手を借りて覚えるのではなく、自力で覚えたほうが彼のためになる。おまえが光の魔法が苦手というのもあるけど、それだと説明不足だよ」

「悪かったな、光の魔法が出せなくて。とにかく理由はライトが言ったとおりだが、もう一つ理由を挙げるなら、少年が試合に勝つことだろう。あの光は、おまえやフロルの比ではない。この強い光の鼓動は、そう、フロルの弟と同じ……」

「おぉっとコナラ選手、攻撃を躱してたが、隙突いてサトウ選手の攻撃を受け止めた!!」

アナウンサーの声が響いた。皆は一斉に美由樹たちを見る。コナラが、鍛冶でよく使う金槌を使って、突き出された美由樹の剣を受け止めているではないか。これには美由樹も驚きを隠せない。

「昨日ポケットに入れっぱなしにしてたの忘れてたよ。おかげで助かったぁ。てなわけで、悪いけど優勝はいただくよ、**『デス』**！」

コナラが魔法を唱えた。魔力の抑制はその頃には解けているはずなので、美由樹は身構え、攻撃に備える。ところが攻撃は、すぐには仕掛けてこず、一分待っても、二分待っても、なにも起きなかった。

「美由樹、後ろぉッ」

やはり抑制の効果がまだ続いているのだろうか。そう思って美由樹が攻撃を仕掛けようとした矢先、蘭州の声が耳に木霊《こだま》する。ハッと振り向くと、背後には黒マントを羽織った骸骨がいて、手に握る巨大な鎌を振り上げているではないか。

「さあ、どうする。君は今挟み撃ちだよ。一歩でも動けば、死に神が君を戦闘不能にさせる。鎌をそのまま下ろせば、君はすぐさまノックアウトだ」

得意げにコナラは言った。美由樹の頬に、一筋の汗が流れ落ちる。それまで優勢だった少年のピンチに、場内はシーンッと静まり返り、物音一つ聞こえなくなった。目を逸らす者や、頭を抱える者もいれば、少年の勝利を信じ、両手を組んで祈る者もいる。

誰もが固唾《かたず》を呑んで見守る中、果たして美由樹はどう行動に移るのか。一瞬の気の緩みが勝負を決めることを知っていた美由樹は、しかし皆が期待するような行動を起こそうとはしなかった。

コナラと死に神に挟まれたまま、ピクリとも動こうとしない。不安げな表情を浮かべる仲間たち。

その時、不意に声が上がった。男性客が一人、マウンドの中央を指さしている。視線がその指を伝ってマウンドに注がれ、途端に一同は目を見張った。コナラと張り合う美由樹の体から、周囲を取り巻くもの以上に眩しい光が放たれているではないか。魔法を使っているわけでも、渦状の光が輝きを増したわけでもない。それにもかかわらず、少年からは煌々とした光が放たれており、それは内部から発せられているものであった。

誰もが目を点にする中、美由樹は脳裏に浮かんだ魔法を唱える。『**ホーリーゲン**』と、会場中に届くような声で唱えるや、体の光が明度を増し、コナラの視界を奪った。怯むコナラ。死に神も消え、光はその勢いのまま、マウンド一帯に広がり、終いには客席にも光の波を押し寄せて、皆の視界を真っ白く染め上げる。

*

ここはどこだ。美由樹は問うた。真っ白な世界。さっきまでいた闘技場のマウンドとは異なる、誰もおらず、なにもない世界。そのような世界の只中に、自分は一人漂っている。そう一人で、体内から世界と同じ色の光を発しながら。

光っている。少年がポツリと呟いた。光が体内から抜け出し、自分の前に現れるや、人の形へと姿を変えていく。脳裏に、自分の名を呼ぶ声が木霊する。忘れもしない声。目を閉じてでも、自分は声の主を言い当てることができる。

「まこ、と、？」

少年が呟いた。人の形をした光が一瞬揺らぎ、そこに囚われたはずの青年が現れる。

〝やっと、気付いてくれたんだね〟

「おまえ、だったんだな。俺を守ってくれてたのは。捕まった時から、俺のことをずっと」

〝……美由樹、御前には気付かなければ為らない事が沢山有る。でも急がなくて良い、ゆっくりで良いんだ。其の為に此を御前に授ける〟

青年が右手を前に差し伸べる。握られていた拳が開かれ、そこには青い宝石のついたブレスレットがあった。少年が静かにそれを受け取る。

「これは」

〝聖光の響《ひびき》と呼ばれるブレスレットだ。御前の母君の形見で、其れを身に着けていれば、御前は以後も光の加護を受けられる。珍しい物だから、闇に奪われては為らないよ。出来るかい〟

「ああ、分かった。約束するよ」

〝有り難う。御前なら絶対に出来るよ〟

「あ、待ってくれ、真。まっ……」

世界の光が弱まる。青年の姿が次第に遠退いていき、少年は慌てて追いかけた。その前に世界が揺らぎ、視界が白く染まる。怯む少年。あまりの眩しさに目を隠すも、光が収まり、手を下ろした頃には夢から覚め、闘技場のマウンド中央に突っ立っていた。

静まり返る場内。誰もがさっきの光に驚き、目を逸らしていたので、光が収まるのを感じるや顔を上げる。光が放たれる前と変わらない光景。しかしそこには変化があり、一人の少年は、右腕に見たこともないブレスレットを装着し、もう一方の少年は、金槌を持ったまま地面に横たわっていた。

「コ、コナラ選手が倒れてる。コナラ選手、バトル不能。よって勝者はサトウ選手。信じられないことが起こったぁ!!」

一体なにが起きたというのか。頭を混乱させるアナウンサーだが、コナラが倒れているのを見て我に返り叫んだ。客席から歓声が上がり、場内が拍手喝采となる。一方で当人は呆然と立ち尽くしていて、その状態は、入退場口から蘭州と久美が駆け寄ってきて、自分に飛びつき激励しても変わらなかった。

不意に足下から声が上がる。コナラが気絶から目覚めたらしい。体を起こそうとするが、強烈な魔法を受けた後遺症で力が入らず、転倒した。美由樹が慌てて彼を支える。

「完敗だよ。僕、初めて人に負けたんだ。でもなんだろう、とても気分がいい。僕は勘違いをしてた。勝ちたい気持ちはあるけど、時には負けてもよかったんだね。これからは自分で魔法を勉強して、他人のこともっと思いやるようにする。君のおかげでそのことに気づいた。ありがとう、美由樹。君は僕のいいライバルだ」

「コナラ……いや、こっちこそ、戦ってくれてありがとう。体は大丈夫か、立てる？」

「サトウ選手、おめでとう。これが優勝杯だ。受け取ってくれ」

コナラと共に立ち上がった美由樹に、アナウンサーがトロフィーを差し出す。美由樹は受け取っていいものかと迷ったが、コナラや蘭州、久美に急かされ、頷いてから受け取った。客席が再び盛り上がる。

「みんなぁ、素晴らしいバトルを見せてくれた彼らに、もっと盛大な拍手を！」

アナウンサーが叫ぶ。客席で大歓声と拍手の嵐が巻き起こり、それに包まれた美由樹は嬉しくなって、蘭州、久美、コナラと共にマウンドをあとにする。

大会が終わった。見に来ていた客たちは、各々に会場をあとにし、美由樹たちも宿屋に戻ろうとするが、その前にテレビや雑誌の取材陣に囲まれてしまう。どうやらコナラは、三年前からチャンピオンだったらしく、それを初出場ながら破った美由樹に、記者たちはひっきりなしに質問を浴びせる。美由樹は、それにしどろもどろしながら答え、ようやく解放されたのは、大会が終了してから一時間が経過した頃であった。

宿屋へ戻ってきた美由樹たちは、そのままの足で一〇七室へ向かった。そこにはすでにライトたちが待機しており、口々に「お帰り」と挨拶をする。「ただいま」と答える少年たち。

唯一人、フロルだけは挨拶をせず、ソファにぶっきらぼうに腰かけ、ため息をつく。

「アーア、勝っちゃった。まさかあれを出すなんて想定外だわ」

「あ、アハハ。実は、はい、俺も驚いてます」

「そうでしょうとも。あれはあなたみたいな年の子が出すものじゃないんだから。しかもなに。あれを使ったあとなのに、なぜそんなにピンピンしているの。絶対にあり得ない。怪物並みよ、あなたのその状態は……けどまぁ、勝てば教えると約束しちゃったし、あなたのその強運に免じて教えてあげましょう」

「あ、また上から目線。ごめんね。フロルったら、あなたたちに会った時点で教えるつもりが、恥ずかしくて言えなくなっちゃったのよ」

　サラが美由樹たちに言った。フロルの顔が赤くなり、サラに詰め寄るが、少年たちがこちらを見ていることに気づくと、咳払いして態度を元に戻した。

「えーっと、ここから南へ行ったところに港があるんだけど、そこで闇の王の手下らしき二人組が目撃されているらしいの。将を射んと欲すればまず馬を射よと言うし、私たちも敵のアジトなんて知らないから、今は手下関連で調べていくしかないわね」

「今日はとにかく休むといい。疲れているだろう。万全の準備をして発っても遅くない」

　インカが勧める。美由樹は礼を言って、蘭州と久美と共に、その日の残りを宿屋で過ごすことにした。

第十章　闇からの逃亡者

翌朝、世界大四天とコナラに見送られながら町をあとにした美由樹、蘭州、久美の三人は、遥か南にあるという港に向けて旅立った。

道中、方位磁石を手に蘭州が、秦淳王の地図に砂漠の町のことを描き込む美由樹に、

「なあ、地図に港なんて載ってたっけ」

「いや、砂漠がひたすら続いてるだけ。港なんて本当にあるのかなぁ」

「でもフロルは嘘をついてなかったわ。嘘ついてたら顔に出っからね。こんまま南に歩いてけば着くんじゃない」

「そうだといいけど、海の匂いがしねえから心配なんだ」

蘭州が鼻をクンクンさせる。首を傾げる久美。

「実は俺様、じーちゃんが漁師でさ。夏休みとかで里帰りすんと、よく手伝ってんだ。漁で潮風を受けてっから、海が近くなると分かるようになっちまったってわけ」

「へえ、蘭州が海の男だなんて意外」

「蘭州の家は魚屋をやってるんだよ。新鮮な魚がたくさん並んでて、どれもうまいんだ。ただ、跡継ぎの蘭州が魚嫌いってのが」

「漁は好きだけど、食べんのは断然肉派なんだよ。て、あれ。こん匂い、なんか塩臭え」

「どっちからすんの」

「こんまま真っすぐ、真南の方向……ン？」

なにか見つけたのだろうか、蘭州が、背中のリュックから望遠鏡を取り出し、レンズを真南に向ける。途端にオッと声を上げて、

「船と倉庫みてぇな建物が何軒か見えっぞ。あら市場だな。市場ん近くにゃ必ず港がある。て、ヤッホーイッ、見っけたぜ。この望遠鏡で見えるってこたぁ、あと一時間ぐれぇだな」

「なら、のんびりしてらんないわね。さっさと行きましょー、砂漠はもー懲り懲りだわ」

久美が、履いているサンダルに入った砂を払いながら言った。そんな彼女とは対照的に、隣の蘭州は飛び跳ねている。港を見つけて興奮しているらしい。さすが鈴街町一の海男と自称しているだけはある。美由樹は、二人を見てクスッと笑い、兎《うさぎ》や蛇、蠍《さそり》が巨大化した怪物を倒しながら、目的地に向かって進行した。

港は、西海の町と同じく活気に溢れたところであった。釣れたばかりの魚を競りにかけていたり、網に引っかかった魚を船から上げていたり。ここのどこに闇の王の手下がいるのか、噂が嘘であるかのような魚釣り一心の世界に、初めて来た美由樹と久美は口をあの字に開けて呆然とする。

一方で蘭州は、目をキラキラと輝かせ、興奮冷めやらぬ気持ちを前面に押し出し、

「ウヒョオッ、さすが漁師のたまり場だぜ。俺様も交ざりてぇ～」

「凄いにぎわいよーね。フロルはここに闇の王の手下がいるとゆってたけど、いないよーに思えんのは私だけ？」

「い、いや、俺も同感。でも一応探ってみようよ」

「そ、そーね。あのぅ、すみませーん」

久美が、近くで網を解いている女に尋ねた。

「あんた、ここら辺の顔でねえべな。どーしたべ」

「あ、え、えっと。じ、実は私、雑誌の取材でここを取り上げることになりまして。にぎやかでいい場所ですし、ここのことをもっと詳しく知りたいんです」

「なんじゃ、そーだべか。そーじゃろ、ここさいいとこだべ。分からんことがあら、気にせんとなんでも言い」

「ありがとうございます。ところで、そん魚はなんですか。初めて見るんですけど」

「アジじゃよ。味醂《みりん》で焼くとうまいだぁ」

別の女が言った。蘭州の耳がピクリと動く。

「アジなら知ってます。味醂焼きにすんと、確かに頰が溶けちまうほどうめぇんですよね」

「そーじゃろ、そーじゃろ。あんた若えのに話が分かんなぁ。そーいや、あんたと似た子さ同じこと言っとったべ」

「え、同じことを言ってた人がいたんですか。その人、なんと言ってたか分かりますか。実は俺たちの友達なんです。旅の途中で離れ離れになって、この港にいると聞いたんですが、見つからなくて。その人について、なんでもいいので教えてください」

「なんじゃったべかぁ。アア、そーじゃ。そん日も、今日と似てアジが仰山絡んでな。それさ取ってたら、黒服着たあんちゃんが手伝うてくれたんだべ。ほれ、あんたも覚えとんじゃろ」

女が、横で同じ作業をする女に尋ねる。

「ええ、覚えてるわよ。いい子だったね。でもお礼をしようとしたら、どこかに走ってっちゃったのよ。焦ってたような、なにかから逃げてるような感じだったわねぇ」

「黒服の子、逃げる素振り……答えてくださり、ありがとうございました。お忙しいところすみません」

「いいえ。ここじゃよそから来た人は目立つから、旅人はいつでも大歓迎よ。なんでも聞いてちょうだい」

女が笑顔を見せた。美由樹たちは礼を言うと、港から離れ、市場の裏に続く小さな町に向かう。その町は、活気ある港とは反対に寂れた雰囲気が漂っていて、とても静かだった。人気《ひとけ》が一切なく、それを見た美由樹は、久美の生まれ故郷のようだと内心で呟く。

港から聞こえる声が、微かに聞こえるほど遠ざかった時、蘭州が立ち止まって、

「さっきん人たちがゆってた黒服の子って、真じゃなさそうだな。連れ去られた時んままなら、黒服なんか着てなかったし。にぎわう場所に黒服なんて着たら、反対に目立っちまう」

「じゃあ、あの人たちが言ってた子は誰だよ」

「さあ。正体は分かんないけど、私たちは有力な情報を手に入れたに違いないわ。こん情報を頼りに、もっと散策してみましょー。そん前に、今晩泊まる場所を確保しとかなくちゃ」

「でもここは港だけだよ。あったとしても、漁師の人たちの家ぐらいしかないし。どこに宿なんか……て、あった」

美由樹が前方を指さす。見ると確かに、民宿と看板のかかった家が、通りを挟んだ向こう側にある。とても古めかしい家だったが、彼らは駆け寄ると、引き戸を開けて中に入った。

中も、外見と似たような印象であった。昼間なのに暗く、天井には蜘蛛の巣が張っている。床や家具には、白い埃がここぞとばかりに溜まっており、蘭州の苦手な雰囲気が漂っている。

「ごめんください。誰かいませんか。ごめんくださーい」

「誰も来ねえな……それにしても、今にもお化けが出そうな雰囲気だぜ。気味悪い」

「そーゆってたら出んじゃない。噂をすれば影が差すよ」

「そ、そんなことゆうなよ。俺様、お化けが大嫌えなんだ」

「あら、初耳。あんた意外と怖がりなのね」

「すみませーん。誰かいま……」

入口付近で会話している蘭州たちの一方で、美由樹は部屋の奥まで進んでいた。そこまで来ると、もはや明かりがなければなにがあるか分からなかったが、急に美由樹は言葉を詰まらせる。

暗闇から伸びた何者かの手が、彼の口を塞いだからだ。突然の出来事に、美由樹は塞がれた中で声を上げ、蘭州と久美がこちらを振り返り、身構えた。

「(シイ)なにもしゃべるな。おまえらの魂胆はお見通しだ。それならこっちは……て、あれ。この気配は闇、じゃない……おい、そこの女。悪いけど、戸を閉めてくれないか。事情はちゃんと話すから」

手の主が言った。久美はどうしようか迷ったが、美由樹の身の安全を優先し、戸を閉める。完全に閉じたことで、外から差し込んでいた光が閉ざされ、室内がさらに暗くなる。蘭州が、身構えたままガタガタと震えだした。

一方の手の主はというと、暗がりを怖がることなく、反対に安堵のため息をついた。直後に発せられる呻き声。美由樹のもので、主はそれで、自分がまだ彼の口を塞いでいることに気づき、慌てて彼を解放する。美由樹が咳き込み、蘭州と久美は駆け寄ると、その背をさすった。

「ごめん。塞いでたのを忘れてたよ。でも助かった。ありがとう」

「ねえ、礼をゆうくらいなら、姿を見せてくれてもいいんじゃない」

久美の質問に、主はアッと声を上げて、しばらく黙り込む。なにかを考えているらしく、だがすぐにも、「こっちに来て」と言って美由樹の腕を掴むと、宿の奥へ強引に進んでいった。突然引っ張られたので、美由樹は咄嗟に蘭州の手を掴む。蘭州も、つられて久美の腕を掴み、おかげで三人はそのままの形で、奥に潜んでいた闇の中へ引き摺り込まれてしまう。

「ここなら大丈夫だ。無理に引っ張って悪かったな」

「そこにいるのは誰だ。豪《たけし》か」

謎の主に引っ張られること数十秒。階段らしきものを下りて少し進んだところで、主が立ち止まった。その動作があまりに急だったために、久美は蘭州に、蘭州は美由樹にぶつかってしまうが、直後に前方から新たな声が発せられた。どうやらもう一人いるらしい。

「寝てなきゃ駄目じゃないか。熱が上がったらどうする」

「な、なんなんだよ、もー。ここはどこだ。前が真っ暗でなんも見えねえじゃんか」

「あ、そうだった。ここは宿屋の地下室だ、俺らの隠れ家でもある」

蘭州の嘆きでハッとした主は、近くにあったスイッチを押した。天井からバチバチと音が立つ。室内に明かりが灯り、美由樹たちは一瞬目眩を起こすが、すぐに目が慣れたので、前方に向き直った。

そこには少年が一人立っていた。美由樹や蘭州と同年齢で、茶色がかった赤毛をしている。さらにその後方、ガラクタと化した机や椅子などが山積みされた中には、この場に似合わない簡易ベッドが一つ置かれていて、紺色の髪の少年が座っていた。美由樹と蘭州、久美が目を大きく見開く。二人が、漆を塗りたくったようなマントを羽織っていたからだ。

「隠れ家と言っても、こっちが勝手にそう言ってるだけだけどな。ガラクタだらけだし、崩れやすくなってるから、動く時は気をつけろよ。あ、ベッドの前で待っててくれ」

豪はそう言って、ガラクタの山をあさりに行った。美由樹たちは、言うとおりにベッドに歩み寄る。ベッドも、元はガラクタの山の下敷きになっていたらしい。崩れてきたら困るので、周りのガラクタは避けられていた。彼らは、ベッドの前で突っ立っているのもなんなので、そばに転がっていた椅子を寄せて座る。

少年たちが全員座り終わった時、ベッド上の少年が、

「おまえたち、誰。まさかハンター？」

「どうして俺様たちがハンターだと分かったんだ。なんも話してねえのに」

「分かるさ、物騒な物を持ってるから」

少年が答える。「物騒な物？」と久美が聞き返すが、答えたのは、水の入ったコップを人数分持った豪だった。

「おまえらの腰につけてある剣だ。女は持ってないみたいだけど、一般人は手入れされた剣なんて持ち歩かない。あ、これ。さっきのお詫び」

「ありがと。ところであんたたちは」

「俺は藤谷《ふじたに》豪、こいつは親友の梶谷邪羅《かじたにじゃら》だ。さっきは本当にごめん。実は俺ら、闇の王から逃げてて、おまえらが王の手先だと思って警戒してたんだ」

「闇の王から逃げてるだぁ。どうしてそんな……あ、俺様は海林蘭州。こっちが親友の佐藤美由樹で、そっちが久美だ」

蘭州が自己紹介する。エッと声を上げる邪羅と豪。

「今、《**美由樹**》て言った？　城の牢《ろう》の掃除をしに行った時、金髪の奴が話してたあの」

「金髪の奴？」

「そう。あ、でも名前は聞けなくて……強い光の気配を感じたことぐらいしか覚えてないんだ。たぶん光族の中でも特別な奴だと思うんだけど」

「金髪で強え光を持ってる奴とゆやぁ、真しかいねえ。なあ、あいつがどこにいんか知ってんだろ。俺様たちに教えてくれ」

「おまえら、あいつと知り合いだったのか。え、じゃあ、あいつが言ってた《**自分を捜しに来る者**》て、おまえら？」

「そうなんだよ。頼む、教えてくれ」

「教えてくれと言われても……たぶんもう、別の場所に移されてるよ」

邪羅が二、三秒してから答える。首を傾げる三人。

「僕たちが王の膝元である町にいた時、王が言ってたんだよ。そいつは光族のシンボルだから、闇の神である死の神の生贄《いけにえ》にもってこいだって。そのためのステージも用意されてるから、近いうちに移送するとかなんとか」

「生贄!?　まさかそれ、真が死ぬってことか」

美由樹が驚いて聞き返した。蘭州が身震いするが、直後に豪が待ったをかける。

「もしかしたらの話だよ。ここ最近、政治がガタついてるんだ。労働力の貧民が、次々と餓死してて。貴族も働かされて、でも働いたことない人ばかりだから、経済は大暴落。そんな時に俺らが逃げてきたから、王は生贄の儀式どころじゃないかもしれない」

「なるほどね。ところであんたたちって、闇族でもかなりのお坊ちゃん系？　王とそんなに話せんなんて、位が高くなけりゃできっこないわ」

「へえ、初対面なのによく見破ったな、おばさん」

「お姉さんだ‼」

「（ボソ）久美に話しかける時は気ィつけろ。突然男になっから」

蘭州が、男の口調に変わった久美に驚く邪羅に囁いた。しかし彼女の鋭い視線がこちらを睨みつけてきたので、慌てて彼から離れる。クスッと笑う豪。

「確かに俺らは御曹司だ。第二階級だけど」

「でも、どうしてそんな人たちがこんなとこまで。闇にいれば楽って噂もあるのに」

「誰からそんな噂聞いたんだよ。闇は地獄絵みたいに最悪で、こっちは光のほうがうらやましいのに」

邪羅が反論する。

「僕らの家は死体処理を任されてるんだ。さっき豪が言ったとおり、餓死者が相次いでるせいで、家の脇の焼却場にどんどん死体が運ばれてくる。それを手作業で、一体ずつ焼却炉に放り込むんだ。そんなこと毎日続けてたら、誰でも嫌気が差すよ。でも反発したら、問答無用で王に殺される。殺されると分かってたから、僕らは無言で逃げてきたのさ」

「日に日に増える死体を片づける労力として、俺ら若手は重宝がられる。だから王は、手下を総動員して俺らを捜すはず。見つかればジエンドだから、ここに隠れてるんだけど、邪羅がこの前勝手に外出して、手下に見つかって。俺の魔法でなんとか脱せたけど、次に見つかれば無理だ。逃げられない」

「だから漁師のおばさんたちが不思議がってたのね。で、あんたたちはこっからどーすんの。ずっとここにいても、いつかは見つかんだから意味ないわよ」

「僕が熱なんか出さなければ、こんな場所に長居しないよ。とうにおさらばしてるさ」

「でもおまえ、元気そうじゃないか。ここから動けないって、かなりの高熱？」

「あ、いや、高熱ってほどじゃないんだけど。慣れない環境に体調を崩したってところかな」

「でも、どんなに薬を飲んでも下がらないんだ。おかしいと思わないか」

「……なあ、おめぇ、手下に見つかる前になんか食ったろ」

　豪が心配そうな顔をする。薬を飲んでも下がらない熱があるのかと、美由樹と久美は顔を見合わせるが、その時、それまで無言だった蘭州が邪羅に尋ねる。エッと声を上げる邪羅。蘭州が再び聞いてきたので、数秒ほど間を置いた後にコクリと頷く。すると蘭州は、なにを食べたのか、食べたものの色は何色で、歯応えや味はどうだったか、近くに調理し終えた魚の残骸などが残っていなかったかなど、根掘り葉掘り質問する。まるで患者を診察する医者のようで、皆は彼が本当の医者のように思えたが、邪羅だけは質問の答えを探すのに頭をフル回転させていた。そして数分の後に、食べたものは魚の刺身で、漁師が捌《さば》いたものと思って一切れ摘んだことを告白する。味はカツオのたたきのように美味で、歯応えもそこまで固くはなく、おかげで彼はもう一切れ欲しくなった。しかし手を伸ばした先に、深海魚のような、前歯が異様に長い形相の魚を見つけ、ギョッとして尻餅をついた。そこへ手下が運悪く通りかかり、見つかってしまったのだという。

鱗の模様も聞かれたので、紫色のギラギラした鱗だったことを伝えると、蘭州の頭上にピカンッとランプが点灯する。皆の視線が集中し、心当たりでもあるのかという豪の問いに、蘭州は大きく頷いて、

「大ありさ。そいつぁグルザンシュっつって、二年前に絶滅した淡水魚だ」

「絶滅!?　え、じゃあ、僕はそんな魚の刺身を食べたのか。ま、まさかそれって」

「ああ、敵はおめぇらがここにいんの知ってんだろうな。だからグルザンシュを仕掛けた。そいつぁ厄魚、探偵魚ともゆわれてっから、罠で間違いねえ」

蘭州が自信ありげに言った。邪羅の顔から血の気が引き、豪も同様の表情をする。

しかし豪はすぐに表情を戻した。なにか察したのか、その場に立ち上がると辺りを見渡し始める。

「おまえらの光の気配で気づかなかったけど、今ははっきり感じる。これは間違いなく闇の気配

だ。確かこれは、あの笑い男の……」

「ヒィッヒヒヒ！　今頃気づいても遅えよ」

顔の脇から一筋の汗が流れ落ちる。驚いて美由樹が声をかけるも、豪が言い終わらないうちに、聞き覚えのある笑い声が室内に響き渡った。背後にあるガラクタの上に声の主が現れ、皆は急いで後方を振り返る。

「アアッ、おめぇはあん時のザドル！」

「(ガク) な、名前が……名前の呼び方が違ァうッ」

「違うよ、蘭州。ザドルじゃなくて哲だよ」

「そういやそんなだったようなぁ。て、ザトルでもサドルでもどっちでもいいじゃんか。おい、ザル。おめぇらが連れ去った真を今すぐ返しやがれ！」

「ザルじゃねえっつーの。ちゃんと呼べッ」

「ザルも駄目？　どっしよ……うし、おめぇはトルザだ」

「トルザじゃねえ、正しく呼べぇ！」

「これも駄目かよ。なら……あ、ザルトはどうだ」

「お、それそれ。やっと呼ばれ……て、それも違ァーうッ。てめぇ、わざと人の名で遊んでんな。もー怒ったぞ。行け、僕の愛のガラクタ六号機バンバンチャン！」

名前をからかわれた哲が、怒り狂って叫んだ。彼の乗るガラクタの山が音を立てて崩れ、そうかと思えば中から、人より二回り図体の大きいロボットが現れたではないか。

筒のような物を背負い、頭にはなぜか赤いリボンがついているが、そんなことに目をやっている隙に、哲が命令する。バンバンチャンが、機械音を立てながら腕を後方に回し、筒からなにかを取り出した。よく見るとそれはハリセンで、図体と同じく人一人分の長さはあり、それをバンバンチャンが振り上げたのを見た途端に、一同の脳裏に同じ言葉が浮かぶ。そう、ハリセンチョップだ。

慌てて左右に散る美由樹たち。邪羅は、熱のために動きが他より鈍く、久美と豪が二人で抱えて、攻撃を回避した。獲物を失ったハリセンが、少年の寝ていたベッドを直撃し、ベッドがV字型に凹む。それを見た美由樹は、あらぬ想像をして身震いするが、バンバンチャンは攻撃の手を止めようとしなかった。人工知能でも組み込まれているのだろうか、最初はモグラ叩きの要領でバンバン叩いていたが、一向に当たらず、掠りもしないことを知るや、手を一旦止める。なにが起きようというのか、皆が見つめる中で、バンバンチャンのリボンが回転しだし、それが高速回転したあとにピタリと止まると、それまで二本しかなかった腕が六本に増加したではないか。ハリセンも六本に分かれたので、呆気に取られていた美由樹たちは、急いで我に返ると、蜘蛛の子を散らすように逃走する。そんな彼らをバンバンチャンは、名前のとおりバンバンと叩きながら追い回した。

「なんなんだ、こいつは。ロボットんくせに小回りが利き過ぎるぜ」

「蘭州、こいつの弱点が分か……て、ヒエッ」

「それは今考え中だぜ。ちと待てって、ヒエッ、ワッ、おったぁ。あれ、腕ん下に釘があんぞ。釘、金属、錆び……ハハン、なるほどな。『ローカリザンドポセイドン』」

蘭州が、攻撃を躱しながら魔法を唱えた。魔法は、バンバンチャンを氷の柱で囲むとすぐに水を噴射し、体を構築する鉄板の溶接部分から内部へ侵入する。するとどうだろう。あれほど素早かったバンバンチャンの動きが鈍くなり、音を立てて動かなくなったではないか。過激な運動後の急激な温度変化のせいか、ボコバコと胴体に凹みができ、終いには水圧で野球ボールほどの大きさにまで押し潰される。「オウノゥッ」と叫ぶ哲。

「何遣っているの。まさか失敗？」

形勢逆転である。ロボットを失ったことで焦る哲を見て、反撃とばかりに蘭州と久美が哲に迫る。しかしその前に新手が登場し、声が途切れるや哲の隣に、元バカトリオの蝶蘭が現れた。パッと明るくなる哲。

「オゥ、マイハニィ〜ッ。ごめん、今日は退却だ。でも次は大丈夫、成功してみせるさ」

「（ハア）仕方の無い人。坊やたち、命拾いしたわね。でも私たちは諦めないわ。王子殿、また御伺い致します」

言うと蝶蘭は、哲と共に姿を消した。ちょうどその前に、蘭州がロボットの残骸を投じるが当たらず、壁にガツンと弾かれ、床の上に転がる。舌打ちする蘭州。

「なんでぇ。一暴れして散らかしといて、後片づけもしねえで消えやがって。詐欺だぞ、詐欺ッ。片づけぐれぇちゃんとしてけっての」

愚痴る親友。美由樹は「まあまあ」と彼を宥《なだ》め、後方を振り返る。そこには邪羅が、久美と豪に支えられて椅子に座っていた。どうやらさっきのバカ騒ぎで熱が上がったらしい。唇が青く、意識も少し朦朧《もうろう》としており、久美は豪から先にくれた水の出所を聞くと、急いでガラクタの山を掻き分け、蛇口に駆け寄った。手持ちのハンカチを水で濡らして、戻ってくる。その頃には美由樹と蘭州も合流しており、皆はへし折れたベッドからマットレスと布団を取り外し、椅子で簡易ベッドをつくると、少年をそこに寝かせる。そしてその額に、久美がハンカチを載せた。

「ヒッ、冷て……ありがとう。会ったばかりなのに助けてもらっちゃって、ごめんな」

「困った時はお互いさまだぜ。でもそん熱、なんか処置しねえと長引くかもな」

蘭州が、転がっていた椅子を起こし、座りながら言った。

「俺様も、間違えて食っちまったことがあってな。食ってすぐに熱出して、二日寝込んで。あ、でもすぐに治ったたっけ」

「どーゆうこと。どーして早く治ったの」

「たぶん、じーちゃん特製の薬を飲まされたからだと思う。そん魚の鱗と血を水に混ぜただけの、漁師の秘薬って奴さ。これがマジで苦くてよぉ」

「でも、梶谷の食べた魚はどこにあるか分からないんだろ。それに、絶滅したのをどうやって探せばいいんだよ」

「それが問題なんだな。血は魚ならどれでもいいんだけど、鱗はそいつじゃねえと駄目で」

「てことは、港をくまなく探す必要性があるってことね。時間がかかっかもしんないけど、百聞は一見にしかず、明日行ってみましょー。あ、豪はここで待ってなさい。薬は私たちが探しとくから」

「え、あ、でもそれは」

「そのほうがいいぜ。おめぇら、手下に顔知られてんだろ。俺様たちは旅人だし、うろついても怪しまれねえ」

「おまえたちの服装じゃ、かなり目立つしな。この前みたいに、すぐに見つかることだってあると思うし」

「それでも……いや、ここで悩んでる暇ないよな。分かった、薬はおまえらに任すよ。任せっきりで本当にごめん。ありがとう」

　豪が微笑む。皆も笑顔を見せ、美由樹と蘭州、久美の三人は、用心のために彼らと床を共にし、翌朝になると、二人を地下室に残して、薬探しのために港へ出掛けた。

　港は、前日と同じで、早朝にもかかわらず大変にぎわっていた。どうやら大漁だったらしく、競りの声にも力が入っており、海の男の蘭州を誘惑する。しかし彼は、誘惑に乗らず美由樹と久美を引き連れ、漁師たちの邪魔にならないよう隅を歩きながら、薬の材料となる魚を探索する。

だが見つからない。市場へも行ってみるが見当たらず、それなら倉庫だと、市場の隣にある建物も探してみるが、目的物はどこにも存在しなかった。

目的の魚が見つからないことに、ため息をついた蘭州が、

「どこにもねえな。やっぱ証拠隠滅されちまったか」

「なあ、ゴミ捨て場とかはどうなんだ。俺なら、再利用できる物は置いといて、その他の物はすぐゴミ箱行きにするけど」

「そんなもん漁師たちにはねえ……て、あ、不要魚の処理所ッ」

蘭州がなにかを思い出した。美由樹と久美が互いの顔を見、首を傾げる。

「獲れすぎだとか、傷がついて市場に出せなくなった魚とかを処理する場所だ。ゴミ捨て場みてえなとこさ。大概は市場の奥に設置されてんだ、行ってみようぜ」

言うと蘭州は市場へ走っていった。残された二人もあとを追う。

確かにそれは、彼の言ったとおり市場の奥にあった。仲間たちよりも先に到着した彼は、山積みにされた魚に手を突っ込むと、グチャグチャと探り始める。一般人には控えたい行動だが、堂々とやってのけてしまうのは漁に通ずる者の証であった。そんな少年は、仲間たちが追い着いたところで、手を引っ込める。その手には、牙のある魚が握られていた。

「この長え牙に三角の鰭《ひれ》、紫色の鱗。間違いねえ、これがグルザンシュだ」

「そん鱗で薬をつくって邪羅に飲ませりゃ、熱が下がる。でもそれ、死んでから随分と日が経っ

てない。鱗って、生きてるほうが質がいいと聞いたことあんだけど」

「確かにそっちんほうが効き目はあんぜ。でも薬に使う時はどっちでも……て、ありゃ。向こうから走ってくんの、豪？」

　蘭州が市場の入口を指さした。見ると豪が、漁師たちから鋭い視線を浴びているのに目もくれずに、息を切らしてこちらに走ってくるではないか。

「や、やっと、見つけた……ここに、いた、のか」

「そんなに息切らしてどうしたんだ。あ、例ん魚なら、ちゃんと見つけたぜ。これで邪羅ん熱が下がる」

「じゃ、邪羅が、奴らに……笑い男に、捕まって」

「邪羅が敵に捕まった⁉」

　美由樹が驚いて聞き返した。豪が、呼吸を整えながら頷く。

「久美のハンカチが乾いて、水で濡らそうと離れた隙に。奴ら、俺らを狙ってたんじゃなかったんだ。それで邪羅を人質に」

「狙いがおまえたちじゃなかっただってッ……！　まさか俺のせいで」

「なにゆってんだ、美由樹。とにかく邪羅を助けに行こうぜ」

「奴らは、倉庫で待つと手紙を残してった。たぶん外れにある建物だと思う。こっちだ」

　言うと豪は、外へと走り出した。美由樹たちもあとを追う。

それは確かに、港の外れに建てられていた。倉庫らしき建物が三つ並んでいたので、彼らは一つずつ入っては邪羅を呼び、返事がないと分かると次の倉庫へ走る。しかし、立て続けに外れが続き、二軒の倉庫が駄目なら残された倉庫は一つしかない。皆は急いでその倉庫へと向かった。

「やっと来たわね。遅いから待ち草臥《くたび》れる処だったわ」

扉を開き、少年たちが中に転がり込んだ時、女声が彼らの耳に届く。辺りを見渡すと、そこには色とりどりのコンテナが置かれており、そのうち青色のコンテナの上に、蝶蘭が哲と共に立っていた。彼女たちの足下には邪羅が、両手両足を縄で縛られた状態で横たわっていて、顔は今朝見た時よりもさらに青ざめ、血の気を失っている。

「おめぇら、邪羅がどんな状態か知ってやがったな。今すぐ邪羅を返せッ」

「返してやってもいいぜ。てめぇん横のガキが僕らと一緒に来ればの話だがな。断るってなら、こいつがどーなっか」

哲の手には、刃の鋭いナイフが握られていた。彼はそれを、髪を摑んで起こした邪羅の首に当てる。豪が彼の名を叫んだ。

「汚ねえぞ、ザルッ。人質を取るなんて弱虫ィ」

「うっせぇ、チビ！　そいつが黙って来りゃ全部に片がつくんだ。抵抗する分、関係ねえ奴が犠牲になる。巻き込みたくなかったらさっさと降参しろ！」

「俺様をチビ扱いすんなッ。おめぇのほうがチビじゃねえか⁉」

蘭州が哲の言葉に怒りを爆発させ、前に進み出る。だがそれはすぐにも止められ、ハッとした彼は後ろを振り返った。美由樹が自分の肩を摑み、首を横に振っている。

「もういいよ、蘭州。ありがとう。俺が、おまえたちのとこに行けばいいんだろ。そうすれば梶谷が帰ってくる」

「然うよ、坊や。やっと分かってくれたのね」

蝶蘭が頷く。美由樹が前に歩み出て、久美が慌てて止めにかかるが、彼は「大丈夫」と首を横に振った。

「ただ降参するわけじゃないから、おまえたちはここで待っててくれ。あのぉ、俺を連れてきたいなら、その前に勝負しない。おまえたちが勝てば、俺はおとなしく降参する。でも俺が勝ったら、梶谷は返してもらうし、俺たちをもう追いかけて来ないでほしい」

美由樹が提案する。蝶蘭は、勝負と聞いて渋い顔となり、返答しなかったが、哲は自信満々にオーケーを出すと、コンテナの上から床に飛び降りる。

「一人で戦う気か。助太刀してもいいんだぞ」

「心配いらないよ、藤谷。それにこれは、俺じゃないと駄目なんだ。ストーカー行為にいい加減うんざりしてたし、ここで白黒つける」

「ほらほら、負けんのが怖えからって、怖じ気づいてんじゃねえぞ。さっさと来い！」

哲が急かす。美由樹は抜刀すると、男の前に進み出た。

「おまえのほうこそ怖がってるんじゃないか。どうせいつかは戦うんだ。本気でやろう」

「ゆわれなくたってそんつもりだ。『**ダークモールバ**』」

哲が先手を打つ。このような場合、先手を打ったほうが勝利を掴む確率は高いのだが、今回男が攻撃を仕掛けた相手は、運動神経抜群の美由樹である。しかも勝負は美由樹のほうから持ちかけられたため、案の定と言うべきか軽く躱されてしまう。獲物を失った魔法は、赤色のコンテナに直撃し、轟音を上げてそれを破壊した。

舌打ちする哲。今度は『**プラズムサンダー**』を解き放つ。枝分かれした雷撃が、地面の上を迸《はし》り、美由樹に襲いかかるが、すでに体験済みの彼には通じず、やすやすと回避される。

立て続けに攻撃を躱されれば、誰しも内心は焦り始める。哲もそうで、彼は三度目の正直と言わんばかりに『**デス**』と唱える。しかし魔法とは、その場の環境以外に、術者のメンタルに大きく左右される面があり、彼が放った魔法も、その心情に影響されて、美由樹に当たる前に消えてしまう。

「全く当たってないんだけど。もう品切れ？」

美由樹が指摘する。彼の言葉は、哲には挑発以外のなにものでもなかったことだろう。失敗は許されず、しかし今の自分の状況は、完全に少年たちに笑い者とされている。哲の内心はこれでもかと揺れており、ついにはヤケを起こして『**ディサイアント**』と唱えた。毒蛇が何百匹と襲いかかってくる魔法だが、恐怖心を煽って自滅を促すだけで、実質的なダメージはそれほどではない。美由樹も、最初は驚き、毒蛇に集《たか》られて下敷きになるが、直後に光の渦が発生し、ヘビを四方八方へ弾き飛ばした。床に叩きつけられ、コンテナにぶつけられたりして消滅する毒蛇たち。あれほど毒蛇に噛まれたはずが、出てきた美由樹の体に傷一つないのを見て、皆は目を丸くする。

直後に放たれる光。砂漠の町の闘技場でも発動した、あの『**ホーリーゲン**』であった。「反則ッ」という哲の声が響くが、それもすぐに鳴りやみ、倉庫中が光で埋め尽くされる。視界が真っ白に染まり、なにが起きたのか、誰にも分からない。闘技場のように長く続くかと思いきや、すぐにも光が弱まったので、皆腕を下ろし、顔を上げる。光が発せられる前と変わらぬ風景がそこには広がり、唯一変化が起きたとすれば、平然と立つ美由樹の足下に、敵の男が大の字になっていることだけだった。

蝶蘭が男の名を叫んだ。コンテナから飛び降り、彼の元へ急ぐ。よく見ると、その目がうっすら涙目になっており、エッと声を漏らした美由樹をそっちのけに、彼女は男を抱き上げ、その体を揺する。

「しっかりして、哲。哲ッ」

「ウウ、ちょ、うらん……アハ、負けちった。かっこいいとこ、見せよーと思ったのに」

「ウウン、良いの。貴方が無事だっただけで。嗚呼《ああ》、哲。本当に良かった」

「勝負ありだ。俺が勝ったから、約束どおり、梶谷は返してもらう。ストーカーも終わりにして、どうせなら手下も辞めて、二人で幸せに暮らしてください」

蝶蘭が哲に抱きつく。哲も、顔を綻ばせて彼女の頭を撫でた。そんな二人の様子を見ていた美由樹は、剣を収め、二人に語りかける。エッと振り向く二人。

「どーして……どーしてトドメを刺さねえんだ。てめぇらん仲間を殺したのに。普通は」

「そんなの決まってるじゃないですか。あなたを死なせたくない、ただそれだけです」

美由樹が真剣な表情で答える。哲を見、蝶蘭を見、再び哲を振り向いて話を続けた。

「俺は誰も悲しませたくないんです。相手が誰だろうと困ってるなら助けたいし、これ以上戦ったら、蝶蘭さんが悲しくなるだけ。バトルが始まってからずっと泣きそうな顔してるし、あなた方はお互いを愛してる。その絆《きずな》を壊したくないって理由じゃ、駄目ですか」

「駄目ってわけじゃ……けど僕らは、手下を辞められねえんだ。辞めたらその時点でお払い箱。王に背くことになる。そーなりゃ王は、どんな手使ってでも僕らを殺しに」

「御免なさい、哲。貴方がそんなに本気に為るとは思わなかったから、言えずに居たんだけど、本当は私たち、何も命令されていないの。私も、蛛蘭と同じでもう後が無かったから」

蝶蘭が告白する。驚く一同。

「蛛蘭が死んだのは、彼を懲らしめようとカ蘭に提案したからなの。王に漏れて、本当に殺すとは思わなかったけど、其の時に私、此が未来の自分だと思った。無性に逃げたくなって、出来ないなら、せめて貴方と結婚してからが良い。でも本当は消えたくない。運命だとしても、貴方と別れたくなかった。こんな事に巻き込んで、只では済まないと承知している。其れでも私は」

「もーいいぜ、蝶蘭。てめぇの気持ちは、痛いほど伝わってっから。こん命令が嘘ってことも、てめぇが王に消される運命だってのも知ってたんだ。だから僕は話に乗った。逃げるために、てめぇが逃げてぇなら僕もそーする。てめぇと一緒に、どこまでも逃げてみせる。だからもー泣くな。愛してるぜ、ハニィ」

哲が微笑んでみせる。蝶蘭の目に涙が溢れ、彼女は男の名を呟くと彼に抱きついた。哲はそれをしかと受け止める。

するとどうだろう。二人の体から突然光が放たれ、見る見るうちに二人を光のヴェールで包み込んだではないか。さらに、それまで二人から感じていた闇の気配が急速に衰え、ヴェールと同じ気配が体の内側から湧き起こる。

驚く美由樹たち。当人たちも目を丸くしており、特に蝶蘭は、体が軽くなったような感覚を覚え、哲から離れると自らの姿を見、手を胸に当てる。

「迚《とて》も穏やかで、日溜まりのような温もりが、体中を駆け巡っている。此が光を司る民の象徴なのね」

「そーだな、マイハニィ。恐れるもんはなんもなくなった。これで僕らはどこへでも行ける。自由になれたんだ」

哲が再び微笑む。蝶蘭も顔を綻ばせ、それを見た美由樹は二人に歩み寄ると、手を差し伸べた。二人の目が一瞬大きく見開かれるも、それはすぐに引っ込められ、二人共にその手を摑むと、美由樹の力を借りてその場に立ち上がった。満面の笑みがその場に溢れる。これにて一件落着だと、少年の仲間たちも優しく事を見守った。

いや違う。事はまだ落着などしてはいなかった。そう、邪羅である。哲と蝶蘭が立ち上がって間もないうちに、低くて鈍い音が倉庫中に響き渡る。皆が振り向いた先に見たのは、コンテナの上で倒れている邪羅の姿で、それを見た豪は彼の名を叫ぶと、急いでコンテナの上によじ登った。体を起こし、呼びかけながら揺さぶると反応が返ってくる。熱が上昇して意識が朦朧としただけだったらしい。遅れて到着した皆も、それを知って胸を撫で下ろした。

それと時同じくして、倉庫の扉がガラガラと開く。振り向くとそこには一人の女が立っていて、全員がこちらに振り向いてきたことに驚き、突っ立っている。頭にはバンダナを巻き、エプロンを提げ、長靴を履いている。一見すれば漁師の妻といったところだが、よく見るとそれは久美で、どうやら騒動の間外へ抜け出していたらしい。

地元民でなかったので、皆はホッと一安心した。それを見た久美も我に返り、彼らに歩み寄っては、ジャンプしてコンテナの上に着地する。鼻を突く臭いが漂い、よく見れば女の手には、ドロドロの液体が入ったコップが握られているではないか。

魚の骨が丸ごと入っているのが見えたので、彼女は秘伝薬をつくりに外出していたようだ。だがその異臭と、茶色く濁った見た目からは、到底それが薬とは思えない。彼女のセンスが問題でないことは知っているが、それを飲むのが自分でなくてよかったと、美由樹は内心でホッとした。

一方でそれを飲む邪羅は、受け取りはしたものの、ドロドロの液体を間近に見て飲む気が失せたのか、何分待っても一向に飲もうとはしなかった。しかしそこは豪が、彼の口を無理やり開かせ、薬を流し込んでは、口が開かないよう顎と頭を押さえつける。おかげで親友は薬を飲むほかなくなり、薬が喉を通って、胃袋の中に落ちて間もないうちに、彼は顔を真っ青にして外へ飛び出した。誰もいない茂みの裏へ回り込んだところで、地面に這い蹲り、嘔吐《おうと》する。追い着いた豪がその背をさすり、落ち着かせようとするも、少年の嘔吐は止まらず、すぐにまた吐き出してしまう。

「今は思う存分吐き出すんだ。あん魚ん毒を取り除くにゃ、胃袋ん中を空っぽにすんのが一番だからな。吐き終わったら、今度は安静にさせせんだ。こっから東北のほうに行くと、でけぇ森がある。人が住んでる森だ。あそこなら静かだし、坊主、てめぇらなら自力で行けんだろ。なら、王子殿をそこまで運んでやってくんねえか」

「自然森ですね。かなり距離はあるけど、あそこなら梶谷もゆっくり休めるし。よし、一度帰ろう。今から行けば、明日か明後日中には森に着く。お二人もどうですか」

「否、彼処は私たちの行く所では無いわ。私も、哲なんかは彼処を破壊した事が有ったでしょ。此処で哲と一緒に、漁師でもして慎ましやかに暮らすわ。生きる光を呉れて有り難う」

蝶蘭が優しげに言った。そんな彼女を哲は自分に引き寄せ、心配そうに見てくる美由樹に無言で頷く。美由樹はさらに心配するが、コクリと頷くと邪羅に歩み寄り、その腕を自分の肩に回して立ち上がらせた。豪も手伝い、皆は二人に「サヨナラ」と告げると、自然森に向けて出発する。

その姿を、二人の男女は寄り添いながら、静かにいつまでも見守るのであった。

第十一章　揺れる思い

「フファ、やっぱここん空気は最高だぜ。真も吸いてぇだろうなぁ」

　蘭州が背伸びをする。彼がいるのは、自然森のシンボルともいえる自然木の、地中から突き出た根の上であった。そう一行は今、港から遠く離れた自然森に来ているのである。

　森まで来るのに砂漠はどうしても抜けなくてはならなかったため、一行は一度砂の町に立ち寄り、一泊してから旅立った。港からの距離で言えば、トータル二日はかかったことになるが、その際の疲れが吹き飛ぶ新鮮さが、森には漂っており、邪羅のような病人でなくても身が休まる気がした。そして到着の翌日、昼食が済んだあとに、美由樹と蘭州は二人で自然木のところまでやって来た次第である。

　親友に遠慮されたため、一人で自然木上部の太い枝で寝そべっていた美由樹は、同じく深呼吸して、

「あいつを助けるためにも、俺たちは前に進まなくちゃいけない。でも、梶谷のことも心配だ。一緒に旅することになったけど、砂の町でも吐いちゃったから、今のあいつは体力的に弱ってる。安静が本当に必要なんだ」

　独り言のように呟く美由樹。

「だから兄様たちは、彼らを連れてきたのね」

そうかと思えば突然、足下で女声が発せられたではないか。

声の主は、実妹の愛だった。彼女の突然の登場に、二人の少年はヒャッと跳び上がる。特に美由樹は、驚いた拍子にバランスを崩し、枝から滑り落ちてしまう。声を上げる愛。美由樹もワァッと叫ぶが、地面に激突する前に枝を摑み、体を回転させ着地する。ポカンとする蘭州と愛。見事な着地に、二人はすぐにも拍手を送る。

送られている本人は、喜ばしいとは感じないらしく、困り顔で妹を振り向き、

「急に話しかけてくるなよな。美優とあっちで遊んでたはずだろ」

「だって、兄様のことが心配で。襲来の翌日に森を発っちゃったし、会うのはそれ以来だから。それに……」

「それに？」

「……兄様に、また会えなくなるんじゃないかと思ったら、なんだか無性に悲しくなって。今後どうするか、決まってないんでしょ」

「まあな。とりあえず敵地目指して、そんために邪羅って奴らの手を借りようってことになったんだけど、邪羅が今あんな状態だからな。あいつが元気になるまでは森にいんぜ」

「そう落ち込むなよ。真を助けるまで、ここに戻らないつもりだったんだけど、あいつは今も俺たちの助けを待ってる。俺たちはそれに応えなくちゃいけないんだ。だから、な、もう少し待っててくれ。必ず真と一緒に帰ってくるから、そう暗い顔しないでくれ」

美由樹が励ます。愛は顔を俯かせ、唇を固く結ぶが、コクリと頷くと笑顔を見せた。美由樹も微笑み、彼女の肩をポンポンと叩く。

「あ、そうそう。おまえに会ったら確かめとこうと思ったことがあるんだ。おまえ、この森に、あの世界大四天のフロルさんが住んでるの知ってる？」

「えッ、な、ど、どうしてそれを兄様が。ちょ、ちょっと待って」

兄の口から「フロル」という言葉が出てきたのを受けて、愛は急に挙動不審になった。辺りをキョロキョロと見渡し、自分たち以外に誰も人がいないことを何度も確認する。首を傾げる少年たち。確認が済んだのか、ホッと息をついたので、話しかけようとするも、その前に彼女が二人に近づき、小声で言葉を発した。

「あの人、地獄耳なの。だから大きな声では話せないんだけど、確かに森にはあの人の部屋があるわ。迷路森《まよいのもり》のそばに」

「迷路森？」

蘭州が聞き返した。愛が無言で頷く。

「柳の近くに階段があるんだけど、そこを下りた先に広がってるの。中が凄く入り組んでて、一度入ったらなかなか抜け出せない。出口を探すまで苦労する場所なのよ」

「へえ。あ、だから迷路森と呼ばれてんだな」

「まあ、それだけが道に迷う原因じゃないんだけど。実はあそこ、あの人の遊び場で、魔法をかけてるせいで、そんなことが起きるのよ。あ、でも真はへっちゃらなのよね。駿平が森に入っちゃった時も簡単に見つけちゃうし、あっという間に戻ってくるし。まるであの人の魔法が効かないみたいに」

「そりゃあいつはあん人の弟だからな。姉貴の魔法は簡単に解けんじゃゃね」

蘭州が答える。直後に美由樹からアッと声が上がり、親友も自分の発言に「ヤバッ」という表情をした。そう、二人はフロルから、青年が弟であることを秘密にするよう言いつけられていたのだ。日本史で言うところの聖徳太子と同じ立場にある彼女たちは、常日頃から自らの身分を隠し、生活してきた。その生活を脅かさないこの事実は、彼女たちだけでなく青年にも危害を及ぼしかねない。青年が世界一強力な光を持っていることも、命を狙われるに充分なネタで、そうなればこの森も存在が危ぶまれる。

そのような騒ぎを起こさないためにも、真がフロルの実弟であることを隠す必要がある。事実を本人たちから聞いた美由樹と蘭州、久美はその際、絶対に他者に漏らさないと約束した。しかしここに来て、つい羽目を外したことに気づいた蘭州は、慌てて口に手を当て、愛を振り返る。幸いか、彼が言葉を発すると共に風が吹き、木の葉が揺れたことで、愛は彼の言葉を聞き逃していた。青年がフロルのなんであるかと聞き返してきたのが、その証拠である。二人はそれを聞いてホッと胸を撫で下ろし、「森を知り尽くしている真だから効かないのでは」と、苦し紛れに話を逸らす。

「ふーん」と納得はしてくれたものの、このようなことに鋭く突っ込んでくるのが妹の恐ろしいところである。しかしそのツッコミが行われる前に、森の奥からパタパタと走る音が聞こえてきた。振り向くと、広場のあるほうから美優が、花の冠を被りながらこちらに向かって駆けてくる。

「どうしたの、美優。そんなに慌てて。蛇でも出た？」

「ブッブゥー、ハズレ。はい、これッ」

しゃがんだ愛に、美優はニコニコ顔で、後ろに隠していたものをその頭に載せる。幼女が被っているのと同じ冠で、それを見た愛は目を丸くした。

「これを渡すためにここまで？　アア美優、ありがとう。あなたは本当に優しい子ね」

「エヘへ。あ、そうだ。おハナさんたちがね、ゆってたの。したのモリのキさんたちのとこにね、おにいちゃんぐらいのおねえちゃんがいるって」

「ん、俺様たちと同い年の女の子？」

「初耳だなぁ。でも、なんか気になる。梶谷が元気になったあとで確かめてみよう。あ、教えてくれてありがとな」

美由樹が礼を述べる。同時に、真が使っていた小屋の戸が開き、久美が出てきては、美由樹と蘭州を呼んだ。「はーいッ」と返事をした二人は、愛と美優に別れを告げると、小屋へ駆けていく。

室内では仲間たちが、彼らが来るのを待っていた。ベッドの上にいる邪羅は、二日も吐き続けたこともあってか、少々青ざめてはいるが、二日前に比べると随分顔色もよくなっている。そして彼の隣には豪が、安心した表情で椅子に腰かけていた。

邪羅が自力で上半身を起こしたので、美由樹は胸を撫で下ろして、

「やあ、梶谷。ゆっくり休めたか。調子は？」

「かなり楽になったよ。熱も下がったし、あのゲロのおかげで」

「ゲロで悪かったわね。仕方ないでしょ、つくり方知ってんの蘭州だけなんだし。あん時蘭州は、美由樹んことで精一杯。聞いたとおりにつくったら、あーなったのよ」

「でも、なにはともあれ、邪羅が元気になったのはおまえらのおかげだ。俺の力だけじゃ、邪羅の熱を下げることも、敵から逃げることもできなかった。本当にありがとう」

「礼なんかいらねえよ。情報もくれたし、仲間だからな、俺様たち」

「蘭州の言うとおりよ。ところで、美由樹、蘭州。さっき悲鳴みたいな声が聞こえたんだけど、あれ、なんだったの。それにあんたたちを呼んだ時、あの子たちとなんか話してたけど、情報でも掴んだりした？」

久美が尋ねる。急な話題転換に、美由樹と蘭州はエッと振り向き、顔を見合わせ、口籠もる。仲間たちの視線が二人に向けられた。

「なに、あんたたち、記憶力弱いの。さっきまで話してたこと、もー忘れた」

「あ、いや、そんなんじゃなくて。その、口にするのがちょっとぉ」

「てことは、とても興味深い話か」

「うーん、そんなんでもないかもしれないし、あるかもしれないし。ここの外れにある森に、俺たちと同い年の女の子がいるって話と、あとは、その、本当に話しづらい話をちらっと。な、蘭州」

「ああ。なんせあの性悪女がいる森にそいつがい……て、やべッ（ゆっちったく）」

蘭州が慌てて口に手を当てる。久美と邪羅、豪の三人は、なぜ彼が言葉を切ったのか分からなかったが、彼が言い終わると同時に、室内に一陣の風が吹き抜ける。ヒュ〜ドロドロッと効果音をつけたくなるほど悪寒を誘うそれは、地響きにも近い女声を室内に響かせ、皆の背を撫でた。

体温が急激に奪われ、震える少年たち。そんな彼らの前に、どこからともなく影が現れ、見る見るうちにそれは、世界大四天の一人であるフロルの姿へと変わっていく。動きを止める一同。特に蘭州は、影が背後にいるため顔を引き攣らせ、ロボットのように振り返る。

「フフフ、フロル、さ、ん……」

「まったく、油断も隙もあったものじゃない。あなたたちの話は最初から全部聞いていたわよ。愛から指摘を受けなかったかしら。誰が性悪女ですってぇ〜」

フロルが耳元で囁く。突然の登場に加え、自分たちの会話がすべて筒抜けだったことに、蘭州は失神寸前で、その場に直立不動していた。

「おまえが、世界大四天の一人、東のフロル……あ、あり得ない。だっておまえ、おばさんじゃないか」

他の者たちも呆然と突っ立っていたが、その中で邪羅だけは別の意味で驚いたらしく、フロルをマジマジと見つめ、指さしながら呟く。その言葉に、誰もが彼を振り向き、すぐにも世界大四天に視線を向けた。今度は彼女が、口を開けて固まる。一瞬の沈黙。徐々にどよめきが、彼らの心の中に湧き起こる。

「フ、ロルさん……?」

「な、お、おばさんって、ちょっと……なんなのよ、あなたッ。私のどこがおばさんに見えるわけ。死んでなければあなたたちとさほど年が変わらなかった私が、どこからどう見てもお姉さんでしょうが！　私のどこがおばさんになるのよ。アア、超ショック」

意気消沈するフロル。

「て、えッ、フロルさん幽霊だったんですか」

彼女の言葉に耳を疑った美由樹が、驚いて聞き返した。仲間たちの視線が一斉に彼女に集まる。

「ええ、そのとおりよ。でもそんじょそこらの幽霊とは格が違うのだから、間違えないでほしいのだけど、せっかく朗報を伝えに来たというのに、もういいわ。教えてあげないッ」

「て、そんならそーと早くゆってよ。私たちを驚かしに来たと思っちゃったじゃない。ね、お願い。こんとおりだから教えて」

久美が両手を合わせる。しかしフロルの機嫌は直りそうになく、頑として朗報というその情報を教えてはくれなかった。美由樹たちも、これはまずいと説得を試みるが、一向に事態はよくならず、その前に口を利いてもらえなかった。

　ようやく口を開いてくれたのは、痺れを切らした蘭州が、その場に土下座して頼み込んだ時であった。フロルは、それなら自身の小屋へ来るようにと命令し、身を翻して姿を消す。またもや沈黙が室内に漂い、それを受けて美由樹は肩を落とし、自分の責任かと目で訴える親友の肩に手を置いて、小屋へ行くことを促した。仲間たちも賛同し、一同は美由樹を先頭に、迷路森の入口にあるという彼女の小屋へ向かう。

　フロルの小屋は、愛の言ったとおりの場所にあった。自然森にある小屋と違って、掘っ立て小屋かなにかだったのか、柱は脆く、壁の至るところに穴が開いている。扉も取ってつけたような、風が吹けばギィーコンッバァーコンッと音が立つほどのもので、初めて見た美由樹たちはここに人が住んでいるのかと疑問に思った。そのような扉を慎重に開けて中に入っても、その気持ちは変わらず、中は窓がないせいか暗く、家具という家具が一切置かれていなかった。唯一置かれていたのは、部屋の中央にあるロッキングチェアで、それ以外の生活用品はなにも揃っておらず、風雨を凌ぐためだけにつくられたような雰囲気に、蘭州は身震いする。

　そんな彼とは対照的に、美由樹は人の気配を感じて後ろを振り向いた。ロッキングチェアが静かに音を立てて揺れ、よく見るとフロルが、肘置きに片肘を立てて座っている。

「真の部屋を出たのが五分前。ここの外見に戸惑って、一分棒立ちしたまではいいけど、あなたたち、その前の四分はなにをしていたの。人を待たせるのはいけないことだって、自覚している？」

「文句なら柳の奴にゆえよ。あいつが突然枝を振り回してきて、それでも四分しか掛かんなかったのは奇跡だ。止めんのに手こずって十分よりはマシだと思うけど」

「あなたには聞いていないわ、州坊。私は美由樹に聞いているの。邪魔をしないで」

「って、州坊って呼ぶな。俺様は蘭州だ。勝手に渾名《あだな》つけんなよ、オバケ」

「オバケですって！　あなたにオバケ呼ばわりされる筋合いは一つもないわ。あなたのほうこそ怖がりん坊じゃない」

「なんだってぇッ。もう一遍ゆってみやがれ。俺様はそこまで怖がりじゃねえやい！」

「そこらでもういいじゃないか、蘭州。俺たちは、フロルさんと喧嘩しに来たわけじゃないんだから。フロルさんも、これ以上こいつをからかわないでください」

美由樹が、啀《いが》み合う蘭州とフロルの間に割り込む。二人はそれでも睨み合っていたが、フンッと突っぱね、あさっての方向を向く。ため息をつく仲間たち。ひとまずこれで一件落着のようだ。

当事者たちは未だに根に持っているようだが、それでは話が進まない。睨み合いは休戦ということで前に向き直ったフロルは、後方に漂う闇に向かって「そこにいるんでしょう、蘭」と呼びかける。エッという声が邪羅と豪から上がり、それと同時に闇の中からも声が立つ。どうやらそこに誰かいるらしい。闇が蠢《うごめ》き、しかし一向に姿を現さないのを受けて、フロルが再度その名を呼ぶ。再び闇が動き、今度は人影が現れ出る。邪羅たちと同じマントを羽織り、フードを深く被った人影。美由樹より少し背が低く、体形からして少女と言えるその人影は、フロルの脇につくと、フードに手を当て、それを脱ぐ。途端に目に飛び込んできたのは、太陽にも劣らないほど真っ赤に染まった髪で、それを見た蘭州と久美はオオッと歓声を上げ、邪羅と豪は、声こそ上げなかったものの目を丸くして彼女を見つめる。

美由樹も驚きを隠せなかったが、それは仲間たちとは少し違った驚きであった。心の底に湧き起こった感情。それがなんであるか、美由樹には分からなかったが、確かめる前にフロルの言葉が鼓膜を刺激する。

「紹介するわ。この子は蘭。森で最近噂になっている謎の少女よ」

「は、初めまして。加藤蘭、十二歳です。よろしくお願いします」

「……あ、こ、こちらこそよろしく。えっと、あ、俺は佐藤美由樹。こいつは俺の親友の海林蘭州で、後ろにいるのが久美、梶谷邪羅、藤谷豪だ」

美由樹が慌てて紹介する。蘭州と久美は「よろしく」と挨拶したが、残りの邪羅と豪がなにも言わないでいるのを見て、美由樹は首を傾げる。フロルが「やはり」と頷いた。

「あなたたちが思っているとおりよ、闇の貴公子さんたち。この子は、あなたたちの実家の隣人。闇の王からある物を盗んで、ここまで逃げてきた同類」

フロルが目で合図を送る。蘭は無言で頷くと、後ろ手に隠していた物を邪羅に手渡した。手渡されたのは黒い布が巻かれた鞘で、そこには黒竜が柄《つか》に彫られた剣が収まっている。剣を見た途端に、少年はさらに目を大きく見開いた。

「どうしておまえが。王に盗まれた僕の剣を、一体どうやって」

「え、僕の剣?」

　蘭州が尋ねる。彼の質問に答えたのは、本人ではなく蘭だった。

「これは邪羅の家に代々伝わる宝剣なの。邪羅が世継ぎとして生まれたから、これは邪羅に受け継がれるはずだったんだけど、いつの間にか王様の元にあって。それを私が取り返したのよ。でもそのせいで、疑いが知り合いに向いて。そして王様はその人を、その人がいる施設のみんなも、みんなも一緒に……」

　蘭の声が徐々に小さくなる。急に暗くなり、顔を俯かせたので、心配した美由樹たちはその顔を覗き込んだ。唇を固く結ぶ少女。その目には涙が溜まっており、それは見る見るうちに頰を伝って床に落ち、音もなく弾ける。目を見張る美由樹たち。

「みんな、王様に。これで、この剣で王様がみんなを……罪を無理やり擦りつけて、罪人で生きる価値もないって、ただそれだけの理由で。あなたたちが町を出た翌日に、みんな死んじゃったのよッ」

　我慢の限界を超えたらしい。泣き崩れ、そう叫んだ蘭は、急に立ち上がり美由樹たちを突き退けると、外へ飛び出していった。アッと声を上げる美由樹、蘭州、久美の三人。しかしその頃には、少女の姿はどこからも消えており、扉が音を立てて左右に揺れるだけであった。邪羅と豪に視線を向けると、こちらも先までの表情とは一変して青ざめており、とても理由を聞ける状態ではない。悲しみが、その場に居合わせた者全員の心に波紋となって響き渡り、静かにその支配を広げていく。

このままでは誰もが口を利けなくなる。そう判断したフロルは、スゥーッと息を吐いて、美由樹に少女を連れ戻してくるよう指示する。蘭州と久美には少年二人のフォローが命じられ、美由樹はなぜ自分だけが少女担当なのかと聞こうとするが、短気な彼女に急かされて、小屋の外へと追い出されてしまう。彼女の行動に疑問を抱く少年だが、追い出されては仕方がないと、蘭の捜索を始める。

鳥の囀《さえず》りが木霊する。彼らの声が大きく聞こえるほど、森は沈黙に包まれ、静かに時を紡いでいく。少年は、そのような森の静けさに励まされながら、迷路森に続く階段を下りていく。その中段辺りに、少女が座っているのが見えたからだ。こちらに無言の背を向け、こちらも無言で歩み寄ると、その隣に腰を下ろす。顔を逸らす少女。泣き腫《は》らした顔を見られたくなかったのだろう。それでも涙は止まらず、美由樹は静寂を破らぬよう、ハンカチを差し出した。少女の目が一瞬大きく見開かれる。しかしそれもすぐに元に戻り、彼女は「ありがとう」と礼を言って、それを受け取った。

本日で何度目かの沈黙。蘭の啜《すす》り泣く声だけが辺りに響き渡り、それもしばらくすると静かになる。気持ちが落ち着いたらしい。

気持ちが落ち着いても、記憶は何度でも蘇《よみがえ》る。美由樹は、彼女の心の傷を刺激しないよう、慎重に言葉を選びながら、声をかけた。

「……大丈夫？」

「……（コク）もう、大丈夫。ありがとう」

「あ、いや、おまえが大丈夫なら、うん、それでいいんだ……なあ、聞いてもいいかな。おまえ、もしかしてニンゲン？」

美由樹が顔を覗き込みながら尋ねる。蘭は一瞬目を見張り、すぐにも元に戻すと、さらに顔を俯かせる。

「もし私がニンゲンだったら、あなたはどうするの」

「え」

「邪羅と豪は、私がニンゲンであることを知らない。そんなこと話したら、彼らは私から離れてくし、虐めてくるかもしれない。他の人たちだってそう。ニンゲンだから、異星人だからってだけで差別する。あなたもみんなと同じ。そうよ、だってあなたはニンゲンじゃないんですもの。あなたは私とは違う。私の気持ちを分かってくれる人なんて、誰もいないいんだわ」

「そんなことないッ」

嘆く少女。直後に美由樹が声を張り上げる。驚き、振り向いてきた彼女と目が合った。アッと声を漏らす美由樹。

「あ、こ、これはその……確かに俺は、おまえから見れば差別してる側の人かもしれないけど、実は俺もニンゲンで、差別されるんじゃないかって気持ちは分かるから」

「あなたもニンゲン……ねえ、佐藤君だっけ。佐藤君には兄妹いる？　私にはね、二人の兄に、姉も一人いて、双子の弟と妹が一組ずついて、本当に大勢いるの。両親は人狩りで亡くなったけど、二人を合わせると十人家族。だから、佐藤君のところはどう。みんな生きてるの」

「俺のとこは、父さんと母さんと、妹が二人いる。でも父さんたちは、闇の王の手下の魔法から俺たちを庇って死んだ」

「えッ、あ、ご、ごめんなさい。私、そうとは知らずにこんなことを」

「気にしなくていいよ。実を言うと俺、その時のこと覚えてないんだ。記憶が消されてると言ったほうが正しいんだけど、俺は別に、自分がニンゲンってことを悲しくは思わない。俺がニンゲンでも親友って呼んでくれる仲間や、仮の家族がいる。本当の家族も、離れ離れで暮らしてるけどいるし、おまえが自分をどう思うかはおまえ次第だよ。俺から見れば、おまえはただの人なんだから。外見からじゃ、ニンゲンってことは分からないしさ」

美由樹が笑顔を見せる。そんな彼の言葉を受けて、蘭は目を見張り涙をにじませるが、すぐに頭を振って、自身もニコリと微笑んだ。少女の笑顔があまりに輝いて見えたために、美由樹は急に恥ずかしくなり、顔を背け後頭部を掻く。少女が小さく笑い声を上げた。

その後二人は、フロルの言いつけに従い、彼女の小屋へと戻る。互いに同種であること、同じ悩みを抱えていたことを知ったあとだったため、二人は早くも打ち解け、笑顔のまま帰宅する。その頃には貴公子たちの気持ちも和らいでおり、帰ってきた二人が仲よくなっているのを受けて、ニヤニヤ顔で見られるが、ニンゲンであることは伏せておこうと約束したため、二人は、弁解はしたものの決して訳は話さなかった。

それでも仲間たちは詮索してきたが、そこはフロルが少年少女の助太刀に入る。どうやら彼女が仕入れた情報は、少女が邪羅の剣を盗んで逃げてきたことだけではないようだ。

フロルの話によれば、迷路森に謎の男が出没するらしい。夜な夜な森の中を徘徊《はいかい》し、奇声を上げ、気がかりで仕方がないという。ただの酔っ払いが森に迷い込んだだけだろうと、初め美由樹たちは気にも留めなかったが、その男が名のある剣士で、闇の王の手下であると聞いた時には、目を丸くし、話に飛びつく。

闇の王御用達の剣豪がなぜ森にいるのだろうか。存在だけでも怪しいのに、森の番人でもあった真が、その話題が持ち上がった際に「問題ない」と、森に住み着くことを許可したという。そばにある自然森には、不思議な力を持った者が多く住んでおり、その近くに敵の息がかかった者を住まわせるとは、一体どういうことか。疑問を抱いた少年たちは、訳を探るためにその人物への接触を試みる。迷路森にはフロルの魔法がかかっていたが、今回は特別だと、魔法を解除してもらった。一行は彼女に礼を言って、蘭を新たな仲間に加えて、森の中へと足を踏み入れる。

迷路森は、自然森以上に静寂に包まれていた。小動物の鳴き声も、鳥の囀りさえも聞こえず、唯一聞こえるのは自分たちの足音ぐらいである。薄暗く、茫々《ぼうぼう》と生えた草の間を獣道が碁盤の目のように行き交い、少年たちはその結果、入って間もないうちに迷子になってしまう。さすが迷路森だけのことはあり、帰り道すら目途が立たなくなった彼らは、同じ場所を何度も行き来する。同じ景色しか見えないことに、彼らの不安は募るばかりで、着々と目標へ進み、森の中心部まで来ていたことに、その時は誰も気づいていなかった。

不安を心の底へ押し込め、さらに歩くこと数十分。急に辺りが明るくなったので、美由樹たちは上空を見上げる。そこだけ木々の枝が伸びておらず、日が昇りきった空が広がっている。その下には、踝《くるぶし》くらいの背丈の草が一面に生えており、中央には腰かけるのにちょうどいい切り株が佇んでいた。

休憩を入れることになり、切り株に腰を下ろした蘭州が、

「特別に呪文をかけないでおいてあげるわって、あいつを信じた俺様たちがバカだったぜ。完全に迷っててんし、これからどうすんだよ。俺様たちが死んだらあいつを呪ってやるぅ」

「……蘭州、あんた物真似が下手ね。今のフロルのつもり？」

「まあ、海林の気持ちは分からなくもないけどな。迷ってるのは事実だし、でもここが元からこう複雑なつくりをしてるってこともあり得る。あの女がややこしくしてただけでさ」

「確かにそっちのほうがフロルさんらしいというか、フロルさん、私たちが迷うの知ってたみた

いだし。ところで、ここまで誰も出会わなかったわね。問題の人も」

蘭がため息をつく。

刹那、美由樹がサッと手を挙げる。皆の動きが止まり、視線を彼に向けた。少年は、口に指を当て、音を立てないよう合図を送る。緊張が駆け抜ける。彼の視線の先には、闇に包まれた茂みがあり、そこからはガサガサと音が聞こえるではないか。

なにかいる。そう思い、誰もが身構えたその時、音が一段と高まり、茂みの中からなにかが飛び出してくる。よく見るとそれは植物の蔓で、意思があるのか真っすぐ美由樹のところに飛んできては、襲いかかった。驚く一同。美由樹も驚き、抜刀してそれを受け止める。だが勢いに圧され、飛ばされた先の木にぶつかってしまう。

崩れ落ちる親友。蘭州がその名を叫ぶも、今度はその彼に、再び茂みから別の蔓が飛びかかる。足に絡みつき、抜刀したその腕にも絡まってきて、動きを封じようとする。蘭が魔法で、炎をまとった蛇を召還しては燃やしにかかるが、蔓はそれを器用に躱し、彼女のみならずその他の者たちにも襲いかかる。応戦する仲間たちだが、攻撃を避けられる上、この場を取り囲む茂みすべてから蔓が伸びてくるので、終いには胴体に手足を押さえられ、動きを封じられてしまう。

動きを封じられたのは、あとから攻撃を受けた蘭州たちだけであった。初めに攻撃を受けた美由樹だけは、襲いはするものの、動きを封じようとはせず、行く手を遮るだけに留まる。

それを不審に思った豪が、目の前で蘭州と格闘している蔓を見てなにかに気づき、

「まさかこの攻撃、あいつの仕業か⁉」

「ほう、気付いたか。然し彼奴呼ばわりとは、流石《さすが》御曹司ならではの御言葉だな」

この場の者ではない声が耳に木霊する。ハッとした皆は、一斉に声のした茂みへと視線を向けた。ガサガサッと足音がこちらへ近づいてきて、黒マント姿で常磐《ときわ》色の髪の青年が現れ出る。

目を見張る一同。特に邪羅は誰よりも口を大きく開け、信じられないという表情をしながら、

「樹霜《じゅそう》⁉　え、王の右腕がどうしてここに」

「誤解されないよう先に言っておくが、俺は戻る気の無い御前たちを追ってきたのでは無い。修行で此処に居るだけだ」

「そん言葉、私たちに信じろとでもゆうの。ホントは森にいる誰かを狙ってたくせに、でなきゃ王の右腕がここにいるはずない！」

久美が否定する。樹霜は、それでも自身の言葉に偽りはないと言い張るが、切りがないと思ったのか、蔓に鎮まれと命令する。するとどうだろう。それまで少年たちに敵意丸出しだった蔓が、急におとなしくなり、一瞬で木屑へと変わったではないか。風に吹かれ、跡形もなく散ったそれは、しかし美由樹に襲いかかっている蔓のみに言えることであった。蘭州たちを押さえる蔓は変わらず顕在し、美由樹は身構えたまま青年を振り返る。

「蘭州たちをどうするつもりだ」

「如何するつもりも無い。戦闘の邪魔に為るため、解放しなかったまでの事。佐藤美由樹だな。

ハンターに成り得た御前の力を、今此の場で俺に見せてみろ」

「なッ、ど、どうして俺の名前を」

「質問は後だ。攻撃してこないなら、此方から行くぞ」

言うと樹霜は目を瞑り、腰の鞘から抜刀して美由樹に向かって走り出した。その体勢は、美由樹が得意とする『龍神剱』で、敵がなぜ自分と同じ技を覚えているのか、美由樹も親友の蘭州も驚きを隠せなかったが、目には目をと美由樹も目を閉じて、樹霜に向かって突進する。両者の技がぶつかり合い、火の粉を散らす中、結果は互角に終わり、魔法は打ち消される。

だが樹霜は、打ち消されると知っていても『龍神剱』を繰り出し、美由樹を挑発する。美由樹も同じ技で迎え撃つが、幾度となく同じ行為を繰り返し、打ち消され続けることで、徐々に内心焦り始め、『龍神剱』を出すと常に同時に発動した光が出ていないことに気がつかなかった。

気づいた頃にはもう時遅く、それまで余裕で攻撃を出していたが、相手にぶつかるたびに体が重くなり、足がふらつく。魔力のみならず体力も倍に削られ、十六回目の衝突の際には肩で息をするようになっていた。そんな美由樹に対し、樹霜は同じ技を出しているにもかかわらず、息切れをしていないどころか、余裕たっぷりに構えている。スピードも、相手に与える威力も衰えておらず、これはどういうことかと、美由樹は混乱する。

そんな少年の心を読み取ったのか、樹霜がそれまでとは一変して、再び蔓に命令し、美由樹を襲わせる。美由樹がそれに気を取られているうちに、今度は剣を胸の前で構え、魔法を詠唱した。

青年の前の空間が揺らぎ、渦を巻いて穴が開く。穴は周囲の空気を吸い込み始め、美由樹の体がズルズルと吸い寄せられていく。そうはいくものかと、少年は剣を地面に突き刺して体を支えるも、そこへ今度は穴から、ソニックビームのような風が飛んでくる。『**ダークゲン**』という名の魔法で、風は真っすぐ少年に飛んでいくと、容赦なくその体を切り刻む。

布地が裂けて、周囲に千切れ飛ぶ。悲鳴を上げる間もなく、今度は蔓が突進してきて、その体を上空に突き上げた。そしてトドメは、樹霜の剣による一撃。反撃する暇も、防御する時間すら与えない攻撃に、美由樹は為す術なく腹に受け、その勢いのまま地面に激突した。

蘭州がその名を叫ぶ。地面に描かれた波紋状の罅《ひび》。少年の受けた衝撃がどれほどのものか、充分すぎるほど物語っているその上に、友は一切の動きを止めて横たわっていた。蘭州が再び彼の名を叫ぶ。すると、彼らを押さえていた蔓が解け、木屑へと変わったではないか。勝負あったと判断したためか、他の者たちは警戒したが、蘭州だけはそれには目もくれずに親友の元へ駆け寄っては、その体を抱き起こした。

どうやら美由樹は気絶しただけだったらしい。友が目を覚ましたことに胸を撫で下ろした蘭州だが、ガサッという足音で顔を上げる。そこには樹霜が、こちらを見下ろすように立っており、仲間たちが急いで間に割って入る。

警戒を高める一同。しかし青年は、攻撃する様子は微塵もなく、反対に剣を鞘に収め、

「ハンターに為ったと聞いて、己が力に漸く気付いたかと思ったが、如何《どう》やら此方の思い違いだ

ったようだ。此の儘では、一生掛かっても気付く事は無い。己が心の奥底に眠る其の力に、其れでは何の為に守護者が犠牲と為ったのか。守護者が哀れに為るばかりではないか」

「己の心の底にある、力……？」

「以前の御前なら直ぐに気付いた筈だが、矢張り町へ行った事で落魄したか。此では守護者の願いは到底叶わない。真の力を奮い起こさせる事等、夢のまた夢だ。先の戦闘で、俺は己が力を微塵も使っていないというのに、何故俺は勝った。其れは御前が、其の力に気付いていないからだ。御前が気付いていさえすれば、俺は負けて地に伏していた筈だった」

「さっきからなにをゴチャゴチャと。ゆっとくがな、美由樹は俺様たちん中じゃ一番強えんだ。そんなに弱者扱いすんなら、もう一遍勝負しやがれ。今度は美由樹が勝って、おめぇをボッコボコにしてやる」

物言えなくなる美由樹を、蘭州が庇う。しかし樹霜は、彼の存在など眼中になしと言わんばかりに鋭く美由樹を睨みつけ、容赦ない言葉でその心を揺るがし続ける。

「己が心にすら向き合えていない其奴が、何度遣っても結果は同じだ。自然に魅入られし両親より力を、守護者からは光を継承した筈。然し其奴は、妹たちに先を越された事にも気付かない、出来損ないだ。己が力を見付けない限り、守護者は死に、此の世は滅ぶ」

「ちょっと待ってください。どうしてあなたに、そんなことが分かるんですか。あなたは、佐藤君にとっては敵のはず。そんな人がどうして佐藤君を」

「其奴は、俺にとって遠くもあり近くもある存在。而して俺は逃げも隠れもしない。御前が其の力に気付く事有れば、何時でも此処で相手をしてやる」

蘭の問いにそう言い残すと、樹霜は踵《きびす》を返し、暗闇へ消えていった。彼が去るのを最後まで見ていた蘭州たちは、その姿が消えると視線を美由樹に移す。俯き、暗い表情に変わっていた美由樹は、その後もずっと物言わぬまま、静かに立ち上がると自然森へ戻っていった。

第十二章　真の力

「美由樹、あれからずっと落ち込んでんわね」

樹霜との対決の翌日、弥生がつくってくれた朝食を食べながら、久美がポツリ呟く。同席に美由樹の姿はなく、それを受けて仲間たちも沈んだ表情をし、重たそうに食事を進める。

「ああもこてんぱんにされれば、な。佐藤がショックを受けるのも当然だよ」

「俺様もショックだぜ。まさか美由樹が負けんなんて思ってなかったからな」

「でもあの人、本当に不思議な人だったわね。佐藤君に遠くも近くもある存在だなんて、どういう意味かしら。佐藤君の力というのも……ウウン、もしかしたらこれは、彼自身が乗り越えないといけない壁なのかもしれない。てことは、樹霜さんは闇の中の光？」

「王の右腕が光族だって⁉　どういうことだよ」

蘭の話に、邪羅が口に含んでいた飲み物を噴き出し、噎せながら尋ねる。

「だって、そうとしか考えられないんですもの。樹霜さんが森にいたのは、真さんが住むのを許したからなんだし、彼を倒さなかった、ウウン、倒しちゃいけない存在だとしたら」

「佐藤と同じ血を引く者の可能性が高いな。家族か、あるいは親戚辺りで」

「だから真さんは、彼を森から追い払わなかった。それだけじゃない。彼は佐藤君を殺さなかったた。佐藤君って敵に狙われてるんでしょ。だったら樹霜さんも、佐藤君を殺すなり、連れ去ったたりしたはず。あれだけの力があるんですもの、でもあの場ではそれをしなかった。それよりも、なにかを教えようとしてる感じだった」

「確かに。王が佐藤を狙ってる理由は分からないけど、光の守護者に関係あるのかもしれないな。そいつは今王に捕まってるんだし、王も処刑するはずが、なぜかまだやってないみたいだし」

豪がボソリと呟く。その後に邪羅が、頭の後ろで手を組んで言った。

「やっぱり美由樹が、その力に気づくまでなにも分からないってことなんだな。それまで僕らはなにをしてればいいんだろう。やることないしなぁ」

「でもなんかやらなくちゃ。佐藤君がいなくても、やれることはやっとかないと」

「そうだな。美由樹がそれを見つけたあとで困らねえように、俺様たちだけでなんかしてやろうぜ。まずは情報収集だ。それなら、美由樹がいなくてもできんだろ」

「名案ね。あ、そんならここんこと、もっと教えて。私たち、初心者なんだから、ちゃんと紹介してくれてもいいでしょ」

「いいぜ。知ってる範囲なら教えられっからな」

そう言って蘭州は、森のことを仲間たちに話し始める。久美たちは、聞き逃さないよう彼の周りに詰め寄り、話に耳を傾けた。

その頃、仲間たちと別行動を取っている美由樹は、自然木の枝に寝転び、呆然と空を眺めていた。雲一つない空。その下では親鳥が、三羽のヒナに餌を与えている。風がそよそよと頬を撫でる。何一つ、以前の姿から変わらない。変わったのは、自身の心ただ一つ。

なぜ光は助けてくれなかったのか。少年はふと、昨日のことを振り返った。あの時、光が力を貸してくれれば、自分は敵に屈することはなかった。皆の前に恥ずかしい姿を晒すこともなかった。それともあのバトルには、なにか別の意味があったというのか。そのために真は、自分を守ってくれなかったのだろうか。いや、その前に、あの戦いに意味など本当にあったのだろうか。

アアもう、考えているだけで頭痛がする。こうしているうちに真が、死の神の生贄にされたらどうすればいい。自分たちは、彼を助けるために旅をしているのであって、彼を死なせては元も子もない。彼をいち早く助けることが最優先だが、樹霜の言ったことも気になる。美由樹は、頭をフルに動かし、問題解決の糸口を探るが、答えが見つからないことに苛立ち、悩み続ける。

「愛たちに先を越された出来損ないか。俺に、どんな力があるって言うんだよ」

ぼやく少年。

〝あら、気付いていないの。其れなら、出来損ないより愚か者の方がピッタリね〟

誰も聞いていないと思って呟かれたそれは、直後に予想外の返事がくる。驚いた美由樹は、急いで飛び起き、辺りを見渡してみる。誰もいない。幼児たちのはしゃぎ回る声が聞こえるが、それも遠くに見える広場からで、自分のそばではない。空耳かと思った美由樹は、視線を元に戻し、再び考え倦《あぐ》ねる。

〝未だ気付かないの。声、聞こえている筈なのに、聞こえない振りでもしているのかな。あ、然うか。美優ちゃんがお母さんの力受け継いでいるの分かっちゃったから、自分に自信が無いんだ。樹霜お兄ちゃんに出来損ないって云われるの、分かる気がする〟

再び響く声。今度ははっきりと近場から聞こえてくる。しかもそれが、耳から入ってくるのではなく、脳裏に響いて聞こえてくることに気づいた美由樹は、再び飛び起きて、四方八方に視線を巡らした。しかし結果は同じで、やはり周りには誰もいない。いるとすれば三羽のヒナと、その親鳥だけであった。

「まさか……違うな、俺の空耳だ。鳥が人の言葉をしゃべるなんて、そんなことあり得ない」

〝何を云っているの。私たちと御話ししているじゃない〟

「えッ、ま、まさか俺、本当に鳥と」

少年が目を丸くする。そんな彼に、ヒナに代わって親鳥が振り向き、語りかける。

〝やっと気付かれたのですね。然う貴方は、自然と会話をしているのです。貴方のお母様は、自然も含め声無きモノと話せる力を持っておられた。貴方にも其れは受け継がれています。故に真さんは、樹霜さんを下の森に住まわせたのです。貴方に、力の存在を気付かせる為に。其れが世界を救う力に為ると信じて〟

「真が、俺のためにあいつを……じゃあ俺は、どんなことをすればいいんですか。これから一体どうすれば」

〝全てを認め、受け入れるのじゃ。然すれば儂《わし》等の声は自ずと聞こえてくる。何せ御主は自然の

守護者じゃからのう〃

　親鳥とは異なる声が脳裏に響く。年老いた印象のため、声の主は自然木であることが受け取れる。驚きを隠せない美由樹。

〃儂等は此の時が来るのを待ち望んでおった。深く考える事は無い、唯心を無にし、想いを解放するだけで良い。其れが出来るのも、皆の声を信じるのも、全て御主次第じゃ〃

「おーい、兄様ァッ」

　優しげに語る自然木。その言葉に少年が、心に湧き上がるものを感じた時、不意に声が鳴りやんだ。それと同時に耳に響く女声。振り向くと、正装をした愛がこちらを見上げ、手を振っていた。

「美優が遊んでほしいんですって。花畑にいるから、行ってあげて」

　これから仕事に出掛けるため、手短に用件を伝えると、愛はさっさと森を出て行った。美由樹は、そんな彼女を最後まで見送ると、地上へ飛び降り、言伝どおりに花畑へ向かう。

　花畑は、広場を抜けた先の、共同の畑に隣接したところにある。光宮殿の周りに広がる花園ほどではないが、多種多様な花が植えられており、時期なのか華麗に咲き乱れているせいで、先に来ているはずの幼女は、目視ではどこにも見当たらなかった。

「おーいッ」と呼びかけてみる。すぐに反応が返ってきて、そちらに駆けてみると、花色に染まる服を着た美優が、手も顔も泥だらけにしながらしゃがみ込んでいた。どうしたのかと尋ねる前に「みてみてッ」とせがまれたので、その場に膝を突き、彼女の指さすところを見ると、小さな芽が吹き出ており、先端にはかわいらしい蕾《つぼみ》がついているではないか。

「ミユ、おにいちゃんにね、どっかであったのかな。アイおねえちゃんはね、カミサマがユメであわせてくれたんだって。だからミユ、おにいちゃんとおトモダチになりたい。ウウン、もうおトモダチだよ。おにいちゃんのないてるおカオ、ミユきらい。このコみたいにちっちゃくても、いつかおっきくなってね、キレイでカッコイイおハナさんになるの。だからおにいちゃんもね、このコとわらって。おにいちゃんにはね、ミユたちがいるから。おねがい、なかないで」

美優が真剣な顔つきで言った。ずっと自分を見ていたのだろう。暗く悲しげな表情をしていた自覚はないが、彼女は自分の心の変化を敏感に捉え、励まそうと、必死に笑顔を見せる。今までになくキラキラした笑みで、それを見た美由樹は、振り向いた彼女を抱き締めた。きょとんとする幼女。

「ないてるの、おにいちゃん」

「……ごめんな。俺が、しっかりしなくちゃいけないのに。みんなに、こんなに心配かけてるのに、迷惑もかけてるのに、俺は気づいてなかった。ごめん、美優。本当に……気づかせてくれて、ありがとう」

揺れる心。目からは涙が止めどなく溢れ出し、頬を伝って大地へと降り注ぐ。美優は不思議そうな顔をしていたが、美由樹は構わずに泣き続けた。涙が涸《か》れるまで、友の存在を心に深く刻みつけるために、彼はずっと幼女を抱き締める。そんな実兄の頭を、妹もまたそれと知らず小さいその手で、優しく撫でるのだった。

その日の翌日、美由樹は仲間たちと連れ立って、迷路森にやって来た。前回ほど迷うことはなかったが、真っすぐに切り株のあるあの叢《くさむら》を目指すと、宣言どおり樹霜が、切り株に腰を下ろして待っていた。

少年たちの姿を見た樹霜は、その場に立ち上がると、

「来たか。後戻りは出来ないが、其れでも遣るか」

「ああ、もちろん。それに俺は、もう後戻りしない。みんなは下がってて、絶対に手を出さないでくれ。樹霜、もう一度俺と勝負だ！」

「前より迷いが消えたか。ならば御前の真の力、今こそ見せてもらうぞ」

言うや樹霜は、抜刀して美由樹に突進した。初戦で美由樹が苦戦したあの『**龍神剱**』で、少年もそれを見て、前回の苦い記憶が蘇り、足が竦んで動けなくなる。そして攻撃を受け、再び敗退の道を辿る。

それが青年の、相手の心理を揺さぶる作戦だった。しかし彼は、それがすぐにも崩れ去るのを知る。少年が、抜刀はしたものの、一向に身構える様子を見せず、その場に突っ立ち、目を瞑っているのを見たからだ。仲間たちの声も聞かず、ひたすら目を閉じ、攻撃に転じない少年。対戦相手はというと、そうこうしているうちに目と鼻の先に迫り、今まさにその手に握られた剣を、

彼目がけて振り下ろそうとしていた。

悲鳴が上がる。誰もが目を背け、しかし斬撃された音も、倒れる音も聞こえなかったため、皆は恐る恐る顔を上げた。

声を漏らす蘭州。仲間の命を奪おうとした剣は、彼の胸から五センチ離れたところで止まっており、それだけなら彼らは目を丸くする程度であった。しかし彼らの目に飛び込んできたのは、剣を握りながらその場に硬直している樹霜の姿で、よく見ると樹霜の足に、植物の蔓が巻きついているではないか。蔓は地中から突き出ており、青年が腰を捻ってこちらを振り向いたと同時に、再び同じものが突出し、今度は胴体や腕に絡みつく。剣を振るって脱出しようとするが、蔓は何度も地から伸びてきて、彼の動きを封じた。

目を丸くする蘭州たち。樹霜も、ホウッと感心の声を上げるが、すぐに引っ込めると剣を胸の前に構える。ここで美由樹がハッと顔を上げるが、時既に遅く青年の力が発動され、蔓を弾かれてしまう。弾かれた蔓は、反動と青年の意思に乗っ取られ、美由樹の体に巻きついた。今度は少年が脱出を試みるも、その前に愛剣を取り落とし、両手両足の関節や首、胴体も封じられて動けなくなる。蘭州が彼の名を叫んだ。

もがくたびにきつく締め上げてくるので、息が詰まった美由樹はもがくのをやめる。そこへ樹霜が、剣を片手に歩み寄り、

「此処までだな。自然の力を操れない以上、俺に勝つ事は出来ない。何時までも出来損ないの儘、

此で終いだ」

剣が構えられる。ハッとした仲間たちが美由樹の名を叫ぶも、その前に青年の手が動き、剣が横に振られる。刃が布地と肉を切り裂き、血飛沫《ちしぶき》が舞う。蔓が解かれ、支えを失った友の体が大地に崩れ、永遠に起き上がらない光景が脳裏を横切り、仲間の誰もがそれを止めようと走る。だが間に合わない。当たる。

直後に蘭州の足が止まる。仲間たちも、共に前方の一点を見つめた。樹霜も同じ場所を見ており、そこには美由樹が、煌々とした翼を背から生やし、体内からも翼以上に輝く光を発しているではないか。

「なあ、樹霜。俺は、確かに出来損ないかもしれない。おまえに負けるまで、ずっと大切なこと、人の存在に気づかなかった。この力のことだって、おまえが教えてくれなきゃ一生気づかなかった。今はまだ完全に扱えなくても、いつか絶対にマスターしてみせる。だから俺は諦めない。おまえにも、俺はもう屈したりしないッ」

美由樹が自身を鼓舞する。その声に応じて翼は光を爆発させ、辺りを白く染め上げる。視界を奪われ、怯む樹霜。そこへ光が、衝撃波となって、蔓を粉微塵にしながら突進する。立て続けに飛ばされ、終いに強烈な一打を受けた青年は、勢いを止める間もなく木に激突した。光が収まり、翼も跡形もなく消えた頃には、彼はその場に崩れ落ち、動かなくなる。

「あ、ごめん、力入れすぎちゃった」

誰もが口をあんぐりと開けて呆然とする中、美由樹は急いで樹霜に駆け寄ると、その体を抱き起こし、木に凭れさせる。樹霜は気を失っていたようで、少年の声で目を覚ました彼は、衝撃の反動が残る体に鞭打《むちう》って、その場に立ち上がりながら、

「何故……俺に止めを、刺さない。態《わざ》と、近寄らせているかも知れないのに……御前は」

「トドメなんて、おまえは恩人なんだから刺さないよ。勝ち負けなんてもうどうでもいいし、それより大切なことがたくさんある。俺は救いたいんだよ。それに、戦う気のないおまえとこれ以上戦っても、意味ないじゃないか。そうだろ?」

美由樹が顔を覗き込みながら言った。樹霜は、真意を突かれたのか無言となり、顔を俯かせるが、ハアッとため息をつくと、自身の負けを認める。ワッと駆け寄る仲間たち。

「やったな、美由樹。おまえは闇の王の右腕に勝ったんだッ」

「すごいわ、佐藤君。本当におめでとう」

「絶対勝つと思ってたぜ。さすが俺様が認めただけはある」

「海林、おまえ、そんなこと一言も言ってないだろ。さっきまで佐藤が負けると嘆いてたくせに」

「ホント、口達者なんだから。でも美由樹、あんたなら大丈夫だと思ってたわ。それに、悩み事があんならいつでも相談していいのよ。私たち、仲間でしょ」

「久美……ごめん。でも、ありがとう。みんなも、心配かけてごめんな」

謝る美由樹。しかし仲間たちは、気にしなくていいと励ましてくれて、これが仲間というものかと少年の顔に笑顔が戻る。

その時、不意に彼は仲間たちから視線をずらし、樹霜を見た。仲間たちの影に隠れて、暗闇に消えようとしていたからだ。美由樹に呼び止められた樹霜は、その場に立ち止まって、

「王の下《もと》へ戻るだけだ。俺は、御前たちの敵なのだからな。今日は見逃してやるが、次会った時は然うはいかない。御前たちも、其の事をちゃんと弁《わきま》えておけ」

「あ、ちょっと待って。質問を、あなたは一体何者なんですか。佐藤君を殺さないのも、彼にアドバイスするのも、敵だと言うならそんなことしないはず。それとも、真さんから頼まれたことなんですか。あなたは、真さんと佐藤君とどんな関係なんですか」

蘭が尋ねる。皆の視線が樹霜に集中し、樹霜はというと、彼らに背を向け、無言で突っ立っていた。少女が再び催促する。二度目のため息が漏れて、青年は顔だけこちらを振り向き、口を開いた。

「敵に、個人の情報を教える阿呆《あほう》が何処に居る。教えられるとすれば、俺は昔此処に住んでいて、守護者とも面識が有った事くらいだ。其れ以外を知る必要は無い」

「樹霜……」

「北を目指すのだ。暗黒の轟き山《ダークザウンドマウンテン》の頂きに、彼の者は居る。此を信じるかは御前たち次第だ」

そう言い残すと、樹霜は暗闇に紛れてその場を去った。美由樹たちは、しばらくは彼の消えた

暗闇を見ていたが、その後は切り株の周りに集まり、互いに顔を見合わせる。

「時間がないってことだな。闇の王の右腕のくせに、一体あいつは何者なんだ」

「少なくとも、闇の王に忠誠心を誓ってるわけじゃなさそーね。まあ、それは脇へ置いとくとして、そのダークなんたらってなんなの」

「山の名前だよ。大昔の大噴火で大勢の人が亡くなって、地面掘り返せば白骨がゴロゴロ出てくるから、死山と呼ばれてるんだ。帰らずの山とも噂されてて、そこを訪ねた人が誰も帰ってこないからそう言われてるんだけど、実際に山があるかどうかは不明で」

「て、架空の山に行けってのか。俺様たち、あいつに騙されてんじゃね」

「でも、もしかしたら実在するかも。闇の王の右腕である樹霜さんが、そこに行けと言ってるのよ。そこに真さんがいるって、私たちを敵と見てるなら、こんな秘密事項教えてくれないんじゃない。口を滑らせた感じでもなかったし、山の姿を見たことがないのも、きっとそこになにかあるからよ」

「とにかく行ってみよう。百聞は一見にしかず、考えるより動いたほうがいい」

美由樹が仲間たちを見渡す。誰も異議を唱えるものはおらず、皆コクリと頷くと、北にあるというダークザウンドマウンテンへ向けて歩き出した。

「彼等は実に愚かな者たちだ。此の世に光は不要、何故に闇と相対するのか。闇は人心が織り成す悲哀、憎悪、怒りより生まれしモノ。誰にも消せぬ、止める事すら出来ぬ負の循環《サイクル》。命在るモノ全てを抹消せねば根絶は不可能……と、此のような事を、反対派の貴様に言っても意味は無いか」

決意を胸に歩を進める少年たち。そんな彼らを、以前、西海の王女の結婚式に現れた影が水晶玉から眺めながら呟いた。明かりのない部屋。影のいるところのみぼんやりと薄明るく照らされていたが、その後ろでは金髪の青年が、体中に無数の傷跡をつくり、息も絶え絶えに鎖で縛られた状態で横たわっていた。

第十三章　地下迷宮

「そこ、崩れやすいから気をつけろよ。あ、左に足場があるぞ」

美由樹が、下にいる仲間たちに向けて言った。一行は今、迷路森から北へ三〇キロ離れた地点におり、ダークザウンドマウンテンへの最短ルートとして断崖絶壁をフリークライミングしているところであった。

上は極楽、下見て地獄という狭間にいることに蘭州が、横にいる豪に、

「なあ、こん崖を登りゃぁ、簡単に行けけんだよな」

「たぶんな。これは俺の勘だから、当たるも八卦《はっけ》当たらぬも八卦だ」

「ねえ蘭、あんた顔が真っ青よ。大丈夫？」

「は、はい。ちょっと高いところが苦手で……キャアアアァァッ」

蘭が悲鳴を上げる。風が吹き荒れ、一行の行く手を遮る。風は一時的で、しばらくすると収まったので、美由樹と久美はもう大丈夫と、残り僅かな距離を登り切って頂上へ到着する。しかし蘭だけは、足が竦んだのか岩肌に貼りついたまま動かなくなっており、励ましても硬直したままなので、二人は手を差し伸べ、彼女を一気に引き上げた。大地に足が着くなり、へたり込む少女。そこへ残りのメンバーも到着し、皆は無事に登り切ったことを喜び合いながら、一息つくことにする。

頂上は、さっきのような風は吹いていないが、霧が立ちこめていて見晴らしはよいとは言えなかった。この霧がなければ景色は最高なのにと思いながら、豪が蘭に、

「おまえ、高所恐怖症だったんだな。今まで一緒にいたけど、全然気づかなかったよ」

「あなたたちはドンドン先へ行っちゃうから。でも駄目、やっぱり怖いわ」

「大丈夫、そんうちに慣れんわよ。はいこれ、登り切った祝杯。これ飲めば、恐怖なんて吹っ飛んじゃうわよ」

震えの止まらない蘭に久美が、肩から提げていた魔法瓶の中身を手渡す。ホットココアで、受け取った蘭は礼を言ってから、一口飲んだ。

「熱ッ」

「て、あら、あんた、もしかして猫舌」

「高所恐怖症に猫舌か、蘭って意外とお茶目なんだな。ところで、前から気になってんだけどさ、俺様たちの一番の目的は真の救出だろ。そん前に闇の王って壁があっから、王を倒すのも目的になってってけど、王って一体何者なんだ。幽霊みてぇに怖くて、人ん命奪うのをなんとも思ってねえ野郎だってのは知ってってけど、これから戦うってなりゃ一応相手んこと知っといたほうがいいんじゃねえか」

「確かに。相手のことを知らずにただ突っ込んだら、返り討ちにされてしまう。でも、実を言うと俺らも、詳しくは知らないんだ。しょっちゅう会える相手じゃないし、町の集会とかで見かけ

ることはあっても、言伝とかはいつもあの樹霜が持ってくるだけで、直接会ったことは一度もないんだ」

「じゃあ、自分たちんトップの素性も知らないで、そいつにつき従ってるわけ。え、邪羅も、蘭もそーなの」

久美が目を丸くしながら尋ねた。邪羅と蘭が無言で頷く。

「そうなると、藤谷の言ったとおり、返り討ちに遭う率が高くなるな。王のことを知るには、まずは王のことをよく知ってそうな人に話を聞かなくちゃ」

「それより、王の膝元に忍び込んだほうが早いわよ、美由樹。ちょうどここには、そこに住んでた人が三人もいんだから。ねえ、あんたたちの住んでた町ん場所、教えてくんない」

「まさか、俺らの町にある王の城に忍び込むつもりか」

「確かにそこでなら情報収集できるかもしれないけど、僕らは追われてる身だよ。蘭もそうかもしれないし、そしたらどうやってそこまで行くんだよ。見つかれば、僕らだけじゃなくおまえらも捕まって、なにもできなくなるじゃないか」

邪羅が指摘する。痛いところを突かれ、久美はウーンと唸り声を上げて、黙り込んでしまった。他の者たちも、名案だっただけに打つ手なしかと考え込む。

とその時、それまで黙っていた蘭が、呟くように口を開いた。

「誰にも見つからずに町まで行く方法……地下迷宮を使えばいいんじゃないかしら」

「地下迷宮？」

少女の言葉に、美由樹と蘭州、久美が首を傾げる。コクリと頷く少女。

「私たちの町の地下には下水道が通ってて、迷路みたいに入り組んでるから地下迷宮とも言われてるの。人が充分通れる大きさで、邪羅の剣を取り返した時も、私この手を使って逃げてきたのよ。誰にも見つからなかったし、町の外に通じる口が滝のそばにあって。今のように霧がかかってて、晴れたら綺麗な景色を見られそうなところに出たから、ここの近くにあるんじゃないかしら」

「うし、そんならさっさと行こうぜ。霧が濃くなっちまう前に」

蘭州が提案する。異議のなかった皆は頷き、霧が立ち込める山の奥へ歩き出した。奥へ行くにつれて霧も濃くなり、視界がますます悪くなる中で、彼らははぐれ防止にと手を繋いで進行する。そうすることで互いに存在を確かめられ、仲間の姿が見えなくなっても恐怖に感じることはなかった。道中、先頭を行く美由樹が石に躓いたことで全員ドミノ倒しのように転んだり、蛇と思って騒いだものが実は草の根だったりなど、珍騒動はあったが、そのようなドタバタも越えて、視界がふと明るくなった時、一同は少女が言っていた滝に到着する。

滝は、そこまで大きいものではなかった。崖の上に石清水が集まり、それが川となって流れ落ちているだけで、滝壺《たきつぼ》も、落ち葉で覆い隠されてしまうほど小さいものであった。標高が高いせいか水は凍っており、美由樹たちは互いに寄り添いながら、蘭のあとに続いて滝の裏側に回る。

そこには苔がびっしり生えた大きな岩があり、それを脇へどけるとトンネルの入り口が現れた。どうやら岩は、それを隠すためのものだったらしい。暗く、明かりのない中を見て蘭州は身震いするが、一行は構うことなくトンネルの中に侵入する。

どこまでも続く一本道。煉瓦造りの壁、通路の脇を流れる濁った水。臭いはしないものの、ネズミの住処になっているのか、自分たちが通るたびに脇へサッと動き、警戒音を鳴らす。蘭が魔法で照らしてくれているため、怖いと思うことはないが、不気味な静寂が漂い、天井からの雫《しずく》すらも辺りに響き渡る。滑りやすい上に分岐が多く、行った先が格子戸で塞がれ、元来た道に戻ることもしばしば。

それでも歩き続けること、三時間ちょい。トンネルは再び一本となり、そこをひたすら真っすぐに歩いていると、不意に天井が騒がしくなる。気がつけば、あれほど大量にいたネズミの姿が見当たらず、皆は互いに顔を見合わせた。

「天井から人ん声が聞こえる。足音も響いてくるぜ」

「てことは、町に着いたのね。フゥ、無事に着いてよかったぁ」

「で、これからどうする。このまま城に向かう？」

美由樹が皆に意見を求める。

「その前に休憩しないか。ここに入った時から歩きっぱなしだろ。このまま城に行って、敵と鉢《はち》合《あ》わせになれば、勝ち目は低いと思う」

「じゃあ、私の家に来るってのはどう。私の家ならみんなも安心できるでしょ」

「でも蘭、それだとおまえの家族が困らないか」

「いいのよ、邪羅。気にしないで。大兄たちは光族だし、お客様は大歓迎って人たちだから。赤い石が目印よ。みんな、分かれ道に出たらそれを探して」

言うと蘭は、前に向き直って歩を進める。皆もあとに続き、しばらくすると今日で何度目かの分岐点に差しかかった。十字路で、少女の言うとおり赤い石を探してみる。すると右の通路脇に、目立つようで目立たないそれが、煉瓦と煉瓦の間にはめ込まれていた。道標に従って右へ進むと、今度は丁字路に突き当たる。また探してみる。左の道の地面に、さっきと同じ石が踏みつけられたようにはまっている。そのようにして道を進むこと、数十分。右に左に、時に間違えて元来た道に戻り、また左に右にと進んでいると、道が一本となり、行き止まりに到着する。重い鉄の格子戸がついているため、これ以上先に進むことはできないが、天井を見上げると地上へ続く梯子が伸びていた。目的地に辿り着いたのだろうか。間違っている場合もあり得るため、ここは地元民の力に頼ろうと、蘭が先頭に立って梯子を上っていく。

ボコンッという音が立つ。床の中央に設けられた格子戸が、キイキイと横にスライドし、少女の頭がちょこんと突き出る。暗い室内。物置き部屋か、石畳の床に、木や段ボールでできた箱が無数に積まれ、その間には絨毯やベビーベッドなど、箱に収まりきれない大型家具が置かれている。

「ネズミかと思えば、この集団。あの道を通っちゃいけないと何度言えば分かるの」

蘭のあとに続いて、皆が梯子から室内へ上がり込んだ時、突然部屋に明かりが灯った。今まで暗い中を歩いてきたため、美由樹たちは一瞬目が眩み、顔を背ける。

そこに響く女声。敵かと思い顔を上げると、部屋脇の階段を上った先にある扉のそばに、紫の髪と瞳をした女が、腕組みをしながら立っていた。その雰囲気はどこか蘭と似たところがあり、知り合いか、彼女を見た途端に蘭が声を上げる。

「大姉⁉　い、いつの間に」

「いつの間に……じゃないでしょ、このおマヌケ娘がッ。戻ってくるなら、家を出る前に渡した無線機で連絡ぐらいよこしなさい！」

正体は少女の姉だった。少年たちは警戒を解くが、蘭は彼女が入ってきた時から警戒を解いており、彼女の言葉を受けてなにかを思い出したのか、アッと口に手を当てた。ため息をつく姉。

「あれほど口煩《くちうるさ》く注意したというのに、あなたって子は……まあ、それはともかくとして、皆さん、加藤家へようこそ。妹のせいで地下迷宮を歩かされたんですから、さぞお疲れのことでしょう。ダイニングへどうぞ。お茶を差し上げますわ」

階段を下り、少年たちに歩み寄った大姉は、妹の頭を小突いたあとで表情を柔らかくすると、手招きをして退室した。美由樹たちは、そんな彼女の行動を呆然と見ていたが、彼女の姿が見えなくなると我に返り、頭を押さえる少女を先頭に、そのあとに続く。

蘭の家は、奥に細長い狭小住宅だった。一行が出てきた地下室も含めると四階建てで、中二階に中三階と、階段の少なく、その分天井が高い構造をしていた。中華風のランプに、アラビアンな絨毯が敷かれた廊下は狭く、壁が迫ってくるような印象を受ける。

さらには蘭州が苦手とする、暗くてジメッとした雰囲気も漂っており、蘭州は終始ブルブル震えていたが、不意にその震えが止まる。一階の廊下の先、僅かに開いた扉の隙間から光と、人の声が漏れ出ている。先頭を行く大姉がその中へ入って行ったので、皆は恐る恐るだが中を覗き込んだ。

そこは、廊下とは正反対の、明るく、温かみのある雰囲気が漂っていた。白を基調とした天井に壁。床は青のタイル張りで、対面式のキッチンの前には、部屋の面積いっぱいのテーブルが置かれ、十個以上はあるだろう椅子が周りに並んでいる。入った手前に視線を向けると、モコモコ絨毯が敷かれたリビングがあり、暖色系のソファが設置されていた。

「あ、中姉だ。中姉が帰ってきたッ」

中と外とのギャップに少年たちが呆然としていた時、身近から幼い男の子の声が聞こえてくる。中に入ってきた蘭に向かって、茶色い上着を着た幼児が二人、駆け寄ってくる。よく見ると顔が似ており、双子であることが見受けられるが、そんな彼らに対し、蘭がなにか言おうとした時、今度は別の方向から声が上がる。

「連絡を全然しなかったってことは、罰として大兄お手製の激マズ青汁一気飲みね」

声の主は、青みがかった髪をした少女だった。ソファに腰を下ろし、医学書のような分厚い本を手に、ニコニコしながらこちらを見つめている。そんな彼女の隣には、外見が瓜二つの少年がいて、こちらも前者と似た本を読みながら、

「あれを飲んだ時の中姉はどんな顔するんだろうなぁ。あ、なんか思い出すだけで吐き気がしてきた」

「吐かないでくれよ、客の前なんだから。さ、そこで突っ立ってないで座ってくれ。椅子は余るほどあるんだから、どこでも好きな席へどうぞ」

弟を窘《たしな》めながら、黄色い服の青年が美由樹たちに手招きする。我に返った美由樹たちは、礼を言って椅子に座った。そこへ大姉が、人数分の茶を差し出す。

「蘭は本当にだらしのない妹でしてねぇ。でも無事でよかった。町では今、城の者たちが自棄《やけ》になって強盗犯を捜し出そうとしてて、その中で地下迷宮を使ったのは正解でしたわ。特に邪羅様と豪様は、どうしてお戻りになったのです。今では歴とした反逆者、賞金首にまでなってるのですよ」

大姉が邪羅と豪に詰め寄る。二人の顔が曇り、それを見た蘭は急いで話を逸らした。

「それはここに調べ物があったからよ。それより大姉、大兄はどこ。姿が見えないけど」

言い終わると同時に、閉められていたはずの扉が開き、外から灰色の上着を着た男が入室してくる。

「懐かしい声がすると思えば、そうか、帰ってきたんだな。仲間も連れてとなると、今日はここに泊まりになりそうだ。ちょうど二階の部屋が空いてるから、蘭、あとでそこへ案内してあげなさい。あ、それと君、ちょっと一緒に来てくれないか」

妹が戻ってきたというのに大兄は、他者と異なり感情を表に出さないまま、差し出された茶を一気に飲み干して退室した。去り際に美由樹を指名し、美由樹はなぜ自分が指名されたのか首を傾げながら、あとに続いて部屋を出る。

大兄が向かった先は、彼の部屋らしかった。中三階にあり、明かりが裸電球一つしかないため、廊下よりも暗く感じられた。もしここに蘭州が来ていれば、おそらくは逃げ出していたのだろうが、来ていたのは美由樹だったため、逃げることはなかった。本棚が壁一面に並べられており、棚の一段一段には何千冊もの本が、不気味なオーラを出しながらしまわれている。なんて本の多さだろうと思いながら、その下に目を移してみると、そこにも本が山積みされていて、よく見れば室内の床は、足の踏み場もないほど本で埋め尽くされていた。呆気に取られる少年。

一方で大兄は、この状況に慣れているのか、堂々と本を踏んで、奥にある本の山へ消えていく。なにをしているのか、五冊ほど本が左右に飛び、そうかと思った次の瞬間に、バサバサという音と共に、彼の悲鳴が聞こえてくる。驚いた美由樹が駆け寄ってみると、そこには新たな本の山ができていて、その下からは大兄の腕が突き出ていた。引き出す少年。救出は思ったよりも早くでき、男は九死に一生を得たと言わんばかりに息をつく。

「すまない、助かった。いつものことだと思ってたが、まさかこうなるとはな。それより、君に確かめておきたいことがある。君は、もしかして寿山《じゅざん》美由樹君かい」

目を丸くする少年。初対面の人物に名前を、しかも本名を言い当てられたことに、彼は疑いの目を大兄に向ける。それを見て大兄は、やはりと確信したように頷くと、手に持っていた物を手渡した。赤い背表紙をした古本で、表に古ぼけた字でアルバムと書いてある。

大兄に許可をもらい、ペラペラとページを捲《めく》る。ある一ページで手が止まり、そこには金髪の少年が、二人の赤子を抱えた写真があり、下には文章が手書きで書かれていた。

「この方、寿山美由樹と加藤蘭。古き星より集いし者より生まれた宝に、真の光を授ける。それが世を結ぶのならば、我は喜んでその身を光で包むだろう、光真……て、えッ、どういうことですか」

「読んで字の如くだ。写真の赤ん坊は蘭と君で、君たちを抱いてるのはあの真だ」

「あの、なにかの間違いじゃないんですか。確かに俺は真に育てられたけど、その時初めてあいつに会ったんですよ。それに、俺が生まれたのは地球で。俺が生まれた頃、真がこの写真の年齢だとすれば、あいつは今おじさんになってるはずです。それなのに、あいつは大学生ぐらいの年をしてて。矛盾してませんか」

「確かにな。しかし、過去から未来へ来てしまったとなれば、話は別だ」

「過去から未来に？　つまり、タイムスリップですか」

「『時空の歪《ひず》み』を知ってるかい。この世界の裏にある、次元という空間に穴が開く現象をいうが、彼はそれに巻き込まれて時を渡ってきたらしい。自然森について詳しいのも、森の過去を知ってるからこそ。この現象はまだ科学的に解明されたわけではないが、人体に悪影響を及ぼす作用があることだけは分かってる。彼が年老いないのも、それが原因と俺は考えてる。

俺たちの両親と君のご両親は、真と仲がよかった。特に父親が、彼らの間には親密な関係があったに違いない。人狩りに遭わなければ、もっと詳しいことを本人から聞けたのだろうが、死人に口なし。真もなにも語ってくれないからな。こっちは推測しかできない」

大兄がため息をつく。美由樹は、自分の両親が彼らの両親と知り合いだとは思いもせず、終始目を点にして聞いていたが、青年がそのことについて自分になにも語らなかったのに気がついた。なぜ彼はなにも語らなかったのか。少年が疑問を抱いたその時、不意に扉がノックされる。振り返ると扉が開き、外から蘭が入室してきた。

「大兄、大姉が呼んでるわよ。話したいことがあるんだって」

「分かった、すぐに行く。悪いが美由樹君、君は仲間のところへ戻ってくれ。（ボソ）さっきの話は秘密だぞ」

去り際に少年に耳打ちすると、大兄は部屋を出て行った。美由樹は、蘭が見ていない隙に、アルバムを近くの本の束に隠し、何事もなかったように、彼女に続いて退室する。

「……ねえ、大兄が言ったこと、気にしなくていいからね」

「えッ、あ、て、俺たちの話を聞いてたのか」

「ノックしようとしたらちょっとね。確かに気になるけど、今は真さんを救うことが先決よ。あとからでも彼については考えられるわ」

「確かにそうだな。でもこれだけ聞かせて。もしかしておまえも、真に育てられたのか」

「ウウン。私は、ちゃんと両親に育てられたわ。夢見秀作って人知ってる？　親がその人にお世話になったみたいで、その人の紹介で真さんと知り合ったの。といってもこれは、私が赤ちゃんだった頃の話で、その時森へ一緒についていった大兄と大姉、中兄に聞いたことだから、当時のこと私はなにも覚えてないの」

「そうか。だからおまえは、森に真がいると思って」

「でも結局、彼の知り合いのフロルさんに助けてもらったんだけどね。て、あ、着いた」

気がつけば二人は、中二階の廊下の突き当たりまで来ていた。そこには焦茶色の扉があり、蘭がノックすると、中から返事がくる。

扉が開かれる。部屋の中は、一般的な住宅とは思えない内装で、部屋の奥には一輪挿しの花瓶が置かれた出窓があり、その前にはベッドが四つ置かれている。そこまでなら一般家庭にもある客室だが、入ってきた扉の横にバスルームがついているのを見て、美由樹はホテルの間違いではないかと目を疑った。

「ベッドだけならともかく、バスルームもついてるとなりゃぁ、驚かねえわけがねえ。なあ蘭、こんな部屋を俺様たちが使っていいのか」

「もちろんよ、ここは来客専用のお部屋なんだから。自由に使って」

「ありがとう。そういえば久美は」

「彼女なら私の部屋にいるわ。男子ばかりの部屋に女性一人はちょっとと思って。あ、今彼女を呼んでくるわね」

　蘭はそう言うと、久美を呼びに退室する。

「サンキューな、蘭。ところでよ、美由樹。蘭の兄ちゃんとなに話してたんだ」

「えッ、あ、いや。なんでもないよ」

「いや、ある。おまえはなにか隠してる。僕らにも教えろよ」

　邪羅も詰め寄る。よほど気になるのか、それでも少年が口を割ろうとしないので、蘭州と邪羅は彼を取り押さえ、体を擽《くすぐ》り始める。声を上げて笑う美由樹。傍観していた豪も、彼らを見て笑った。

「擽ったいってば。ククク。や、やめろよ、二人とも。アハハッ」

「教えてくんねえとやめねえぜ」

「早く言わないとエスカレートしてくぞ。それでもいいのか」

「それは困るけど、ハハハ。は、腹が痛い……やめて。本当に、アハハハッ」

「ねえ、扉ん前で戯れないでくれる」

笑いが止まらない少年。そんな彼らを窘めるように、頭上から女声が聞こえてくる。久美が呆れた表情で仁王立ちしており、後ろでは蘭が笑いを堪えていた。蘭州と邪羅が、慌てて美由樹から離れる。

「お、おう、来てたんだな。気づかなかったぜ」

「ホント、あんたたちってガキんちょなんだから。それより、こっからどーすんの。町に入んのはクリアしたわ。次ん課題は、どーやって城に忍び込んで、王んことを調べっかね」

「それなんだけど、資料室が城にあることを思い出したんだ。そこに行けば、いろいろと分かると思う」

「けど、資料室へ行くたって、その前にどうやって城に入るんだよ。王だって簡単にいく相手じゃないし、そこら中に手下を置いて、厳重に見張らせてるはずだ」

「地下迷宮を使えばいいんじゃないかしら。城の地下にも続いてたはずだし」

「だったら、人数を絞ったほうがいい。あそこは意外と狭かったし、全員で行くのは大変だ」

「賛成。それじゃあ、誰がふさわしいか、みんなで指名するのはどうだ」

「その案だと全員が指名されて、人数が絞れなくなるわ。それに、佐藤君に海林君、久美さんは、ここに初めて来たのよ。城への道も知らないし、意味ないじゃない」

「なら、ここは一本勝負のジャンケンで決めねえか。道を知ってる奴の中で負けた一人と、道を知らねえ奴ん中で負けた一人が組む。どうだ」

邪羅の案に蘭が反対したのに対し、蘭州も彼女に賛同する。しかし蘭州の案は、今度は久美から猛反対を受けた。どうやら彼女は、自分たちの中に、ジャンケンをすると決まって負ける者がいることを考慮してくれているらしい。当人は、彼女が代わりに反対してくれていることに内心で感謝したが、蘭州の案に賛成する者が多く、最終的には彼女が折れることになった。

「んじゃお見合い形式ってことで、蘭たちは窓側で、俺様たちは廊下側でしようぜ。美由樹、久美。いいか。最初はグー、ジャンケンポン」

「パー、グー、チョキでおあいこね。もー一度やんわよ。最初はグー、ジャンケンポイッ」

「チョキ、チョキ、パー。て、え、また俺の負け」

「すまねえな。運も実力のうちだぜ。おい、そっちは決まったか」

蘭州が邪羅たちに尋ねる。ところが彼らは、困惑した表情で首を横に振った。

「こーゆうのってすぐに決まんのに。じゃあ、もー一回。最初はグー、ジャンケンポン」

久美が唱える。三人から同時に出された手は、グーにチョキ、グーで、皆はチョキを出した少女に視線を向けた。目と目が合う。自分の手を見たあとで、少女はアハハと苦笑した。

翌晩、美由樹と蘭は仲間たちや、少女の家族に見送られながら、地下室から地下迷宮へと侵入した。もしもの時に備え、町の子供と同じ服装をした二人は、蘭を先頭に城の地下へ向かって進行する。

初めて地下迷宮に入った時にも感じたことだが、美由樹はここが迷宮と呼ばれるほど入り組んでいるとは思えなかった。事実、彼らは迷子になることなく、まっすぐに城へと進んでいるのだが、そうとは知らない少年は、前を行く少女が地元民だからと自身を説得する。しかしやはりそれだけでは、このスムーズな進み具合に納得がいかない。

そのことについて蘭に尋ねてみると、彼女はかわいげに舌を見せ、

「実は私、何度もここには侵入してるの。あなたも、なんとなく出掛けたい時とかあるでしょ。私たちは、ほらニンゲンだから、町ではちょっと目をつけられてて。ここは私にとって庭みたいなものね。あ、邪羅たちと知り合ったのも、ここから彼らの家に忍び込んだのがきっかけなの」

「じゃあ、城にも入ったことがあるのか、梶谷の剣を盗む以前に」

「大姉が聞いたら頭に角が生えちゃうけど、気になって仕方がなかったんですもの。特別な時にしか入れない場所なんて、ドキドキでワクワクで、つい中を見たくなっちゃって。その分、道も険しくなるんだけど、また忍び込めるようにって私、印をつけといたの。ほら、ここを見て」

言うと蘭は、地面の一角を指さした。そこには、少女の家へと続く道標と同じ石が、なんの違和感もなくはめこまれている。

「でも、ここまで敵が追いかけてきたらどうするんだ」

「心配ないわ。彼らが相手にするのは、ここを熟知してる私よ。それに、あなただけに教えるけど、ここは上の町と同じ構造をしてるの。だから、町の地形とか道とか全部覚えとけば迷うことはないのよ。あ、でもこれ秘密ね。邪羅たちはそのことを知らないから。ン、白い石。てことは

もうすぐ城に着くのね」

地面に白っぽい石を見つけた蘭は、そう言うと先を急いだ。美由樹も、はぐれないようにあとに続く。城の出口へ進むにつれて、天井が騒がしくなり、敷地内に侵入したことが分かる。連日の不祥事を受けて、警備が厳しくなっていると出発前に中兄が教えてくれたが、まさに城中で人が動き回っているらしい。さっきまで静かだったのは、巡回程度の警戒しかしていない町の地下にいて、住民たちもこの時間帯は寝ているからだ。

そう思いながら、美由樹は前に進もうとする。途端に少女にぶつかり、謝ろうと顔を上げてみると、彼女がその場に硬直しているのを見る。不思議に思って視線の先を見ると、そこには一つの梯子が地上へ向かって伸びていた。目的地に着いたらしい。蘭は、目を瞑り呼吸を整えると、目の前の梯子に手をかける。美由樹も、ここからが本番だと、気を引き締めて梯子を上っていった。

二人が出た場所は、中庭の噴水のそばであった。そこには騎士の像が設置されていて、辺りはさっきの騒がしさから一変し、噴水の音しか聞こえないほど静まり返っている。芝生の庭、砂利の道が噴水の脇を通り、その先には石のアーチがある。

そしてそのアーチに視線を向けた瞬間、二人の耳に男の声が響いてくる。よく見るとアーチの向こうから、二人組の男がやって来るのが見え、少年少女は慌てて騎士の像の裏に隠れる。二人組は、少年少女の存在に気づいていないのか、周りをはばからない声で話しながら、どんどん近づいてくる。

「第一関門ってとこか。あのマントの下に武器を隠し持ってるかも」

「そんなッ。私、あなたみたいな武器は持ってきてない……」

言い終わらないうちに、蘭が慌てて口を抑える。大声が出てしまったのだ。敵に視線を向けると、二人は会話に夢中になっているのか、少女の声に気がついていないようであった。ホッと胸を撫で下ろす少年少女。そうこうしているうちに、二人組がとうとう噴水の前まで迫る。

そのまま去ってくれればよいものを、どういうわけか見張りたちは、足を止め、噴水の縁に座って語り始めた。こうなれば、僅かな音も命取りになる。今は二人だけなので、バトルになれば勝算はあるが、増援でもされようなら、自分たちは即牢屋行きだ。少年少女の心に緊張が走る。

「なあ、このあとの仕事ってなんだっけ」

「えっと、庭の巡回が終わったら、今度は城内の巡回。俺らみてぇな下っ端は、このあとも巡回に巡回に、巡回だらけさ」

「そういえば聞いたか、ここ最近の王様の行動。毎日のように山に出掛けてるって話だぞ。今日もそうらしい。山でなにしてんだろうな」

「防衛隊にいる同僚も、この頃王はおかしいとゆってたぜ。まあ仕方ねえよな。指名手配犯は王家の御曹司だし、騒ぎに混じって王の剣も盗まれちまうし」

「証拠はゼロ、犯人の目星すら立ってない。そのせいで俺らは、朝から晩まで仕事漬けだ」

「まったく、ため息が出る話だよな。て、いけねえ、いけねえ。巡回の途中だった。ここでのんびりしてっと、また奴に怒鳴られるぞ」

「しっかし、どうしてあいつが右腕になったんだか。噂じゃあいつは光の守護者と仲がいいみたいじゃないか。そんな奴をどうして右腕にしたんだか、王様も意外に変人だよな」

再びため息をついて、見張りたちはパトロールを再開した。結局彼らは少年少女の存在に気づかないまま、去っていったが、美由樹と蘭は、彼らの姿が見えなくなると像の裏から現れ、彼らの去った方向を見る。

王の様子がおかしい。それは大変気になる話で、さらに樹霜についても彼らは話していたので、少年少女は顔を見合わせるが、危険が去ったことに変わりはない。今がチャンスと、建物に抜き足差し足で歩み寄り、通気口の格子を外して中に侵入した。

中では、ネズミにでもなったかのような気分であった。静かな通路を音も立てずに移動するのは、そう難しくないと思っていたが、やってみると意外に難しいことが判明した。しかし、あちらこちらにある出口から聞こえる声に比べれば、自分たちが出す音はネズミとして受け取られる程度で、大して危機感はなかった。そのようなことを思いながら、美由樹たちは資料室を探し続ける。

どのくらい通路を歩き回っただろうか。ふと気がつくと、六メートルほど先に行ったところで、蘭が手招きをしていた。慎重に歩み寄ると、彼女は無言で通路脇の格子を指さした。そこには棚がたくさん置かれた部屋があって、その一つに貼られた紙には『資料室Ａ　町の住民票』と書かれてある。顔を見合わせる二人。目的地と見てまず間違いないようだ。

室内に誰もいないことを確認してから、格子を外して中に侵入する。もちろんここでも格子を元に戻すといった隠蔽作業も忘れずに行い、その後は二手に分かれて目的の資料を探し始める。

部屋の奥から探すことになった美由樹は、棚の多さに改めて驚きの声を上げる。この部屋は、資料室というより資料庫で、棚が全部で四十個ほど置かれているらしく、そのどれもが天井までの高さを誇っていた。さらにそれぞれの棚には数えきれないほどの抽斗がついており、それらには細かな字で中の詳細が書かれた紙が貼ってある。小見出しがあれば探す手間が省けるのだが、中にはそうでないものもあり、そのたびに開けて中を確認するという作業を行わなければならなかった。

監視カメラなど、防犯対策が施されていないことは不幸中の幸いだが、ここは敵地である。廊下からは絶えず人の声が聞こえており、いつ誰が中に入ってくるか分からない。そちらに耳を聳《そばだ》たせ、目は眼前の棚に注意を向けると、二重の緊張が二人の心情を掻き乱す。ただでさえ抽斗が多いことにうんざりしているのに、外にも注意を払わなければならないことに、美由樹は早々に音《ね》を上げて、蘭の元へ歩み寄る。

彼女は、入口に近い棚の前に立っていた。中ほどの抽斗から一冊の資料を取り出し、読み入っている。声をかけようと手を伸ばすが、その前に抽斗の小見出しが目に入った。そこには、それまでの抽斗とは異なり、ラテン系な文字で『闇の王について』と綴られている。エッと声を漏らす少年。少女を振り向くと、彼女もこちらに顔を上げて、ニコリと微笑んだ。さすが地元民。そうでなくとも、白旗を揚げた少年にとって称賛に値することであった。

見つけたなら話は早い。早速蘭から資料を受け取って読もうとしたその時、美由樹はその手を止め、後方を振り返った。廊下に続く扉があり、今その磨りガラスには黒い影が映し出されている。顔を見合わせる少年少女。急いで資料を元に戻し、抽斗を閉じる。棚の後ろに隠れ、それと同時に扉が、音を立てて開かれた。

外から入室してきたのは男だった。黒いマント姿で、顔の上半分をフードで隠している。口元を見る限りそこまで老けているわけではないので、若者と思われるが、彼は扉を閉めると、手前の棚から抽斗を一つずつチェックし始める。焦る美由樹と蘭。男が、自分たちが隠れている棚の前まで来た時には、心拍数が上がり、呼吸が止まるのではないかと思うほど緊張する。

男の物色がそこで止まったので、二人は内心ホッとするが、男はどうやら自分たちと同じ物を見ているらしい。見つからない程度に覗いてみると、確かに先に少女が読んでいた資料を読みあさっている。

なぜ王の下にいる者が資料庫で、王本人の情報が載っている資料を読んでいるのだろうか。少年が疑問に思う中、蘭も気になったのか抽斗の金具を支えに、前傾姿勢を取る。しかし金具が脆く、ガンッと音を立てて外れてしまった。キャッと声を上げる蘭。床に手を突く前に美由樹が支えたので飛び出すことはなかったが、途端に男の動きが止まる。資料がバタンッと閉じられ、二人は直立不動となり、その場に固まった。

「二人だけで忍び込んでくるとはな。大方此処の情報は、城の出入りが多い藤谷家の御曹司辺りから聞いたのだろうが、隠れるならもう少し用心しろ。分かったなら其処から出てこい、美由樹、蘭」

　こちらを振り向くことなく、男が淡々と話しかける。二人は驚くが、声に聞き覚えがあり、もしやと思って表へ出る。男も体ごと振り向いてきて、被っていたフードを脱いだ。アッという声が、少年少女の口から漏れる。

「樹霜じゃないか。え、どうしてここに」

「仕事だ。半分は私用だが」

「私用？　どういうことですか。その前に、どうして私たちが隠れてると分かって」

「其のような事、個々が持つ気配に決まっている。其れに、前にも言った筈だ。俺は敵だと、其の敵が御前たちのような者に、個人的な情報を漏らすと思うか。知りたければ、時が来るまで待っていろ。

　其れから、此は御前たちに呉れてやる。蘭の父親が此処の番をしていた頃に、抽斗に隠した物だ。此から手下を呼ぶから、御前たちは外へ出て、追っ手を地下迷宮に誘い込め。其のくらい、彼処を遊び場にしている御前なら出来る筈だ」

資料を半ば押しつける形で美由樹に手渡した樹霜は、そう言うと部屋から出て行った。美由樹は、彼がなぜ自分たちに加担するのか分からず首を傾げていたが、蘭には思い当たる節があるのか考え込み、数分も経たないうちに頭上にランプが灯る。

振り向く少年。それと時同じくして、閉じられたはずの扉がバンッと開き、人が一人中に入ってくる。黒マントの小柄な男で、入るなり少年少女と鉢合わせとなり、両者アッと声を上げてその場に固まる。沈黙が五秒続き、その先は誰もが想像するとおりの展開となる。

男が侵入者だと叫ぶ。扉脇のボタンが押され、瞬く間に城中にサイレンが鳴り響く。敵に見つかっただけでなく、サイレンまで鳴らされて焦る美由樹。そんな彼を捕らえようと、男が手を伸ばすその前に、蘭が少年の腕を摑み、部屋の外へと飛び出した。そして廊下の自分たちを見て驚く者たちの合間を駆け抜けながら、一階を目指して走り続けた。

「ちょ、ちょっと、加藤。これは」

「いいからッ。私を信じて、このまま走って！」

「で、でもこれは……樹霜は、どうしてあんなことを」

「分からない。でも彼は、私たちにその資料をくれた。自分の上司の情報が全部載ってるかもしれないのに、普通なら絶対渡さない。自分たちと敵対してる相手ならなおさらで、でもくれたってことは、彼は私たちを助けようとしてくれてるのかもしれない」

「じゃあ樹霜は、王を裏切ろうとしてるのか」

「じゃなきゃ私たちの前に、こう何度も現れるはずがない。今は彼の賭けに乗ってみる価値はある。だからあなたは、このまま走り続けて、その資料も絶対に落とさないでね」

そう言うと蘭は美由樹の腕を離し、一階へ向けて走っていった。美由樹も、それならばと資料を脇にきっちりと抱えて、少女のあとを追った。

資料室は城の五階にあったらしく、少年少女は階段を見つけるや、一気に駆け下りる。しかし階段は、そのまま一階には繋がっておらず、再び階段を探すことになるが、少年少女は、少女の家を発つ前に城の図面を頭に叩き込んでいた。おかげで迷うことなく階段を見つけ、また駆け降りる。その分彼らの姿は人の目に映り、警備隊が次々と出てきてあとを追いかけるが、連日連夜の疲労が溜まる体に長距離走は酷な話で、相手の若さもあってか、少年少女に追い着く者は誰一人としていなかった。

それでも彼らにも好機が訪れる。やはりサイレンを鳴らされたのが痛く、一階に辿り着いた頃には、玄関の門が固く閉ざされていた。しかも鉄製の閂《かんぬき》まで施されていて、とても自分たちの力では開けられそうにない。これには、少年少女も焦りを隠しきれなかった。

「そんなッ、こんな時に限って扉が閉まってるなんて、袋の鼠《ねずみ》じゃない」

嘆く蘭。後ろからはまさに敵の大群が迫り、絶体絶命の大ピンチと呼べる中、どうしたわけか美由樹だけは落ち着いていた。蘭に資料を手渡し、腰の鞘から愛剣を引き抜くと、目を瞑り、意識を集中する。なにをしようというのか、少女は訝しげな表情をするが、彼が自身の手を握ってきたことにエッと頰を赤く染める。

彼を振り向き、次の瞬間に二人は光に包まれた。追っ手の足が止まる。少年の体から発せられる光に怯んだためだ。その隙に美由樹が、剣を胸の前に構えた。それまで二人を包んでいた光が、腕を伝って剣へと注ぎ込まれ、彼がそれを振り下ろすと、光り輝く蔓となって扉に突進する。激突し、門もろとも粉々になる扉。驚く蘭をよそに、美由樹は彼女の手を引き、外へと飛び出した。そしてその勢いのまま、中庭にある騎士の像を目指す。

像の前に差しかかった時、我に返った蘭が、

「ね、ねえ、さっきのはなに」

「え、アア、あれか。実は、樹霜との戦いで感じたことを試してみたんだ。真の力ってのがなんなのかまだ分からないんだけど、感じだけは摑めてたから、扉を開けてくれって。まさか粉々に壊れるなんて思ってなかったよ」

「凄い。これが、樹霜さんが言ってた、佐藤君に秘められた力なのね（なんだろう、この気持ち。胸のドキドキが止まらない。この感じ、もしかしてこれが恋⁉）」

蘭が内心で呟く。美由樹は、彼女が急に顔を赤くしたことに首を傾げるが、追っ手の声が聞こえてきたので、地下への入口であるマンホールの蓋を開け、少女に先に行くように促した。我に返った蘭は、中の梯子に手をかけ、地下へと下りて行く。美由樹もあとに続くが、来た時と異なり、蓋を元に戻さずに中へ入っていった。

その数十秒後に、追っ手が我先にと地下迷宮へ飛び込んでいく。よもやそれが二人の罠だとも知らずに、二人は迫る追っ手と一定の距離を保ちながら、地下迷宮を走り回る。左に曲がったかと思えば、すぐまた分岐点で右へと曲がる。Uターンして敵の間を駆け抜けたり、そうかと思えばまっすぐ突っ切って、敵を引き離す。

少女の新たな一面が花開いたのは言うまでもなく、さらなるトラップをと、彼女はわざと溝の深いところや、鼠が多くいる場所を駆け回った。おかげで敵たちは、溝に足を取られ、顔面から汚水にダイブしたり、巣を荒らされたネズミの復讐《ふくしゅう》を受けたりと散々な目に遭う。それでも追いかけるのをやめない者たちに、少女はさらなる仕打ちとして全速力で彼らを引き離す。肉食動物で最速と言われるチーター並みの速さで、美由樹は初めて少女にこのような力があることを知るのだが、次第に追っ手が一人、また一人と脱落していく。

そして、迷宮に入ってから十分が経過した頃になると、追っ手の数は初めと比べて随分と少なくなっていた。一人だけ、体力自慢な男がいつまでもしつこく追いかけてきたが、それもネズミの猛攻撃と、少女の素早さに徐々に圧され、五分も経たないうちに姿を消す。ただ走っていただけの美由樹は、少女の悪賢さに脱帽するが、ここまで相手を翻弄すれば充分だと、二人は真っすぐにゴールを目指した。

「ところで、資料室ではなにか見つかったのか」

それから幾分かして、少年少女は無事に少女の家へと辿り着いた。寝室で変装を解き、食堂に現れた二人に、待機していた仲間たちが詰め寄る。

そんな彼らに、美由樹が収穫物を見せる。すると蘭州が、ンッと首を傾げて、

「なんだ、これ。なんて書いてあんだよ」

「『闇の王について』と書かれてるんだよ。もしかして読めない？」

「そりゃそうだろ。だってこれ、闇語なんだから」

蘭州が不機嫌そうに言った。途端に美由樹が声を上げ、それを見た久美が彼に、

「美由樹、あんた、頭大丈夫？　これは闇族にしか読めない文字なのに……て、まさかあんた、闇族だったの」

久美が半信半疑の目を向ける。彼女の言葉で自分の立ち位置を思い出した美由樹は、言葉を濁し、顔を俯かせる。場の空気が一気に重くなり、その場にいる全員の視線が自分に集中するのを感じ取る。仲間たちだけならまだしも、食堂には少女の家族が全員集合していたため、彼らの視線も自分に向いていた。ますます空気が重くなる。

仲間に対する秘め事を持つ。美由樹は、事実が大っぴらになることだけは避けたいと、相手に決して悟られないよう、それを抱えることとなった日に心に決めていた。そのため、これまで仲間たちには慎重に言葉を選んで接してきたのだが、よもやそれがこのような形で曝露《ばくろ》されることになろうとは思ってもおらず、いや思いもせずに、つい口走ってしまった。

今さらながらそれを悔いるのは時すでに遅いが、そんな彼の事情を知る蘭州が、助け船にと、

資料の内容について話題を転換してくれた。おかげで仲間たちの視線は、少年から資料へと移り、少年も、訳を語る代わりに翻訳を任される。

「《これは、ある人物に関する情報である。その人物とは、世界の闇を統べる者であり、謎多き男でもある。情報部部長に転任しても素性を知れず、唯一の情報は、彼が本物に似せてつくられた幻影であり、背後にいる何者かの操り人形であることぐらいだ。そしてその黒幕が、我らの恩師、夢見秀作の息子であることも、我と我が友らは衝撃を受けた》」

「て、夢見秀作だぁ⁉」

蘭州が驚いて聞き返す。その場にいた全員が彼を振り向いた。

「おいおい、それってマジかよ。そん人は光の元王様だぜ。そん人が敵んトップつくったってのかよ」

「て、あんた、ちゃんと話聞いてた。そん人ん息子がつくったってゆってんの。そん人がつくったんじゃないわ。でも、確かにこれは告発文に近いわね。衝撃の事実だわ。続きは」

「《彼の目的は、光の撲滅と闇の帝国の拡大にある。それは恩師の子の野望であり、彼は今、次元の狭間に封印されている。ある人物の力が発動したからと聞くが、友曰くその者の力は世界一だという。世に救済の光をもたらし、一方では焼け野原にもする。故に闇は彼を狙い、彼に関わった者たちを殺害した。詳しくは友が知るが、これを書き終えた頃には、我も友もこの世にはいないだろう。願わくは幽体となってでも、ここに事実を書き残し、負の連鎖を止めたいが、それができないことが悔やまれてならない。それにより、死の山に囚われし光に闇の刃が突き刺さるのは、これを読む者たちに衝撃を与えるだろう。どうか光を忘れてくれるな。存在を忘れない限り、光は決して滅びない。我は友と共に、永久の国から祈っている≫」

美由樹が一気に読み上げる。沈黙が辺りを包み込み、しかしそれはすぐにも全員の絶叫で掻き消された。

「う、嘘だろ。それってマジ」

「本当みたいだな、これ。守護者が死ぬ」

「で、でもそれ、超最悪な事態じゃない。どーすりゃいいのよ」

「決まっている。初志貫徹に徹すれば良い」

不意にこの場の者ではない声が上がる。驚いて振り向くと、そこには樹霜が、扉横の壁に凭れるように立っているではないか。いつの間にそこにいたのか、驚いているのは美由樹たちだけで、蘭を除く兄妹、特に大兄は親しげに歩み寄り、椅子への着席を促す。

もちろん誘いは断られるが、美由樹はそんな青年に歩み寄って、

「なあ、樹霜。前におまえは、真はまだ生きてると言ったよな。でも、資料にあることが正しければ、あいつは」

「御前まで、何弱気に為っている。御前たちは、王を倒そうと結集した筈。たかが此しきの言葉に動揺して如何する。此方は、御前たちに囮《おとり》に為ってもらわねば困るのだ。神を倒す為に」

「神？　て、もしかしてそれ、デスザロイズ神のことか。闇族が崇めてる死の神で、でもそいつを倒したいってどういうことだよ。神となにか関係でもあるのか」

「詮索は後にしろ。此方は其れ処では無い。美由樹たちが派手な騒ぎを起こしてくれた事もあって、守護者の処刑は延期と為った。然し決定は覆っていない。王が守護者の魂を抜き取ろうとしているのは知っていると思うが、其の為の準備に何故か手古摺っている。足りないモノが有ると、先に面会した時呟いていた。其れが揃えば完璧だと。然う為れば、俺が守護者に掛けた結界が突破されて仕舞う」

「足りないモノ？　て、なんだ、それ」

「其れが分からないから尋ねに来たのだ。先の美由樹の話を聞くと、如何やら其れには載っていないようだな。斯う為れば直談判しか無い。カ蘭の阿呆に正体を知られたのは痛いが、致し方あるまい。御前たちも、乗り込む気なら覚悟して来い」

踵を返すと、樹霜は家をあとにした。退室する前に大兄と言葉を交わすが、美由樹たちのいるところからは、二人の会話を聞き取れず、尋ねる前に彼は家を出て行ってしまう。

「これをお守り代わりに持っていきなさい。もしもの時にこれで歌を奏でれば、きっと神のご加護があるはずだ」

青年を玄関まで見送った大兄が、部屋に戻ってきてポケットから小さなオカリナを取り出し、美由樹に手渡しながら言った。

「美由樹君、君にはこのあと、辛い試練が待ち構えてることだろう。しかし君は、決してそれに屈してはならない。誰にも勝る勇気と希望を持ってることを、どんなことが起きようとも、またどんな局面に陥っても、いつまでも忘れてはならない」

「ありがとうございます。大丈夫、俺たちは必ず帰ってきます。それじゃあ、みんな。ダークザウンドマウンテンに向かって出発進行だ」

「オオッ‼」

第十四章　暗黒の轟き山

蘭の家を発ってから五時間は過ぎただろう。辺りは濃い霧に囲まれ、どこを歩いているか分からなくなるほど、視界は悪くなる一方であった。

ひたすら前へ進むこと幾分か。ふと気がつくと一行は、小高い丘の頂上に辿り着く。そこは崖となっており、眼下には硫黄の臭いが漂う、枯れ木だらけの森が広がっている。

そしてその先には、小高い山々に庇護《ひご》される形で、黒い雲を被った霊山が聳え立っている。あれが死の山と噂されているダークザウンドマウンテンなのだろうか。崖を下り、森を抜け、山々を一つずつ突破していく。霊山に近づくにつれて硫黄の臭いがきつくなり、噴火で飛んできたのだろう巨大な岩の数も増えていく。熱風が吹き荒び、溶岩が川となって道を寸断する。それでも一行の足は止まらず、彼らは延々と歩き続けた。

日が沈む。暗黒が世界を支配し、その頃になって少年たちにも限界が訪れる。地熱の影響で履物の底が溶け、裸足で歩いた結果、岩の尖りで足の裏は傷だらけとなる。出血もし、痛みで皆無言となった。さらには外気温の上昇で脱水症状も発症し、このまま歩き続けるのは困難と思われていた。

「み、んな……奥に……明かりが、見えんわよ」

それでも足を止めない少年たち。そんな中で、最後尾にいた久美が息も絶え絶えに、前方を指させた。揺れ動く赤い光が二つ、進行方向の先に微かに見える。なんの光であろうか。皆はその明かりを目指して、限界の体を少しずつ動かしていった。

久美が見つけたのは松明《たいまつ》の炎だった。それらは巨大な門の両側に立てられており、美由樹たちは、直感から近くの茂みの裏に隠れる。しばらく経たないうちに門が鈍い音を立てて開き、中から三人の男が外へ出てくる。よく見ると男たちは、闇に溶け込むような黒いマントを羽織っており、それを見た美由樹たちは目を丸くする。

「まさかとは思ってたけど、ここが敵のアジトの入口か」

「おまえの勘が当たったな、豪。よし、早速中に侵入しよう」

邪羅が半ば身を乗り出す。しかしそれは、すぐにも隣にいた久美に制された。彼女の指さす先には、あの男たちがおり、そのうちの一人は大柄で、よく見ればそれは、おまぬけトリオの元一人である力蘭であった。

「こうゆう時に限って厄介な野郎がいんぜ。そりゃねえだろ……」

舌打ちをする蘭州。だが彼の言葉は長くは続かず、言い終わらないうちに体が傾いたと思うと、その場に倒れてしまう。驚く仲間たち。脱水症状がピークに達したのか、慌てて蘭が抱き起こすも、その彼女も次の瞬間に音もなく崩れる。混乱する美由樹。邪羅に豪にと、その後も次々と仲間が地に伏せていき、よく見れば彼らは皆、気を失っただけであった。

「どうしてみんな気絶して……て、あれ、久美？」

美由樹が隣を振り向いた。この場で気を失っていないのは、とうとう彼一人となり、そんな彼にも、魔の手は忍び寄る。倒れた久美に手を伸ばした刹那、首筋に針で刺したような痛みが走ったのだ。意識が遠退く。視界がぼやけ、まさか自分もと思う前に、体が大地に横たわる。

「馬鹿奴が、此のような所に隠れても無意味と言うものを。此の者共を例の部屋へ連れて行け」

少年たちが地に伏した時、門の前にいたはずの力蘭がヌッと現れた。少年たちを一瞥《いちべつ》したあとで、駆け寄ってきた男二人に命じ、手近の美由樹と久美を抱えて、門の中へ入っていく。男たちも、それぞれに二人ずつ抱えて力蘭のあとを追い、全員が中に入ると門が独りでに閉まる。

＊

それから数時間して、少女は目を覚ました。見慣れた景色。暗い部屋の一角に置かれた、天蓋つきのベッドの上に、自分は横になっている。枕元のランプが辺りを仄かに照らし、その横には一人の女が座っていた。

「おはよう、蘭ちゃん。もう朝ですよ」

女が優しく語りかける。その言い種《いぐさ》は姉そっくりで、よく見れば顔も彼女に似ているところがあった。

しかし少女は気がついた、女の髪が紫色でないことを。自分と同じ、いやどちらかと言えば亜麻色に近い髪をした女。家族の中で、そのような髪をしているのはただ一人しかいない。少女の目が大きく見開かれる。

「は、は、うえ……いや、違う。あなたは母上なんかじゃない。母上は随分と前に、父上と人狩りに遭って死んだはず」

「なに物騒なこと言ってるんだい。母上はここにいるじゃないか」

蘭が言い終わらないうちに、一番上の兄によく似た男声が聞こえてくる。声のしたほうを振り向くと、そこには次男と瓜二つの顔をした男が立っており、タキシードに身を固めてこちらへ歩み寄る。少女の目がますます点となった。

「まあ、あなた。レディの部屋に無断で入ってくるなんて、失礼ですよ」

「ノックしたけど返事がなくてな。時間が迫ってるし、蘭も早く朝食を済ませなさい。記念祭に遅れてしまうよ」

「え、記念祭?」

「もう、蘭ちゃんったら。今日は、光族が滅び、闇の王国が完成した創立記念日ですよ。これからその記念祭があって、あなたもそれを楽しみにしてたじゃありませんか」

「そんな……光が滅んだのを喜ぶなんて、私、そんなこと一度も言ってない」

「なにを言い出すかと思えば、まだ寝惚《ねぼ》けてるんだな。さ、顔を洗ってきなさい」

「寝惚けてなんかいないッ。私は本当のことを言ってるのよ。父上も母上も、光の王を尊敬してた。族に関係なく、どちらも受け入れてくれる光の王を、だから私は父上たちが大好きだった。なのに、どうして、今の父上たちはその逆じゃない」

「蘭ちゃん、言ってよいことと悪いことがありますよ。私たちが光の王を尊敬したことなんて一度もありません。そうでしょ、彼は闇族を力でねじ伏せようとした。弱い人たちを虐め、害した侵略者です。そんな人をどう尊敬しろというのですか」

「母上の言ったとおりだ。我々の王こそ、世界で一番優しいお方だ。弱き者に手を差し伸べ、我々を害する者は自ら武器を手にして戦う。そんな王を侮辱するのはいけないと学校で習ったはずだろう。今後は口を慎むように。さ、出掛ける準備をしなさい。父上たちは先に行ってるからね」

　言うと父は、母と共に外へ出て行った。

　残された蘭は、ポカンッと口を開けたまま固まっていたが、両親が部屋を発って間もないうちに、外から銃声が聞こえてくる。悲鳴が上がる。それを掻き消すように、今度は魔法の放たれる音が響いてきて、ハッとした少女は急いで表へ飛び出した。

　足が止まった。目に飛び込んできたのは、炎に包まれた生まれ故郷であった。飛び散るガラス、倒壊した家屋。その中を右往左往して逃げ回る人々。炎が後ろから追い立て、逃げ遅れた者が一人、また一人と火だるまになって息絶える。

　悍《おぞ》ましい光景。しかし、さらに惨い景色が、目を逸らした先に広がっていた。そう、家族の死である。先に出掛けると言って外出した両親や、自分の兄妹が皆、血塗れとなって地に伏していたのだ。炎よりもどす黒い水の上で、その水面には、今まさに五つの人影が映り込み、それが旅の仲間たちであると気づいた瞬間に、二人の親友の首が宙に飛ぶ。

言葉を失う蘭。膝を突き、横たわる末の妹の手を握る。幼いその手は、すでに以前の温もりを失い、冷めきっていた。震える体、目に涙が溢れ出る。為す術もない光景に、少女は慟哭《どうこく》するほかなかった。

＊

少女が泣き崩れるのと時同じ頃、独特な臭いに包まれた建物の中で、二人の少年は硬直していた。眼下に置かれた無数の人形。等身大で、そのどれもがつい数時間前まで人並みの温もりを持っていた。しかし今ではどれも氷のように冷めきり、奥に見える焼却炉で焼かれるのを待っている。何度も見た光景。夢の中でも自分たちはその手で、一体ずつ炉の中へ放り込み、蓋をする。肉が爛《ただ》れ、骨がバキバキと音を立てて燃え、生前の面影すら残らないほどすべてが灰になるまで、じっと我慢する。そして灰になれば、また新たな死体を放り込み、燃え尽きるまで待つ。

同じことを何度も繰り返し、それに耐えられず逃げ出したあの時。再び訪れた我が家では、今では作業員が一人だけで、他の者は皆床に転がり、ピクリとも動かない。また一人、また一人と炎の中に身を消し、そして二人はそこで、自らと友の死を目の当《ま》たりにする。

なにが起きたというのか。少年たちは愕然とした。見ている景色は違えども、そこには確かに自身と友の死体がある。番が回ってきて、作業員が炎の中へ放り込む。光は悪だ、裏切り殺した仲間は光だと歌いながら、また一人、また一人と見覚えのある者たちを灰にする。

そんなことがあるはずはない。少年たちの信じる心は、風前の灯火のように揺らぐのだった。

＊

しかも揺れ動くのは炎だけではなかった。懐かしき故郷で、愛しい家族や村の仲間たちに囲まれる自分。それだけでも心躍るのに、隣には、自分を愛し、自分も愛した幼なじみがいる。涙が目から零れ落ちる。頬を抓《つね》り、痛みを感じて、これが夢ではないことを知る。

アア、ジャック。会いたかった、ずっとずっとあなたを求めていた。女はその胸に飛び込み、愛しき者を抱き締める。だが彼女は半ば気づいていた。これは夢だと、男はすでに死んでいて、こうして自分が抱くことも、感じることもできない存在となったのを。

しかし彼はそこにいる。訳を尋ねる女に、彼は闇の王の計らいで甦生《そせい》したことを告げる。命を蘇らせる力は、闇にしかない。自分たちは王に感謝している。王はとても優しいと。

女が彼から離れる。一陣の風が吹き、女はそこで自身が墓地の一角に立っていることに気づく。

さっきまでの景色とは一変し、家族や友は皆姿を消していて、足下にはジャックが胸を赤く染めて倒れている。

そして墓場の奥、地に横たわる弟を見下ろすように、二人の少年が立っている。自分が彼に似ていると認めた少年たち。その手に握られた刀が赤く染まっているのを見た時、女はその場に膝を折り、愛する者の亡骸に泣き伏す。これは夢だと。覚めない夢はないのだと、自身にそう言い聞かせながら。

＊

言い聞かせるってやり方も、悪夢を見ない方法の一つ。しかし知ってるか。悪夢は、見たその日に誰かに言うなり、紙に書くなりして吐き出しちまうほうが、もう一度見ることはねえんだぜ。

俺様の夢って、大抵は母ちゃんのオニオングラタンピラフを食べるとっから始まんだ。でもって、父ちゃんと弟が剣術の特訓をしててさ。あ、父ちゃんな、町じゃ有名な剣術の先生なんだぜ。俺様と美由樹の師匠でさ、美由樹と初めて会ったのが小学寮六年になってちょっとしてからで、すぐに打ち解けて。剣持ってたから、剣術しねえかって誘って、俺様ん家の庭で父ちゃんにビシバシ扱かれて。蒼海牙を渡されたんはそん時なんだけど、最初は基礎からだって、竹刀ばっか使わされて。手に肉刺《まめ》ができて、超痒《かゆ》かったなぁ。

あ、でも美由樹の奴は違ったな。さすがってばかりにすぐコツ掴んで、あっとゆう間にマスターしてさ。父ちゃんのお墨付きもらってたし、超うらやましくて、あいつみてぇになってやるってひたすら練習して。父ちゃんに挑んで初めて勝った時ァ、もう嬉し泣きしてさ。あいつも褒めてくれて、今思えばそれが、あいつに惚れたきっかけだったかもな。

て、ありゃ。なんだここ。アタッ。な、なんだ。なにかにぶつかったぞ。石、やけに角張ってんな。て、ワワッ。よく見たらこれ、墓石じゃん。ワァ、悪夢の定番どこに来ちまったぜ。参ったなぁ、どっか逃げ道ねえのかよ。

ン、よく見たらこん墓石、なんか書いてあんぞ。『Miyuki』て、な、美由樹だってぇ。ちょ、ま、そんなことマジに……て、マジで書いてあんしぃ～。おいおい、悪夢の定番でそのオチかよ。そらねえぜ、ホントに。俺様ん頭どうなってんだ。

ン、風。て、うわッ、危ねえなぁ。誰だ、槍なんて物投げてきやがったのは。て、ど、どうゆうことだよ。なんでおめぇがここに、てかそん前に、なんでおめぇん服がそんなに汚れてんだよ。なにかあったのか。

て、ワッ、なにすんだよ、おめぇ。俺様を殺す気か。相手が違うだろ、ジャックを殺したのは闇の王だ。俺様じゃねえ。て、聞けよ、おいッ。ま、まさかおめぇがあいつを。待って。やめろ、こっちに来んなったらッ。ちょ、ま、誰か、助け……うわあぁぁッ。

＊

「……其の調子だ、愚者共よ。さあ、もっと深く堕ちよ。夢を現実と信じるが良い」

黒いマントに身を包んだ男が呟く。暗い室内。男の見る先だけがぼんやりと照らされ、そこには無数の光が点在している。よく見るとそれは機械のボタンで、その下からはチューブが伸びており、それらは、部屋の中央に置かれた、六つの筒状の水槽に繋がっていた。そしてその中には少年たちが、目を瞑った状態で閉じ込められているではないか。

男の口角が上がる。直後に男と女が一人ずつ彼に歩み寄っては、

「問題が発生いたしました。一号機の少年に夢を見せることができません」

「出来ぬだと。否、見せられぬ筈は無い。他の者同様に、脳波を操作せよ」

「もちろんやっております。しかし、一号機の少年にはまったく通用しないのです。まるでなにかの庇護を受けてるかのように、壁みたいなものがあって、それを取り払うにはすべての労力を回さなければなりません。そうなれば他の者たちが目を覚ましてしまいます」

「其れは困る。今目覚められては計画が台無しと為る。此の儘闇化を続けよ」

「では、一号機の少年は」

「此方の操作が出来ぬとすれば、此奴が例の者という事に為る。ならば別の角度から攻めるほか

無い。意識を取り戻さぬよう、我が用意した闇を全て注ぎ込め。目覚めさせる事だけは何としても回避せよ。良いな」

言うと男は部屋をあとにした。指示された三人は、急いで壁際まで戻り、あらゆるボタンを押して操作をし始める。

ゴボッと音が立つ。その音で、少年は静かに瞼《まぶた》を開いた。誰もいない世界。なにもない、なにも見えない暗闇が延々と広がっている。仲間の名を呼んでも、声がただ木霊するだけで、決して返事はこない。

不安と恐怖が背筋を撫でる。身震いする少年。逃げるために前に走り出しても、いくら走ってもどこにも辿り着けない。その前に、自分が前に進んでいるかすら分からない。怖い。暗黒の風が辺りに吹き始める。寒さで体から熱が奪われる。立ち止まる少年。足がその場に凍りつき、耐えきれなくなり崩れ落ちる。唇の色が徐々に白くなっていく。目を瞑った彼に、闇が触手となって忍び寄る。

しかし触手は、少年に触れることはなかった。寸前に彼が目を開いたからだ。自分を呼ぶ声がする。遠くから、自分以外の声が世界に響いている。何者か知らない。ただ分かるのは、それに悪意がないことだけだ。そしてその声は、徐々にこちらに近づいてくる。立ち上がった少年は、その声へ向かってひた走り、現れた光の先へ飛び出した。

「しっかりしろ、美由樹。美由樹ッ」

頭上から声が上がる。それがさっきの声であることに気づいた美由樹は、重い瞼をゆっくりと開いた。霞《かす》む視界。その先には樹霜が、心配げにこちらを覗いていた。

少年が彼の名を呟く。安心したのか、彼は無言で頷くと、体を起こしてくれた。頭がぼんやりする。美由樹は、なにが起きたのか分からず、訳を尋ねようとするが、途端に呼吸が詰まり、激しく咳き込む。樹霜が急いでその背をさすった。

「無理に喋《しゃべ》るな。今は己が鼓動に合わせる事だけを考えろ」

「ご、ごめん……ありがとう、もう大丈夫。ところでここは」

「実験室だ。此処では、人の脳を操作し闇化する実験が行われている。此処を訪ねた者が誰一人戻らないと言われる由縁が其れだ。御前たちも力蘭に気絶させられた後に此処へ運ばれ、実験台にされていたのだ」

「人を闇にする実験……て、あッ、みんな!!」

美由樹がハッとする。辺りに仲間の姿が見当たらないことに気づいたからだ。しかし樹霜の背後に、皆がぐったりした様子で座り込んでいるのを見て、安堵する半面、疑問の目を眼前の青年に向ける。

「悪夢を見させられていただけだ。心配無い、直に元に戻る」

「悪夢を？　え、でも俺が見たのは暗闇なんだけど」

「見ていないだと。否、其の筈は無い。見ていないとすれば、御前には王の闇が通じない事に為る。然う為ると御前は……」

「至急通達。基地内の者は皆、直ちに祭壇前へ集合すべし。もう一度繰り返す。基地内にいる者は全員、最上階の祭壇前に集合すべし」

樹霜が訝しげな表情で美由樹を見る。言い終わらないうちに、天井のスピーカーから突然サイレンが鳴り響いて、ドスの利いた女の声でアナウンスが流れ始めた。少年たちが一斉に天井を見上げる。

「遂に王が駒を進めたか。斯う為れば強行突破するほか無い」

言うと樹霜は、手に持っていたマントを美由樹に手渡した。首を傾げる美由樹。しかし樹霜はなにも説明せず、蘭州たちに起きるよう促すと、蘭州と久美にも、少年と同じ物を放り投げる。彼らも疑問を抱くが、樹霜が目で合図を送った先に手下の三人が倒れているのを見て、アッと声を上げる。

「なるほどね。手下に変装して、王に近づこーってわけか」

「然う言う事だ。御前たち三人はマントを持っていないからな。借り物だが、其れを着ていれば気付かれる事は無い。山頂では、もしもの場合に王を盾に出来るよう、最前列に行け。良いな、決して一人に為るな」

手下の三人を、落ちていた縄で縛り上げたあとで、樹霜はフードを被り退室する。美由樹たちも、テーブルの上に置かれていた武器を持ち、フードを被ってから部屋をあとにした。

廊下では、手下と思われる男女が幅一杯に列を成して行進していた。その光景はまさしく軍の隊列を見ているようで、勢いに圧されて少年たちは初め、すぐに飛び込むことができなかった。樹霜が手本を見せてくれ、それに倣って、邪羅と豪が流れの中に紛れ込む。次いで蘭州が、久美と共に入っていき、最後に美由樹が、怖がる蘭の手を取り、最上階へと行進する。

ゆっくりと、しかし確実に前へ進んでいく一同。正体がばれるのではないかという恐れと、ついにここまで来たという不安とで押し潰されそうになるのを必死に堪えながら、一歩、また一歩と足を前に運ぶ。いつしか周りは岩壁となり、熱風が頭上を吹き抜ける。天へと伸びる階段が眼前に現れ、その先に見える光が豆粒大から等身大へと変化した時、一行は階段を上がり切り、光の向こうへ足を踏み入れるのだった。

第十五章　王の企み

「うわッ」

美由樹が声を上げる。眼下に広がるのは、今にも噴き出しそうなマグマで、美由樹はこの時初めて、最上階が火口の上にあることを知る。そう、彼らが出た場所は、グツグツと煮えたぎるマグマの上に立っている浮島だったのだ。

浮島は、少年たちのいるものの他にも一つあった。面積は、少年たちの島よりも極端に小さく、浮島というよりかは、自分たちの島の端が亀裂により分裂した印象を受ける。そこには、面が平らとなった岩が置かれており、その上には一人の青年が、手足を固定された状態で横たわっている。目を見張る美由樹たち。青年の正体が、自分たちのよく知る真であることに気づいたからだ。

しかし彼らは、真を助けには行かなかった。行けなかったという表現が正しいが、それもそのはず。彼がいる浮島への道が一切なかったからである。ジャンプするという手もあるが、助走しても届きそうになく、たとえ届いたとしても、祭壇の岩が大きく足場の幅が狭いために、足を滑らせる恐れがある。そうなれば溶岩の海へと真っ逆さまで、落ちたら最後、生き残る確率は極端に低い。

そしてなにより彼らの行動を阻止するもの。全員が島の上に出、階段への道が塞がれた時、ざわついていた手下たちが一斉に静まる。なにが起きたのか、辺りを見回す美由樹と蘭州、蘭に、後ろにいた久美が小突いて前を見るよう促す。アッと固まる三人。まだ記憶に新しい、クリメネの結婚式で花婿を大衆の面前で殺害したあの影が、祭壇の前に立っていたのだ。影は、現れるや姿を変えて、樹霜が突入する前に実験室から姿を消したあの男へと変化する。目を丸くする少年たち。その横で、手下たちが一斉に歓声を上げた。

「闇の同胞たちよ、我が声を聞けッ。我等は遂に、光の心臓為る者を手に入れた。此奴を手にするまでに多くの困難が我等の前に立ち塞がり、同胞が、家族が、尊い命を落とした。然し其れも今宵で終いだ。光の時代の終焉《しゅうえん》として、今此処に、我等が神へ生贄を捧げる！」

両手を空へ掲げる王。火口上空に暗雲が集結し、渦を巻いて唸り始める。稲妻が走り、一閃《いっせん》が轟音と共にマグマの海へ落ちる。激しく飛び散る火花。轟きは十回以上続き、大きな落雷があった時は、王を除くその他の者たちは皆、顔を逸らし、しゃがみ込んだ。

怒号は、それきり聞こえなくなった。どうやらさっきのが最後だったらしい。辺りが静かになったので、地に這っていた皆はゆっくりと顔を上げるも、途端に視線が一点に釘づけとなる。祭壇の真上に、巨大な影が浮いているではないか。人とも幽霊とも似つかず、この世のものとは思えないそれは、鋭い目つきで自分たちを一瞥する。誰もが呼吸を止める。マグマの泡が弾ける音のみが耳に響く。

一同がその場に硬直するのを見た影は、その視線をゆっくりと王に向けて、

〝時は満ちた。我が問いに答えよ、我を封じた者を確《しっか》と連れて参ったか〟

「仰せの通りに、神よ。其の者は此処に居る」

〝此処？　王よ、此の若造が、我が身を封じた狼藉者と言うのか〟

「否、此奴は神の身を封じた者では無い。此奴が行ったのは、事実を知り、其の者を我等の手の届かぬ所へ隠しただけに過ぎぬ。神の求める者は、ハンター総務役所から盗んだ資料を基に、死者の魂を埋め込んだ我が手下共の中に居る」

王が、神に向けていた視線を、手下たちに向ける。口をモゴモゴと動かし、体からオーラを発すると、火口全体を覆い尽くした。驚く一同。脳裏に、ここから何百キロも離れたところにある自然森の景色が映し出される。

誰もが目を見張る。脳裏に映された場所は、森の中でもシンボルツリーである自然木の前で、巨木は今ある姿より若干細い感じがした。そしてそこには、今まさに神と同じ黒い影が、巨木の前に倒れる青年に手を伸ばし、青白い火の玉のようなものを取り出していた。

魂だ。誰かが声を上げた。火の玉の正体は、青年の魂そのものであった。それを裏づけるように、青年の顔から血の気が失われる。月のように煌めくその髪も輝きが弱まり、それを見た影が、耳まで裂ける口でほくそ笑む。

しかしそれは、一時の歓喜でしかなかった。影が後ろを振り返る。そこには一人の少年がいて、影が彼にも手を伸ばそうとした刹那、少年の体が突然光り出す。影が悲鳴を上げる。苦しみもがき、少年を捕らえようとするも、光はさらに明度を上げる。断末魔が響き渡り、影の姿が忽然と消える。それでも光は収まらず、影の手から逃れた魂が独りでに浮き上がり、自身も光り始める。少年の光が徐々に弱まり、完全に収まった時、魂は持ち主の元へ戻る。

呆然とする一同。映像はそこで終わり、現実世界に戻ってくるや王は、神を振り向き、

「此で御分かりか。神を封じたのは此奴では無い。此奴は、彼の少年を鎮静する為、光を発したに過ぎぬ。而して此奴は、其の力が知れ渡るのを恐れて、少年をハンターが警護する町に住まわせた。此処まで述べれば、其の者が誰であるか自ずと知れる。然うであろう、此奴を助ける為にハンターとしてやって来た、佐藤美由樹」

王がパチンッと指を鳴らす。一陣の風が手下のいる島を襲い、集団の最前線にいた美由樹に蘭州、久美、蘭のマントが吹き飛ばされる。驚く美由樹たち。右手に少し行ったところで固まっていた邪羅と豪、樹霜のマントも飛ばされ、手下たちの警戒が一気に高まる。舌打ちをする樹霜。

「近くに寄り過ぎたか。だからと言って作戦を放棄する訳にはいかない。守護者を返してもらおう」

「甘いな、樹霜よ。我が用意したのは、主菜へ至るまでの副菜。貴様等の御陰で、漸く主菜に在り付ける。光の最期だ、鎮魂歌の序奏を始めようではないか」

王の体から再びオーラが放たれる。不気味に広がるそれは、樹霜が放った魔法を撥ね返し、祭壇上の真を包み込んだ。迸る電光。突き上げる痛みが全身を襲い、青年が悲鳴を上げる。

声を上げたのは彼だけではなかった。蘭州と久美、蘭の三人は、近場で別の悲鳴が上がるのを

耳にする。ハッと振り返ると美由樹が、頭を強く押さえているではないか。眉間に皺《しわ》を寄せ、肩で息をしている。血色が失われていき、耐えられなくなったのか、その場に膝を突いてしまう。慌てて寄り添う蘭。

「どうしたの、佐藤君。しっかりして。ねえ、佐藤君ッ」

「あ、あた、ま、が……頭が、割れる。痛い。胸が、苦しい」

「しっかりしろ、美由樹。おめぇ、美由樹に何しやがった！」

「言った筈ぞ、貴様等の御陰で主菜に在り付けると。然う我は其奴を求めていた。其奴の力は正しく神をも凌駕《りょうが》し、其れさえ有れば闇の王国は安泰したも同然。而して其の力は、此奴が死ぬと同時に解き放たれるのだ。全く、奴等の思惑でとんだ回り道だ」

蘭州の抜刀にも表情一つ変えずに、王はそう答えると、手を前に突き出した。手下たちが一気に距離を詰め、襲いかかる。蘭州と久美、蘭は、美由樹を守るために周りを固め、飛んでくる武器や縄を弾き返す。邪羅たちも、合流するべく駆け寄るが、敵の壁はそう簡単に道を空けてはくれず、反対に押し返され、あっという間に取り押さえられてしまう。

多勢に無勢といったところか。王は、少年たちの身柄をすべて押さえたことを確認すると、美由樹を連れてくるよう命じる。青年を包むオーラの一部が、橋となって互いの島を結び、少年は抵抗も空しく王の前に跪かされる。

「奴等の存在は誠に目障りだった。特に貴様の父親は、此奴よりも小賢しく、我が心を何時も脅かしていた。加藤家の父でも、貴様等を殺し損ねた彼の部下共でも無い。彼奴は、死しても尚我を苦しめ、我が願望を尽く打ち砕く」

痛みが激しさを増す。手下に押さえられなくとも、その場から動けない少年に、王は膝を突き、その耳に囁く。

「分かるであろう、今の貴様なら。然う、全ての元凶は貴様だ。貴様の其の力が、貴様の親のみならず、彼処に居る加藤家の者たちをも不幸にした。否、世界中の命有る者全てに、貴様は無慈悲な死を与え続ける。其程のモノなのだ、貴様の力は。貴様は、其れで良いと思うか。其の痛みの何十倍も、人々が苦しい思いをする事と為る。貴様は其れを見て耐えられるのか。然うでは無かろう。ならば其の力、我に寄こせ。然すれば貴様は解放される」

「駄目だ、美由樹ッ。そんな野郎のゆうことなんか聞くんじゃねえ。逃げろ、今すぐそっから逃げるんだ。美由樹ィ‼」

「無駄だ。鎮魂歌が始まった今、此奴の苦しみを止める術は無い。然れど其の力を我に差し出せば、痛みは引き、貴様は自由と為る。貴様が拒めば、彼処に居る貴様の友も、生まれ故郷の家族も死ぬ。貴様も、暗闇の中で永遠に彷徨《さまよ》う事と為る。其れでも良いのか」

蘭州の言葉を遮るように、王が話を被せる。無言の少年に、さらに追い討ちをかけるように、オーラが伸びてその体を包み込んだ。仲間たちが彼の名を叫ぶ。しかし美由樹には届かない。体がぐらつく。瞳から、揺るがないはずの光が失われる。

　だがその刹那、王は体に衝撃を受けて、島の外へと吹き飛ばされる。驚くのも束の間、少年の腕に着けられたブレスレットから光が放たれ、二人を包むオーラを打ち砕いた。

　目を見開く一同。そんな彼らに、光は波となって押し寄せ、瞬く間に視界を白く染め上げる。全員を呑み込んだそれは、その後は火口全体に広がり、隅々まで行き渡ると今度は空へ向けて伸びていく。噴煙のように、一本の巨大な光の柱ができたと思うと、それはしばらくの間ずっと天へ伸び続けるのであった。

第十六章　王との接戦

またここだ。美由樹は嘆いた。なにも見えず、なにもない暗黒の世界。声が木霊となって響くだけの場所。悲しみが込み上げてくる極寒に、自分は一人で漂っている。

これは夢なのか。自分は敵に捕らえられ、同じものを見せられた。それならばこれも、彼らによって見せられている幻覚。空想の中にしかない、非現実的な世界なのだ。少年は自身に言い聞かせた。目覚めると。目覚める道がどこかにあるはずだと、今再び暗い世界を歩き始める。

しかし足はすぐにも止まる。これは夢ではない。夢で見た、前の夢の中にあった道が、どこにも見当たらない。進んでいるのかどうかも分からない。分かるのは、闇が一層深まることのみ。足を前に踏み出すごとに、何人の気配も、自分の存在すら感じなくなる。風が吹く。背筋がゾクゾクとし、体が震える。ジェットコースターに乗っている感覚ではない。奈落の底へ、底の見えない谷間へ突き落とされたかのような感覚。

そしてそこに響く何者かの声が、少年をさらに孤立させる。

〝悲しいだろう、寂しいだろう。然う思うのは貴様が光だからだ。光の先に有るのは、貴様が今見ている、誰からも取り残された世界。然れど闇は違う。何人も夢が叶い、死者すらも甦り、皆幸福と為る。貴様も両親に会いたいだろう。光が記憶を消したのは、貴様を忠実な僕として洗脳し、闇と対立させる為だ。貴様は、初めから使い捨ての駒だったのだ。盤上で幾度となく戦わされ、最後には葬られる運命に有る。果たして其れを貴様は望んでいるのか。其のような世界が、貴様の求める世界なのか、目を覚ませ。己が願い、夢を叶えるには闇として生きるほか無い。両親を取り戻したくはないか。孤独から解放されたくはないか。其れこそ貴様の望む世界は、真の平和が叶う世界は、闇の世界以外に存在し得ないのだ〟

甘く語りかけてくる声。目の前に王が姿を現し、こちらに向かって手を差し伸べる。顔を上げる少年。一歩、また一歩と、蹌踉めきながらも前へ進み、その手に縋ろうとする。

だがその前に、新たな声が世界に響き渡る。

〝其れは違う〟

明るく澄んだ男声。どこからともなく光る粒子が飛んできては、少年の背後に集まり、輝く髪の青年が現れる。

〝闇の声に惑わされるな。光も闇も、違うのは価値観だけで、何方《どちら》も同じ世界。譬え闇に自由や幸福が在っても、死者は甦らないんだ。生者が如何に手を尽くそうと、死した者は二度と戻らない。其れは御前が一番知っているだろう〟

〝其れこそ光の戯言。死者は死した数だけ甦る。闇は其れを可能にする〟

〝否、死者は甦る事は無い、肉体では。でも心は何度でも甦る。記憶として、大切な思い出の中で、ずっと傍に居てくれるんだ〟

〝何を馬鹿げた事を。命有る者全てにやり直しは利く。肉体として甦る事も、闇に為ればこそ出

来る話だ。闇は喜びで満ちた世界。孤独からも解放される世界なのだ〃

〃人は孤独から得られる事も有る。でも決して勘違いしては為らない、孤独は孤立とは異なるモノである事を。人は一人ひとり違うんだ。見た目だけじゃない、考えも価値観も全て己とは違う。だから人は分かり合える。時にぶつかり、涙を流して、互いに肩を抱く事が出来る。思い出して御覧、御前の周りに居る者たちを。一緒に旅して来た仲間を、然う御前は独りじゃないんだ〃

「……そうだ、俺には仲間がいる。顔も声も、考え方もみんな違うけど、一緒に旅してきた仲間がいる。仲間がいる限り、仲間がいるからここまでやって来られたんだ。俺は独りじゃない。だから戦う。仲間のために、闇には絶対屈したりしないッ」

目に焔が灯る。今度はブレスレットからではない、少年そのものから光が放たれ、瞬く間に世界を白く染め上げる。闇の王が悲鳴を上げて消える。青年も、安堵した表情でこちらに頷いて姿を消した。少年は、そんな彼に礼を言うと、現れた光の道を通って、自身のいるべき世界へ帰還する。

現実に戻り、目を覚ました美由樹は、すぐにも真を捜した。彼は、変わらずに祭壇の上に横たわっており、その顔からは一切の光が失われていた。急いで駆け寄り、手足を固定している鎖を愛剣で叩き切る。鎖が外れ、抱き寄せて体を揺さぶるも、真は目を瞑ったまま微動だにしない。呼びかけにも応じず、まさか間に合わなかったというのか。

不安がる美由樹。その時、自分を呼ぶ声が聞こえて、彼は後方を振り向いた。アッと声が上がる。自分たちの島を取り囲むように、マグマの壁ができているではないか。気を失っている間に地震かなにか起きたのか、自分のいる島が崩れ、マグマの海に落下したようだ。そしてそれは仲間のいる島にも起きたらしく、壁の向こうから仲間たちの声と、水が蒸発する音が聞こえてくる。マグマを鎮静しようとしているのだ。

それならばと、こちらも魔法で水を噴射するが、マグマの壁は分厚く、鎮静させることはできなかった。向こうの島へ渡る穴すらも開かず、触れた途端に白い煙となって蒸発してしまう。

気温が上昇し、汗がにじみ出る。息が苦しくなり、美由樹は手を止め、膝を突いた。壁は変わらずに聳え立ったまま、気づけば向こう側からの応戦がなくなっていた。蒸発する音も、声すらも途絶えており、このままではまずいと、眩む頭を横に振って考える。

ゴボゴボと音が立つ。マグマの量が増え、島を四方八方から削っていく。祭壇の上に避難した美由樹は、真を抱えながら突破口を探し続けた。マグマに呑み込まれる前に、この壁を突破しなければならない。ただ単に水を当てるだけでは、マグマの熱に勝ることはできない。マグマそのものを冷やすことは、人の力だけでは不可能だ。まして今の自分には、こうして青年を抱えている上に、魔法を使いすぎたせいで体はクタクタである。己に秘められた力を使えばそれができるのだろうが、それも不完全で、その威力がどれほどのものかすべてを把握しきったわけではない。考えろ、考えるのだ。すべてを抑えられずとも、自分たちが通れる穴を開けるくらいはできるはず。力を削らず、それでいて水を噴射するよりも効率のよい方法があるはずである。美由樹は、そう自身に言い聞かせて、頭をフル回転させて考え続けた。

不意に少年が顔を上げる。今、なにか音がしなかったか。マグマの泡立つ音ではない。もっと柔らかく、それでいて透き通った音色が聞こえた気がする。気のせいか。いや、また聞こえてきた。今度は確実に聞こえた。近くで、それも足下から、ジワジワと聞こえてくる。聞こえるというより、これは響いてくるといった感じか。

そう、これは水の音。地の底から水が溢れるのを感じる。そう思い、美由樹が手を天へ掲げる。感覚がより一層高まり、雨が降る前の独特のにおいがしたと思った次の瞬間に、轟音を立てて水がマグマの海から勢いよく噴き上がった。驚くも、すぐに我に返った少年は、挙げていた手を壁に向ける。水が方向を変え、壁にぶつかった。マグマの底から出てきたというのに、水は地下の冷たさを保ったまま、蒸発して今まで以上の白煙を上げる。マグマも、引けを取らず、すべてを蒸発せんと熱し続ける。

島がすべて呑み込まれ、祭壇が唯一の足場となる。祭壇の真ん中に避難した美由樹は、しかしマグマの力が弱まっていることに気づいていた。今なら行けると、手に力を込め、前へさらに突き出す。水の勢いが強まり、異音を立てて壁を貫通した。ガッツポーズを取る少年。新たな間欠泉がマグマの海を突き破って現れたので、美由樹は真を抱え、冷たいその中に飛び込むと、流れに身を任せて穴の向こうへ飛び出した。

「美由樹ィッ」

自分の名を呼ぶ声が聞こえてくる。地に足がつき、同時に水が引いて穴も閉じられる。閉じられる際に、向こう側で祭壇がマグマの海に沈むのが見え、危機一髪だったと美由樹は胸を撫で下ろした。前に向き直り、仲間たちが笑顔に満ちた表情でこちらに駆けてくるのを見る。

「美由樹ッ。アア、よかった。おめぇ、マジで心配したんだぞ。怪我は？　闇の王になにかされなかったか」

「大丈夫だよ、蘭州。心配してくれてありがとう。みんなも、心配かけてごめん。俺はもう大丈夫だから」

離れ離れになったのはつい数分前のはずが、皆の顔を見るとそれがとても長かったように感じられる。美由樹は、泣きつく蘭州に笑顔を見せ、抱えたままだった真を地に下ろした。樹霜が、すぐさま青年の様子を窺う。

「青ざめた唇に、冷たい体。水に濡れただけでは此処まで冷め切る事は無い。辛うじて心臓は動いているが、此の症状、魂を抜き取られたな。此の儘では誠に死ぬぞ」

「なら、どーすりゃいいの」

「奪われた魂を取り戻すほか無い。王が其れを持っている筈だ。王を倒せば、魂は持ち主へ戻り、守護者は目を覚ます」

「我を倒すだと。馬鹿馬鹿しい。其のような力が貴様に有るとは思えん」

樹霜が言い終わるや、辺りに別の男声が響き渡る。後ろに気配を感じ、振り返るとそこには、姿が見えなかった闇の王が一人で立っているではないか。禍々しい妖気を発しながら。それは見る見るうちに王を包み込み、以前にも見た影の姿へと変化していく。そしてそれは縦に伸び、妖気が取り払われたと思えば、ドラゴンの翼を持ったカマキリ似の怪物が、自分たちを見下ろしていた。

目を見張る少年たち。王の正体を知り、誰も口を開けない彼らに王が、

「貴様等に我を倒せる筈が無い。我が骨格を構成するのは、誰もが抱え、且《か》つ消し去る事の出来ない負の感情だ。怒りに悲しみ、恨み、妬み、苦しみ。それら全てを吸収した闇より、我は創られた。譬え貴様等に倒されても、此の世に闇が在る限り、我は何度でも甦る。貴様等に勝ち目は無いのだ」

「けど、俺様たちはおめぇを倒しに来た。仇討《かたき》ちもあっけど、平和を取り戻しに」

「平和だと。そもそも平和とは何だ。家族が傍に居る事か、愛する者と愛を確かめ合う事か。斯うして光と闇が争い、何方《どちら》かに勝利が齎《もたら》される事は果たして平和と呼べるのか。我が誕生した事も、平和であれば我は誕生しなかった筈。然れど我は創られ、世界は延々と終わらぬ戦をし続ける。貴様等も、我を生み出した其の一人であろう」

「だからって、無闇矢鱈《むやみやたら》に人を殺していいはずがない。闇を裏切ったからって、罪のない子供やお年寄りまで。戦争だからって、家族の絆を引き裂いてまで。生きる権利がある何万何千、いやそれ以上の人たちが、おまえの一声だけで殺されたんだ。生きてたら、みんな幸せに暮らしてた

はずなんだぞ！」

　邪羅が訴える。

「其れこそ愚の骨頂だ。闇に殺された、闇が命を奪ったのだと、然うして自らの行いを正当化するのが光族だ。闇の主張には微塵も聞く耳を持たず、我が土地を、我が民を次々と奪い去る。光の方こそ、此の世に在っては為らぬモノなのだ」

「でも光は、たくさんの道を教えてくれるわ。道を踏み外しても助けてくれるし、卑劣で残酷な世界より、時には喧嘩もすっけど、大切な仲間がいる世界のほうがよっぽどマシよ」

「故に我を倒すと申すか。所詮は光と闇、決して交じらぬ存在を一つにする事に無理が有る。ならば其の申し出、受けて立とう。我が力を思い知るが良い！」

　言うや闇の王は、咆哮《ほうこう》を上げ、両手を空へと翳《かざ》した。空に再び稲妻が走り、雷光が辺りを眩しく照らす。あまりの眩しさに目を逸らすも、すぐに収まったので顔を上げてみる。アッと声を上げる一同。自分たちを取り囲んでいたマグマはどこからも消えてなくなり、代わりにこの世とは思えない、異次元と呼ぶにふさわしい世界に自分たちは立っているではないか。しかも王の前には、体が巨大化した怪物三体（蜘蛛にアメーバ、一つ目の巨人）が身構えていた。蘭州がゲッと顔を顰める。

「そりゃ四対六は卑怯かもしんねえけど、相手が巨大ってのは反則じゃねえか」

「言って分かる相手では無い。小手調べのようだが、王は本気だ」

「でもそうしてくれたほうが、こっちもやり甲斐がある。久々に肩慣らしだな」

「なんか、みんなやる気満々ね。そーじゃないのは私だけかしら」

「て、言ってるそばから武器構えてるし。久美さんって本当に男勝りなんですね」

「それでこそ久美って感じだよ。それじゃあみんな、準備はいいか」

美由樹が腰の鞘から抜刀し、剣を構えながら言った。他の者たちも彼の両隣につき、攻撃態勢を取る。敵たちも構え、両者間にピリピリした空気が漂い始める。そして美由樹が、足を半歩下げると同時に、戦いの幕が切って落とされる。

「俺様は蜘蛛が大っ嫌えなんだ。だからさっさと消えちまえ。『グレイクブラスター』！」

回復役の蘭に真を預け、その他の者たちは皆、攻撃側に回る。その中で蜘蛛と対峙することになった蘭州は、愛剣に炎をまとわせ、蜘蛛にそれを振り下ろした。まともに受けた蜘蛛は、全身火だるまとなり、ギャアギャアと声を上げて転げ回る。しかし焼け焦げることはなく、犬のように体を震わせることで火を振るい払った。

ガンッと口を開ける少年。その隣では久美が、ネチャネチャと音を立てるアメーバに苦戦を強いられていた。どうやら彼女は、この怪物のように半透明でぶよぶよするものが苦手らしく、魔法で岩を出現させては、それを雨霰《あめあられ》と降り注ぐ。しかし相手はゼリー体質のため、岩はすべて受け止められてしまい、次の瞬間、スポンジのように弾き飛ばされる。

慌てて回避する久美。岩はそんな彼女の脇を通って、後ろに控えていた巨人の後頭部に激突する。ダメージはなく、巨人は訝しげな表情を浮かべて、彼女を振り返った。その隙に、邪羅と豪が躍りかかり、各々の武器で×を描くように斬りかかる。命中する攻撃。腹に×の穴が開き、巨人は呻き声を上げて前方に倒れかかった。ところが、完全に倒れる前に、巨人が地に手を突き、その巨体を支える。自分たちをこれでもかと睨みつけ、勢いをつけて体を起こした頃には、腹の穴は跡形もなく消えており、今度は少年たちが愕然とする。

一方で、本命と対峙していた美由樹も苦戦していた。樹霜の助けを借りながら、二人がかりで斬りかかるも、王はそう簡単に倒れてはくれず、両手の鎌を巧みに操り、攻撃を尽く撥ね返した。接近戦も試みるが、攻撃を当てる前に宙に逃げられ、避けられてしまう。巨体のわりに動きがすばしっこく、美由樹の愛剣がなんとかそれを捉えるも、軽々と躱され、背後から鎌が迫る。振り向き際に受け止める少年。そんな彼に王はホウッと感心する。

「草薙剣か。貴様の父親の形見、愚者にはボロ刀が良く似合う」

「父さんを馬鹿にするなッ。記憶を消されて、どんな人だったか思い出すことはできないけど、父さんは立派だったと真は教えてくれた。たとえおまえの右腕だったとしても、俺は父さんを信じる。父さんの悪口はこの俺が許さない！」

「ならば貴様も、父親と同じく我に従え」

王の力が急に強まる。勢いに圧された美由樹は、剣もろとも後方に突き飛ばされてしまう。樹霜が彼の名を叫ぶ。地を滑り、島の縁から外へ飛び出す手前で樹霜が足を摑んだので、美由樹は九死に一生を得る。

「あ、ありがとう、樹霜。助かったよ」

「無茶をするな。王は御前を未だ諦めていない」

「大丈夫、佐藤君。あ、ちょっと待って。今、回復するから」

地にぶつかった際に腰を打ったのか、起き上がれない美由樹に、蘭が駆け寄り、手を翳す。淡い光が漏れ、患部もつられて光り出し、二、三回点滅したあとに収まる。その頃には痛みは引き、美由樹は樹霜の手を借りてその場に起き上がった。

そこへ放たれる一打。暗黒の獅子《しし》が襲いかかり、樹霜が急いでシールドを張るも、すんでのところで割り込んだ爪に破られ、脇腹を掠める。怯む青年。蘭が手当てをしようとするも、獅子に阻まれ、頭が腹部にめり込み、突き飛ばされる。地に転がり、追い討ちを掛けるように牙が、彼女の顔目がけて迫る。久美が彼女の名を叫んだ。誰も間に合わないと思われたそれは、美由樹が間一髪で両者間に割って入り、愛剣を振るって獅子を叩き切ったことで難を逃れる。

ホッとする久美。アメーバを吹き飛ばしたあとで、少女に駆け寄り、

「大丈夫、蘭。怪我はない？」

「あ、はい。佐藤君が守ってくれたから」

「まさにヒーローって感じだったよな。さすがは美由樹、うらやましいぜ」

「て、ちょっとあんた、敵はどーしたのよ。まさか逃げてきたなんてゆわないでしょーね」

「なッ、そ、そんなこと、あるわけねえだろ。休憩だよ、休憩ッ」

「はあ？　そんなことしてる暇あんなら、蜘蛛なんかさっさと」

「けどこいつら、攻撃当てても倒れないから切りがないよ。休憩したくなるのも分かる」

「な、そう思うだろ。ほら、邪羅も俺様と同意見だ。こいつらホント不死身のなんのって」

　蘭州がぼやく。それを受けて美由樹は、ふと脳裏にあることが浮かび上がった。仲間たちのほうを振り向くと、彼らもこちらを見、コクリと頷く。どうやら皆同じことを考えたらしい。

「怒濤《どとう》の一撃にすべてを泡と消せ、**『ローカリザンドポセイドン』**ッ」

「山の頂きに嵐の歌を奏でよ、**『スプライズハッター』**！」

「黒き海に誠の静寂をもたらせ、**『ディザイアント』**ッ」

「轟き高く天を駆け抜けろ、**『プラズムサンダー』**！」

「彼の者を焔で焼き尽くせ、**『ファイアスネーク』**ッ」

「**地を蔓延《はびこ》れ、『ファイズンドジェーン』**」

「世に永久の光を、**『ホーリーゲン』**ッ」

　一箇所に集まったことにより、敵はこれをチャンスと総攻撃を仕掛ける。美由樹たちは、そんな敵たちをぎりぎりまで引き寄せ、次の瞬間に口々に魔法を唱えた。噴射される水。それを土台に、砂が、電気が、炎が、蔓が渦を巻いてまとわりつき、そこへ目に見えるオーラとなった光と闇が加わって、迫る敵たちに突進した。身の危険を感じた王は、寸前に脇へ逃れ、攻撃を躱すも、蜘蛛とアメーバ、巨人は、勢いを留めることができず、少年たちの魔法の直撃を受け、粉微塵に体を砕かれて絶命する。

その隙に、今度は王が反撃に出る。美由樹たちの魔法がすべて消えたのと時同じくして、上空へ跳び上がり、鎌を振り下ろした。美由樹たちは左右に分かれてそれを回避し、久美が背後に回り込んでは、槍を突き刺す。王が身を翻したことで攻撃は空を切るが、そこへ蘭州が「おりゃあッ」と剣を振るい、右手を切り落とした。

悲鳴を上げる王。白煙を上げて手が消滅するのを見た王は、残った鎌で蘭州を斬りつける。布地を裂かれ、地に叩きつけられた彼は、そのまま動かなくなった。しかしそこは蘭が回復魔法を唱え、光り輝く繭《まゆ》で包み込むことによって復活させる。

王が怒り狂う。今度は彼女に向かって突進するも、その前に樹霜が足を突き出し、王の巨体が地にダイブする。邪羅と豪のコンビがすかさず武器を振り下ろし、左脚と翅《はね》を削ぎ落とす。さらに蘭が、魔法で炎の大蛇を出現させたことで、王は残った脚と腕を失い、頭胸と胴体だけの姿となる。

そこにもはや怪物の姿は残っていなかった。見る見るうちに姿が人のものへと戻る中で、美由樹による最後の審判が下される。突き刺さる刃。胸から入ったそれは、背へと抜け、直後に引き抜かれる。悲鳴を上げることはなかった。その代わりに王は、全身から闇の瘴気《しょうき》を発して、眼前の美由樹に倒れかける。

避けられたので、支えるものを失った王は、罵《ののし》るように言葉を発する。しかしそれには音がなく、声が出ないことで死期を悟った王は、最期に皮肉交じりの笑みを浮かべて、目を閉じる。瘴気の量が一層と増し、最終的には王は瘴気となって姿を消した。

これが、他者を翻弄し、数々の殺戮《さつりく》を繰り返した者の末路であった。

第十七章　死の神を倒せ

敵の大将を討ち取った。今まで彼に対して、恨みや憎しみを抱かなかった日は一時たりともない。それほどまでに彼の行いは非人道的であり、それにより多くの人命が奪われたことは見過ごしがたい事実である。

自分たちは、そんな彼に人生を滅茶苦茶にされた一人だ。だからこそ立ち上がり、皆で力を合わせて王を討伐した。美由樹たちは、それぞれに思いを抱え、この戦いに臨んだので、誰もが地に座り込み、呆然と空を眺め見る。ただ一人、蘭を除いては。

少女は、王が消えるとすぐに真の元へ歩み寄った。戦闘が始まる前の樹霜の言葉を確かめるためである。しかし彼は地に横たわったまま、目を覚まそうとしない。胸が上下に動いていても、健常な自分たちより遥かに遅く、ぱっと見では止まっているように見える。疑問を抱く一同。同時に彼らは、自分たちが未だに異次元空間に閉じ込められていることに気づく。元凶は消えたはずなのに、なぜ自分たちは外へ出ることができないのか。

そして美由樹は、この時、世界の奥底で新たな闇が湧き起こるのを感じ取る。それは次第に勢力を強めていき、最高潮に達した瞬間、脳裏に男の笑い声が響き渡った。

世界が急速に閉じられる。ハッとするのも束の間、闇の触手が四方八方から飛んでくる。さっきの戦闘で力を消耗していた彼らは、突然の攻撃に反応が遅れて、身動きを封じられてしまう。

脱出を試みるも、触手は頑として自分たちを放さず、その場に固定する。

そこへ現れる影。黒い服をまとった巨人で、眼球は飛び出し、肉は爛れ、顔の一部では下の骨が見えていた。この世の者とは思えない、まさしくゾンビと呼べる風貌に、誰もが顔を背ける。

しかし彼らは、すぐにも視線を戻す。真の姿がどこにも見当たらないではないか。ゾンビが口元を緩め、握っていた拳を開く。青年が、ぐったりした表情で横たわっていた。

「おい、ゾンビ野郎。真をどうするつもりだ。今すぐ返せッ」

〝口は災いの元ぞ。言葉遣いに気を付けろと注意されなかったのか〟

「守護者を如何するつもりだと聞いているのだ。素直に答えろ！」

〝素直に答える義理は無い。が、貴様に免じて答えてやろう。此奴を取り込み、其の力を我が物とするのだ〟

「そんなこと許されるはずがないッ。お願い、真さんを返して！」

〝ニンゲン風情《ふぜい》が、我に指図するとは言語道断。誰もが此奴を返してくれと望むか〟

ゾンビが鼻を鳴らす。少女の目が大きく見開かれ、仲間たちはエッと彼女に振り向いた。

「ニンゲンって……そんな、ねえ蘭、嘘よね。あんたがニンゲンだなんて、嘘なのよね。だってあんたは、ちゃんと魔法が使えてんじゃない。ニンゲンは魔力を持ってないから使えないって、昔ばーちゃんが……ね、嘘だとゆって」

「わ、たし、私は……ち、違う」

〝偽りだ。貴様は紛れも無くニンゲン。隣に居る小童《こわっぱ》と同様、異星の血を引く者。隠し事は神には通じぬ〟

ゾンビが素早く話を遮る。それにより蘭は反論の余地を失い、美由樹も事実を知らない仲間たちから視線を向けられ、サッと目を逸らした。目を見張る仲間たち。動揺が、彼らの絆をボロボロと破壊していく。

「異星人だから……地球人だからってなんだよ。蘭もニンゲンだとは知らなかったけど、でも美由樹も蘭も、どっちも俺様たちの仲間じゃんか。ニンゲンでも優しくて、ドジなとこもたくさんあって、泣いたり笑ったり俺様たちとなんら変わりなくって。超がつくほどいい奴で、それじゃいけねえのかよ。

俺様は、美由樹が、美由樹んことが、超がつくほど大好きだ。蘭のことも、出会ってからまだ日は浅えけど、一緒にいて楽しいと思える奴だってのはもう知ってる。ニンゲンだろうが、ポロクラム人だろうが関係ねえよ。こいつらはこいつらだし、それに俺様は、人種とか性別とかお天道様が決めたことで悪口ゆう奴が、超我慢ならねえ。こいつらは俺様の大切な仲間、いや親友だ。そんな奴らにケチつける野郎は、この俺様が今すぐ脳味噌叩き割ってやるッ」

蘭州が、唇を噛み締め、振り絞るように訴えた。

直後に、真の体から神々しい光が放たれる。目を丸くする一同。光は衰えることを知らず、一瞬のうちに全員の視界を白く染め上げる。

そうなる前に美由樹は、青年の背から翼のようなものが生えるのを目撃するが、あまりの眩しさに耐えきれなくなり、目を閉じる。しばらくして目が慣れ、顔を上げた頃には、辺りは光に包まれた世界となっていて、触手からも解放されていた。

驚きを隠せない少年たち。そんな彼らの前に真が、光る粒子と共に現れては、

〝此の世界は一時的なものでしかない。崩される前に、美由樹、御前に或る剣を託す。俺の残されたカを結晶化した物だ。今の御前なら、きっと其れを操れる筈だ〟

「残った力を結晶化したって、もしそれを受け取ったら、おまえから力がなくなるんだろ。そうなればおまえは」

〝神の体に取り込まれる。俺を得た神は完全体に為り、今以上に手足が出せない状態に為るかも知れない。俺が特別な体質であるばかりに〟

真の顔が暗くなる。表情が突然変わったので、美由樹たちはその視線を彼から、彼が見つめる先にいる樹霜へと向ける。しかし樹霜は、青年を見つめたまま微動だにしない。なにかを探っているような、それを本当に語るのかと訴えるような目で、彼を見続けている。真が無言のうちに頷いた。樹霜から視線を逸らし、一呼吸おいて口を開く。

〝知っての通り、俺は世界の光を守っている。言い換えれば其れは、世界中の誰よりも強力な光の力を持っている事に為り、俺が死ねば、世界は光を失って崩壊する。ヤジロベエの片方の端が無くなって体勢が崩れるように、けれどもう一つ、俺には秘密が有る。俺を倒した者には、永久

の命が約束されるんだ。つまり不死の体を手に入れられ……〟

青年が事情を話す。しかしすべてを言い終える前に、彼は突然口を噤《つぐ》んだ。迫り来る恐怖。心臓がバクバクと音を立て始め、鼓動が速くなる。息が吸えない。顔が一気に真っ青となり、極度の脱力感に襲われ、体が前のめりになる。美由樹が慌てて駆け寄り、その体を支えるも、その時彼は気がついた。青年の体が次第に透けていくことを。

世界がぐらつく。光が弱まり、真は自身の限界が近づいていることを悟って、美由樹に手を伸ばした。光る粒子がどこからともなく掌に集まり、パンッと弾けたと思うと、そこに一振りの剣が出現する。刀身は少しばかり太く、柄の部分には獅子の顔が彫られている。山の如くずっしりと、それでいて繊細さも兼ね備えているような雰囲気が漂い、一方で取る手が震えるほど、強力な光のエネルギーを周囲に放っていた。目を丸くする少年。真に視線をずらし、彼もまた少年を見、苦しさを抑えて笑みを零す。

それが彼の限界点だった。そこからは青年にも、もちろん美由樹やその他の者たちも為す術なく、体の色が急速に薄れ、真は光の粒子となって消え失せる。世界も時同じくして崩壊し、澄んだ音がしたかと思うと、美由樹たちは元の異次元空間へ戻っていた。

美由樹が青年の名を呟く。幻でもいい。それによって自身が力尽き、神に取り込まれ、存在を消されると知っていても、青年は自分たちに最後の力を託してきた。自分たちを頼って、自分たちなら神を倒せると信じて。

美由樹は、込み上げる涙を抑え、手に持つ剣を見た。幻覚の中で渡された剣。それは決して幻ではなく、今ここに、青年の想いと共に自分の手の内にある。この想い、無駄にしてなるものか。少年は、右手にそれを、左手に自身の愛剣を持ち、眼前に聳えるゾンビと対峙する。ゾンビが口角を上げた。

その頃のゾンビは、光の世界に誘われる前とは印象が変わっていた。爛れていた肉は骨に貼りつき、自分たちと変わらない張りと艶が復活している。見えていた骨も今では見えなくなり、飛び出していた眼球も頭蓋骨の中に収まって、今では自分たちを鋭く睨みつけていた。漆黒の髪が風に靡《なび》き、手には蛇の装飾があしらわれた鎌を構えている。掌にいた青年の姿はなく、取り込まれたのは言うまでもないが、先までの姿はなんだったのかと周囲に思わせるほど、その変貌ぶりは著しいものであった。

まさにその姿は神と呼んでも過言ではない。美由樹たちは、今度こそは本気でかからねばやられると、それぞれ武器を手に、いつでも攻撃できる体勢を取る。

しかし樹霜だけは、剣は構えているものの、少年たちのように身構えることはせず、代わりに前に進み出て、

「何故だ、死の神。否、夢見敦史《あつし》。何故に御前は、然うまでして闇を求める。闇のみ求めればいずれ破滅を招く事に為ると忠告した筈だ。もう忘れたか」

「忘れる筈が無い。故に我は闇を求め、あの時貴様に止めを刺したのだ。貴様こそ、我が言葉を

忘れてはいるまい」
「闇に未来は無い。光と相見える事で、初めて闇は己が存在を知る。守護者の言葉で過ちを犯した事に気付いた俺は、故に御前を止めた。然し御前は忠告を聞かず、あの魔法を……本来は少年の姿である筈なのに、死者の姿で登場したのは其の所為だ」
「譬え死者の姿と成り果てようとも、我は此の姿を求めた。父の背を見、父と同じように為るよう躾けられ、日々比べられて一体我は何に為ろう。何の得がある。命じられる儘に行動し、只の傀儡《かいらい》と化した日々に終止符を打ちたかった。而して其れを手にする機会を与えてくれたのはほかでも無い、樹霜、貴様だ。

僕は、其れはもう考えに考えたさ。神と為り光族に復讐する為に、闇の王国を構築し、退場してもらった本物の王に似せた偽物を創り、皆の心に野心を植えつけていった。処が其の矢先に非常事態が起きて、僕は其処に居る君に、次元の狭間に封じられて仕舞った。幸い封じられたのは体だけで、解くのに時間は掛かったけど、其の間偽物を使って色々と小細工する事が出来た。今では君に感謝しているよ」

美由樹たちを嘲笑うかのように、敦史が誇らしげに言った。変化はまだ続いていたらしく、その姿は時間を追うごとにグングンと縮こまっていき、最終的には美由樹と変わらない身長となる。声も、深みのある大人の声から、弾けるように明るい子供のものへ変化し、美由樹たちは目を丸くする。

「けど今は最悪だ。殺した筈の君が生きているんだからね。最高神の差し金だろうけど、せっかく世話係として招いてやったのに、主に反抗し、父に加担して守護者側に就いた。誇り高き僕のプライドを粉々に打ち砕いて、此の姿に為る前から昼夜問わず練って来た計画を砂上の楼閣のように水に流してくれた。分かるかい、僕の気持ちが。マグマのように煮え滾《たぎ》った此の気持ちは、君を殺すだけでは到底収まりそうにない。己が責任で他者が殺される恐怖をとくと味わうがいいッ」

敦史が鎌を天に掲げた。雷鳴が轟き、閃光《せんこう》が美由樹たち目がけて落下する。美由樹たちは二手に分かれてそれを回避するも、落雷はやまず、次々と襲いかかってくる。

「言っておくけど、僕は人の死に顔を見るのが堪らなく好きなんだ。容赦なんて事、一つもしてあげないからね」

敦史が薄ら笑いを浮かべる。彼は手始めにと、近場にいた豪に目をつける。他の者たちには今まで以上に雷を落とし、彼らがそれに気を取られている隙に、豪のいる半径二メートルの範囲に結界を張り、脱出不可能の状態にさせ、背後から鎌を振るった。応戦し、その中で三度攻撃を躱したことは、反射神経のいい豪だからこそできる業だったが、相手は神である。三度目の攻撃で体勢を崩した彼に、神は有言実行で鎌を振り下ろした。少年の瞳から光が消える。

親友の悲鳴を聞いて、邪羅がそちらを振り向いた頃には、親友の姿はどこからも消えてなくなっていた。その代わりに、別の場所で新たな結界が張られ、中では蘭が滅多刺しにされた状態で横たわっていた。ピクリとも動かない彼女に、敦史は満面の笑みでその額に指を当てる。少女の体が仄かに光り、瞬間サッと赤い粒子に変化すると、そのまま彼の体内へと吸い込まれていく。

結界が解かれる。時間を置かずに、新たな結界のドームがつくられる。中から悲鳴が上がり、それが聞こえなくなったと思えば、またドームが別の場所で出現し、斬撃の音と共に断末魔が辺りに響き渡る。

邪羅が、久美が、立て続けに倒され、神の中に吸い込まれていく。その中で樹霜だけは、何度も神へ突撃し、剣を振るい続ける。しかし今の神は、取り込んだ者たちの力を得て強力となっており、足の速さも尋常でなく、躱されたと思った瞬間には、攻撃を受け突き飛ばされていた。

それでも諦めない樹霜に、敦史は容赦なく攻撃を繰り出す。それまでの落雷が、闇のエネルギーをまとった矢へと変わり、雨霰のように青年に降り注いだ。避けきれる量ではなく、布地が裂け、血が飛び散る。敦史の目的は、この上にない苦痛を彼に与えてから殺害することなので、今すぐに命を取ることまではしなかった。苦痛に歪んだ青年の顔を見、笑みを絶やさずに腹に蹴りを入れる。脇腹から出血していた樹霜は、さらに表情を歪め、床に倒れ込んだ。

にやける神。鎌を振り上げるが、そこへ蘭州が、雄叫びを上げながら愛剣を振り下ろした。だが神の体を捉えることができず、振り向き際に突き出された鎌で受け止められてしまう。

蘭州の愛剣を知っているのか、敦史が感心の声を上げて、

「其れって水竜の宿る剣だよね。水系の魔法が得意な君には打ってつけで、しかも其れは家宝。

何時でも何処でも両親の想いに守られているなんて、羨ましいにも程が有るよ」

「うっせぇッ。おめぇみてぇな野郎に、蒼海牙は渡さねえぞ。俺様たちのコンビネーションを馬鹿にすんな。後悔する前にみんなを、久美に邪羅、豪、蘭、真を返しやがれ！」

「はッ、後悔？　其方こそ馬鹿を言うんじゃないよ。人に裏切られ、罵られ、信じられなくなった僕に残された道は、光を世界から消す事だ。僕の人生をギタギタにしてくれた奴等を、其れなら此方も相応の事はしていい筈だ。でなければフェアじゃない。而して君も、君の仲間と同じく僕に楯突いた以上、生きて帰す筈が無い」

　敦史の話が途切れる。蘭州は、眼前から神が消えたのに気づく間もなく、背後から振り下ろされた鎌の斬撃を受ける。悲鳴が上がる。美由樹の叫び声に交じって、蘭州は水色の粒子となり、敦史の中に姿を消した。目を見張る美由樹。神が、漲《みなぎ》る力にため息を漏らす。

「力が底から溢れてくる。此以上の喜びは、否、未だ二人残っていたね。僕にとって忌まわしき二人だ。何方《どちら》を先に料理しても、此の上に無い快楽が其の後に待っている。困った奴を最後に残しちゃったかなぁ」

　地に転がる蒼海牙。敦史はそれを拾い上げ、腰のベルトに差すと、小さく頷き、樹霜へと振り返る。ハッとする樹霜。一歩、また一歩と敦史が歩み寄ってくるのを見て、急いでその場に起き上がろうとするも、激痛が走り、地に崩れる。空から闇の矢が再来し、服の袖や裾に突き刺さる。動けなくなる青年。敦史が迫り、黒光りする鎌が無音のままに大きく振り上げられる。

だがそれは、樹霜の体を裂くことはなかった。鎌が振り下ろされる直前、両者間に美由樹が割り込み、迫る鎌を愛剣で受け止めたからである。目を丸くする樹霜。受け止められた敦史は、訝しげな表情を少年に向ける。

「邪魔するなよ。せっかく君をメーンにしようと思ったのに、先に殺《や》られたいのかい」

「もうこれ以上、目の前で誰かが傷つくのは見てられない。樹霜は、俺にとって力の存在を教えてくれた恩人だ。敵だと言ってるけど、今じゃもう俺の大切な仲間なんだ。そんな仲間を、おまえに殺されてなるものか。蘭州たちも、無事な姿で今すぐに返せ！」

美由樹が声を大にして訴える。腕に力を入れ、敦史を武器もろとも突き飛ばした。突然力が湧いたことに、敦史は驚き飛ばされるも、宙で体の向きを回転して、離れた位置に音もなく着地する。

「言って聞くような奴じゃ無かったね、君は。本当に父親そっくりだ。否、其れ以上の頑固者だ。其奴の妹も然うだった。御陰で僕は、君に封印される体質に為って仕舞った」

「え、い、妹？」

「知らなかったのかい。樹霜には、血の繋がりは無いけど、妹のように慕う幼女が居たんだ。樹霜以上に悪賢い奴で、其奴を殺そうとした時に呪いを掛けてきてね。勿論僕は報復に滅多刺しにして、体を跡形も無く切り刻んでやったけど、此の呪いだけは如何やっても解けなかった。だから僕は其奴を倒すんだ。でも君は、其処から退く気は無いようだね。ならば仕方が無い。申し出通り、君から料理してやるよ」

言い終わると敦史は、胸の前に鎌を構え、ブツブツとなにかを唱え始める。地に巨大な魔方陣が出現し、その上に乗っていた美由樹は、足が急に重くなるのを感じた。それは後ろにいる樹霜にも言えて、そう感じた刹那、青年の体が宙に浮き、魔方陣の外へ弾き飛ばされる。美由樹が彼の名を叫んだ。

地を滑る樹霜。島の端から飛び出す手前で止まった彼は、苦痛に歪む顔を上げた途端に目を丸くする。魔方陣と同サイズの結界が、それを囲むようにして張られているではないか。どうやら神は、少年をゆっくりと調理するつもりらしい。外からも中からも結界は破れず、逃げ道を失った美由樹は、不敵な笑みを浮かべる神を振り向き、小さく唾を呑み込んだ。

瞬間、神の姿が消える。あまりの速さに消えたように思えただけで、美由樹はすぐに後ろを振り向き、愛剣を突き出した。キンッと澄んだ音が響く。鎌を弾かれた敦史は、それならばと再び鎌を振るい、少年の死角を突く。少年も負けず劣らず応戦するが、緩急をつけてくる攻撃に惑わされて、刹那に回転蹴りを腹に受けてしまう。飛ばされ、結界に弾かれて地に崩れる。そこへ敦史が迫るが、まだ余力のあった美由樹は、素早く起き上がっては、攻撃を二本の剣を交差する形で受け止めた。

「矢張りね。其れ、聖理剣《せいなることわり》だろう。寄りにもよって力を剣に変えちゃうなんて、最後まで僕に刃向かうと見る。抵抗しても無駄だというのが何故分からないのかな」

敦史がため息をつく。美由樹は抑えるので精一杯で返答しなかったが、敦史はそれでは面白くないと、さらに力を強めてくる。美由樹の足が後ろへ滑り始める。

両足に力を込め、それ以上の後退を凌ぐ少年。敦史の表情から笑みが消えて、しかしすぐに元に戻ると、鎌を片手で支え、もう片方の手を腰に伸ばす。樹霜の声が飛ぶ。同時に蒼海牙が左から右に振られ、美由樹は間一髪で避けきるも、脇腹を掠め、痛みに顔を顰める。隙が生じ、後方へ弾かれ、再び結界の壁に激突した。

「痛いだろう。でも僕には、其れが快感で仕方が無い。此処で終わりにはしないよ」

崩れ落ちた少年に向かって、敦史は蒼海牙を胸の前に構える。足下から水が湧き起こり、少年をあっという間に包み込んでは、渦を巻いて酸素を遮断する。

息ができなくなる美由樹。口が開き、ゴボッと音を立てて、残っていた空気がすべて抜け出る。意識が遠退き、体から力が抜け落ちる。そこで水が引き、地に倒れた少年を、休む暇もなく砂嵐が襲い、稲妻がその中を走り、服を切り裂き、体を痺れさせる。それが済んだかと思えば、今度は火炙《ひあぶ》りの刑で、美由樹はそれらが、取り込まれた仲間たちの得意とする魔法であることを悟る。そして、トドメの一発と言わんばかりの敦史の一撃を受けて、とうとう事切れ、地に伏してしまう。

少年は反撃することができなかった。敦史を傷つけてはならない。それは彼の中に仲間たちがいるからであり、美由樹は彼らが完全に存在を消されたとは思っていなかった。そのために彼は、攻撃に転じることができなかった。

ここで自分が倒れれば、自分は問答無用で神の中に取り込まれるだろう。そうなればどうなるか、庇った樹霜が次のターゲットとなる。今の彼は、敦史と対等に戦える状態ではなく、さっきのような攻撃を受ければ五秒も保たずに倒れてしまう。一分保てば勲章ものだが、そのような勲章をもらっても彼は喜ばず、自分も嬉しくはない。しかし自分は、もう立つことができない。薄れる意識の中、頭上から敦史の声だけが響いてくる。

「樹霜が認めた奴だから、もう少し楽しめると思ったんだけど、此処で終わりなんて残念だよ。でもまあ、いっか。君は潔く負けを認めたんだ。君が居なくなれば、今度は簡単に樹霜を仕留められる。（クス）サヨナラ、寿山美由樹」

敦史が蒼海牙を振り上げる。それを見た樹霜は、傷ついた体に鞭を打ち、結界の壁を叩いて少年を呼び覚まそうとした。だが美由樹は横たわったまま、起き上がろうとしない。そうこうするうちに神が、剣を持つ手を動かした。あとは星の引力に任せて、地に転がる命を叩き切るだけである。樹霜の絶叫が、世界中に響き渡った。

一方で、敦史が剣を振るったとは知らない少年は、暗闇の中に一人佇《たたず》んでいた。闇の王に見せられた夢の世界よりも暗く、生き物の気配は自分以外に感じられない。これが神の心の中なのか。これほど冷たく凍った世界に、彼は一人きりで漂ってきたのだろうか。そしてそれが、彼をこのような非行に導いたというのか。

美由樹は、そうだとしても他者を傷つけていいはずがないと思った。そこへ何者かの叫び声が聞こえ、自身が気を失っていることを思い出し、なんの痛みも感じられないことに、首を傾げる。意識を取り戻した彼は、閉じていた目を開き、顔を上げた。エッと目を見張る少年。敦史が、剣を半分ほど振り下ろした体勢で硬直しているではないか。

〝佐藤は、俺等の旅のリーダーだ。リーダーを殺されて為るものか〟

〝美由樹は、僕に最後まで諦めない勇気を教えてくれた。だから僕も諦めない。今の僕に出来るのは、御前の動きを止める事。唯其れだけだ〟

〝私から見りゃ美由樹は其処らに居る餓鬼と変わんないけど、人一倍正義感に溢れてて、自己中心的な貴方より余程偉いわ。少しは見習ったら〟

〝私たちは確かに、海林君たちとは違う人種かも知れない。でも佐藤君は、其の事を恨まず、其れが自分だと誇りに思ってる。此の星を愛してるから、なら私も、佐藤君のように自分の人種に拘らない。此の星が好きだから、私はもう此の星の住人なの〟

〝今までに辛え事が有ったかも知んねえ。悲しくて、ワーワー泣きてぇ時が有ったかも知んねえ。でも美由樹は、そんな時でも、悲しい顔も、泣く事すらしなかった。其れを見た俺様たちがもっと悲しく為んねえように、ずっと我慢して見守っててくれてたんだ。世界をぶっ壊す力を持ってようと、俺様の大事な仲間に変わんねえよ。そんな奴を、俺様の剣で切ろうなんざぁ絶対に許さねえ。ゆったろ、俺様たちの連携を嘗めんなって。蒼海牙は命を守る刀だ。御前に其奴は扱えねえよ。蒼海牙ッ〟

震える体。よく見ると、取り込まれたはずの仲間たちが、色の薄れた状態で敦史を羽交い締めにしていた。両足を豪と邪羅が、両手には久美と蘭が抱きつき、背後からは蘭州が押さえ込む。蘭州の声に反応して、神の手の剣がウォンッと唸り、足下から水が噴き出しては、神の体を固定した。

〝言ったろう、今の御前は独りじゃ無い、共に過ごした仲間が居ると。俺たちも一緒に戦う。大丈夫、御前の元へ帰ると約束しよう。さあ、立ち上がれ、少年よ〟

真も現れ、彼は目を丸くする少年に手を差し伸べた。目と目が合う。無言で頷く青年。そうだ。少年は内心で呟いた。自分には、かけがえのない仲間がいる。苦楽を共にしてきた友が、いつもそばにいる。真の手を借りて立ち上がった少年は、再び目に焔を灯し、渦の拘束を突破した敦史と対峙した。

「フン、如何踠《もが》こうと、君は此で終わりだ！」

敦史の切り札がついに出される。周囲の空間を引き込む形で、暗黒色の球がこちらに向かって飛んでくる。中で電撃が幾重にも走る。鼓膜が破れんばかりの轟音が鳴り響き、これに巻き込まれれば最後、命の保証はしかねる。

迫り来る死。しかし少年は、それに怯むことはなかった。蘭州に久美、邪羅、豪、蘭が笑顔で、自分のそばに立っている。真も、隣で笑みを浮かべながら、無言で頷く。彼らがそばにいる限り、自分は何度でも戦える。心に恐怖など微塵も存在しなかった。

「みんなを、そして自分を信じるんだ。**『キングオブブライトレジェンド』**！」

美由樹が、二つの剣を天に掲げ、魔法を唱えた。腕のブレスレットが共鳴し、眩しい光が辺りに解き放たれる。大地から蔓も突出し、それは振られた剣より飛び出した光の球に巻きつき、神の暗黒球とぶつかり合う。

火花が激しく散る。互いに一歩も譲らない状態が続き、しかしそれも時間が過ぎるごとに、徐々に勝敗が明らかとなる。光が闇を押し始めたのだ。そう思った瞬間には、光が闇の中央より突き抜け、背後にいた敦史を呑み込む。

「馬鹿なッ、此の僕が光に負けただって……チ、何時か必ず闇の王国を実現してみせる。覚えていろ！」

弱点の光を浴びているからか、体の組織が崩れ、手や足が次々と粒子と化し、分解されていく。終いにそれは胴体にまで及び、敦史は浸食が首に迫るのを前に、罵詈雑言《ばりぞうごん》を吐き捨てた。しかしそれは、光の力が増したことで掻き消され、彼の姿は完全に光の波の中に消える。

それからしばらくして、光が収まった頃には、神の姿はどこにも見当たらなくなっていた。完全に倒したかどうかは定かではない。倒していない気持ちが、倒したという気持ちより勝っているが、それでも少年には確かな手応えがあった。そう、世界の闇を打ち破り、平和を勝ち取ったという感触を。そしてそれを裏づけるように、直後に背後から男声が上がる。

「ありがとう、美由樹」

振り返る美由樹。そこには真が、幻でも、色の掠れた状態でもない姿で立っていた。

「真……いや、真、礼を言いたいのはこっちだよ。今までたくさん助けてくれて、最後も支えてくれて、本当にありがとう。でも大丈夫か。顔色悪いよ」

美由樹が顔を覗き込むように言った。真は、「大丈夫」と笑みを見せるが、どこか苦し紛れで、少年は心配そうに彼を見つめる。再び口を開こうとするも、その前に背に衝撃を受け、前につんのめった。よく見ると蘭州が、取り込まれる以前の姿に戻った状態で、自身の背に抱きついているではないか。

蘭州が現実世界に戻ってきたことを知った美由樹は、そこで他の仲間たちも元の姿に戻っていることに気がつく。皆嬉し泣きに近い表情を浮かべて、こちらに駆け寄ってきた。

「ありがとう、佐藤君。私たちを救ってくれて」

「一時はどうなるかと思ったけど、おまえならできると信じてたよ」

「そうそう。だっておまえは俺らのリーダーだからな」

「こーしてまたあんたに会えたのも、全部あんたのおかげよ。ホントありがとう」

「マジでおめぇは最高だぜッ。もう、嬉しいからこうしてやる」

蘭州が美由樹の髪をクシャクシャにする。美由樹は「やめろよ」と言うが、その顔は皆を取り戻せた喜びが溢れていた。笑みを浮かべ、皆と共に声を上げて笑う。

しかし彼らはそこで現実に戻される。敦史の消息と共に結界が破れたので、樹霜が彼らに歩み寄って、

「喜ぶのは此の空間を脱してからにしろ。現実世界では、今正に俺たちの居る島がマグマに呑まれようとしている。此の儘だと、俺たちは元の世界に戻れなくなるばかりか、生きている事も危うくなる」

「そういえば……だとしても、どうやってここから出ればいいんだ。ここが魔法でできたなにかなら、消去系の魔法を使って逃げられるかもしれないけど、そうじゃないことが分かった今、ここから出るには神頼みしか……あッ」

美由樹が声を上げる。全員の視線が一斉に彼へ向くが、当人はそのことには目もくれずに、ズボンのポケットをあさり始める。突っ込んだ手が固い物に触れ、一つのオカリナが突き出された。あれほどの戦闘を潜り抜けたにもかかわらず、壊れていないどころか、傷一つ付いていないのは奇跡かもしれないが、少年は、これを蘭の兄から受け取った際に、彼が口にした言葉を思い出したのである。

これを奏でれば、神のご加護がある。大兄は、自分たちがこのようなピンチに陥ることを知っていたのだろうか。でなければあの時点で、自分にこのような楽器を託すはずがない。「もしもの時のお守り」とも言っていたが、これが果たして突破口と成り得るのか、単純に受け取っただけの美由樹には疑問であった。

そんな少年の心理を読んだかのように、真がそれを手に取り、

「これは神愛笛《まなぶえ》だよ。この星には魔力を宿した石、魔法石というものがあるけど、その中でもとりわけ力の強い石、神愛石《まなし》でつくられているんだ」

「神愛笛、神愛石？」

「つまりこれには力があるということ。ここから脱する方法はただ一つ。これで『世界の歌』を奏でるしかない。そうすればきっと、外へ、出られる、は、ず……」

次第に声がか細くなっていく。額から汗が流れ落ち、それが地に弾ける前に、真の体がくの字に曲がる。慌てて美由樹が両腕を突き出し、支えるも、彼はそれ以上なにも語らなかった。いや違う。声が出せなくなるほど、体を小刻みに震わし、息を荒らげていたのだ。

極度の脱力感に襲われ、目を瞑る青年。腕にかかる重さが増え、美由樹は危うく転倒しかける。樹霜がそれを支え、青年の症状を見て「闇の毒気に当たったのだ」と説明した。

「闇の毒気って、それじゃあ早くしないと真は」

「手遅れに為る。魂が完全に戻った訳では無いようだな。譬え其れが一部でも、人体への影響は大きい」

「だけど、脱出する方法は分かっても、『世界の歌』てのが分からないと意味ないじゃないか。そんな曲あるなんて聞いたことないし、その前に誰がそれを演奏するんだよ。この中で楽器のできる奴なんて」

邪羅が質問の根本を突く。

確かに彼の言うとおりである。美由樹は、彼と同じく『世界の歌』という題名の曲を聴いたことがなかった。学校の授業で習う以外に歌謡曲の名前を知ることはなく、自身もそちらの分野には興味があまりないため、知識は乏しいほうであった。それは少年だけでなく、他の者たちにも言えることで、さらに皆、オカリナを演奏した経験を持ち合わせていなかったので、邪羅の質問を受けて黙り込んでしまう。

しかし直後に、手を挙げる者が現れた。蘭である。怖ず怖ずと手を挙げた彼女は、仲間の視線が一斉に自分へ向けられたのに驚き、戸惑いを見せるが、すぐに表情を戻すと、美由樹からオカリナを受け取り、それを一瞥する。確信したように頷いたあと、皆から一歩離れたところに立ち、深呼吸をした。指をそれぞれの穴に当て、吹き込み口に口をそっと添える。

爽やかな風が脇を通り抜ける。もちろんそれは幻覚で、実際には風など吹いていなかったのだが、美由樹はそのような風を感じたような気がした。柔らかなハーモニー。春の日溜まりに咲く一面の花畑。夏には青々とした緑が大地に広がり、秋にはそれらが赤や黄色に色づき、冬には枯れて白く染まった大地に落ちていく。

そして季節は巡り、繰り返される。素直なわりに繊細で、かつ洗練されたメロディーに合わせて広がる景色。神秘的とも幻想的とも取れる世界観の一方で、どこかそれは懐かしく、傷ついた心を癒してくれる。オカリナと一体になった少女は、自分が今ここに存在していることを喜び、命の恵みに感謝しているかのように歌を紡いでいく。今までに見たこともない、まさに神へ賛美を贈る踊り子となった彼女の姿を見て、一体誰が心奪われないことか。皆一瞬でその姿に魅入り、中でも美由樹は、口をポカンと開けて彼女に視線が釘づけとなる。

静かに語られ続ける曲。佳境に入り、少女がすべてを吹き終えた時、オカリナから光が放たれ、皆の体を包み込んだ。視界が白く塗られ、咄嗟に目を瞑った美由樹は、ふと柔らかな手が自身の頭に触れた気がしたが、それが誰の手なのか確かめる間もなく、光は明度を増し、世界中を白一色に染め上げるのであった。

第十八章　平和

顔に眩しく日が照りつける。風が抜け、カサカサと木の葉が音を立てる。鳥の囀りがどこか遠くから聞こえ、美由樹は閉じていた瞼をゆっくりと開いた。生い茂る緑。自分の背丈よりも高い木々が、空を支えているかのように枝を伸ばしている。その間から漏れる光は、どこか懐かしく、見覚えのある光景であった。少年は体を起こし、周りに横たわっていた仲間たちと辺りを見渡す。

とその時、背後でカサリと音が立つ。振り返ると、目を丸くした状態で固まる愛の姿があった。その隣には美優がおり、自分たちの姿を見るや、喜びに溢れた顔つきに変わって、後ろの小屋へ取って返し、大声で誰かを呼び寄せる。森の中がさっきまでの沈黙から一転、急ににぎやかとなり、それでも愛はこちらを向いたまま固まっている。美由樹が静かに歩み寄る。よく見ると目には涙が溜まっていた。

「に、い、さま……兄様、なのね」

「愛……ああ、俺だ。おまえの兄の美由樹だよ。ただいま、愛」

美由樹がニコリと微笑む。その顔を見て、愛は無言のまま彼に抱きついた。溢れる涙。我慢の限界に達し、声を上げて泣き出した彼女を、美由樹は戸惑うことなく受け止め、抱き締める。自分はここにいる。そのことを待ち続けた彼女に伝えるために。そう、少年たちは戻ってきたのだ。すべての始まりである場所、自然森に。

それを証明するかのように、美優に呼び出された森の仲間たちが、次々と小屋から飛び出してくる。闇の町にいたはずの蘭の家族も、誰一人欠けることなく森に来ていたようで、皆口々に再会を喜び合った。中には少年たちの突然の出現に驚き、「派手ねぇ」と愚痴を零す者もいたが、彼女も他の者と同じく、彼らの無事の帰還に笑顔を見せ、褒め称える。

美由樹たちの帰還を喜んだのは、美由樹や蘭の家族、森の仲間たちだけではなかった。樹霜の勧めで、帰還から時間を置かずに光宮殿へ足を運んだ際、城で働く使用人や召使い、コック、家来がどこからともなく廊下に溢れてきて、口々に「お帰り」「無事でよかった」「生還おめでとう」と歓喜の声を上げた。

そしてもう一人。執事に連れられて王の間に足を運んだ時、美由樹は玉座から立ち上がる男の姿を見る。

「よくぞ無事に戻ってきてくれた、美由樹君、蘭州君。心配しておったのじゃぞ」

少年たちの姿を見るや、男は真っすぐにこちらへ駆け寄り、美由樹と蘭州を両脇に抱き込むような形で抱きついた。驚く二人。一国の長にハグをされるとは思っていなかったからである。もちろんそれは他の仲間たちにも言えることで、執事だけは場を弁《わきま》え、コホンッと咳払いした。ハッとする秦淳。慌てて二人から離れ、あまりの嬉しさについ抱きついてしまったことを詫びる。

「別にいいですよ」と、美由樹と蘭州は口を揃えて手を振るが、言い終わらないうちに樹霜が、背に真を乗せたまま両者の間に割って入り、

「喜ぶのは未だ早いぞ、秦淳。此処に、守護者専用の病室が有ると聞く。其処へ俺たちを案内して欲しい。守護者の光が消え失せる前に」

樹霜の姿を見て、秦淳の目が一瞬大きく見開かれたのは気のせいだろうか。確かに美由樹はそれを目撃したが、なぜそうしたのか確かめる前に、彼は執事を下がらせ、ついてくるようにと述べたあとで、王の間から退室する。あとを追いかけると、彼は目の前にあった階段を下りて一つ下のフロアへ行き、廊下を真っすぐ進み、突き当たると今度は左へ曲がって直進した。

再び突き当たりに差しかかるも、彼の足はそこで止まる。見ると左手に、城の建具としてはあまり見かけない自動扉があった。中がうっすら透けて見えており、秦淳は美由樹たちが追い着くのを待ってから、扉を開いて中に入っていった。美由樹たちも、あとに続いて足を踏み入れる。

病室と聞くと真っ先に思い浮かべるのは、淡い色のカーテンで区切られた白いシーツのベッドだろうが、この時美由樹の目に飛び込んできたのは、部屋の中央に置かれた、それは大きな円形の台であった。よく見るとそれはベッドで、その下は機械となっており、何本ものコードが、壁に沿って設置された機械に繋がっている。こちらはどれもコンピュータのようで、ボタンが幾つもついており、その前では白服姿の女が二、三人、手にマニュアルのような物を持ちながら、慌ただしく動き回っていた。

それでも秦淳が入ってきた時は、それぞれ手を止め、彼に頭を下げるが、秦淳はそれを制し、作業続行を促してから、真をベッドに乗せるよう指示を出した。樹霜が早速それを行い、真がベッドに横たわると、それまで物言わなかったベッド下の機械が音を立てて起動する。なにが始まるというのか、初めて見る美由樹たちは興味津々でそれを眺めていたが、その前でベッドに変化があり、縁に沿って彫られた溝から透明のガラスが現れては、アーチを描くように天井付近で一つに繋がり、外気を完全にシャットダウンする。ドーム形となったそれは、次に内部の噴射口から淡い黄色の煙を噴き出し、青年の耳が隠れるか隠れないかのところまで、ドームの下半分を煙で満たしていく。青年の体から光が漏れ、何秒か置きに明度の強弱を繰り返した。目を点にする少年たち。これが彼の治療法だと秦淳から説明があっても、彼らはこれで本当に助かるのか、疑問の目を持ち続けた。

しかし青年の眉間の皺が、一個、また一個と消えていくのを見て、彼らはひとまず安心した。秦淳も安堵の表情を浮かべ、「人が大勢いては彼も休めぬじゃろう」と、食堂へ向かうことを誘《いざな》う。賛同する少年たち。あとをナースたちに任せ、王と共に食堂へ向かう。

食堂は、おやつ時にもかかわらず、誰一人としていなかった。美由樹たちの生還を祝うために皆、買い出しに出掛けたらしい。執事が代わりに紅茶と洋菓子を用意してくれたので、美由樹たちは秦淳に勧められて着席した。そして執事が辞した後に、任務の報告をする。

「そうか、闇族の王はレプリカじゃったか。いや、もちろん私も驚いておるよ。ただ前から、彼が人でない気がしておったのじゃ。誰かに操られておるような、じゃから裏で手を引く人物がいたと聞いて、内心納得しておるのじゃ。じゃが、よもやそれが私の甥《おい》であるとは、思いも寄らなかった。闇の王国をつくると言い残したことも、樹霜を追い詰めた男じゃ、必ず戻ってくるに違いない」

秦淳が頷きながら言った。確かに敦史は、それ相応の力を持っている。実際に戦い、自分一人では歯が立たなかったことを、美由樹は体に残る傷で今でも痛烈に覚えている。そのような相手が光に呑まれ、消え去る瞬間、言い残した言葉。やはり彼を倒し損ねたのではないかという疑惑が、より一層大きく美由樹の心にのしかかる。

少年が暗い顔をする一方で、彼の隣に座っていた久美が、恐縮しながら話に割り込む。

「あのぅ、話の腰を折るよーですが、王は樹霜と一体どーゆうご関係ですか。顔見知りのよーですけど、お互い名前で呼び合うなんて、樹霜は、前は闇の王の側近ともゆわれる右腕、敵だったんですよ」

途端にアッと声を上げる秦淳。口に手を当て、皆の視線を受けて焦り始める。なにか隠し事でもあるのだろうか、助けを求めるように樹霜に視線を向けたので、皆も彼を振り向いた。ため息をつく青年。

「もう良い、秦淳。今更隠しても、嘘が苦手な御前だ、いずれボロが出る。其れに、俺もそろそろ荷を下ろしたいと思っていた所だ。敦史との戦いで多少素性を知られた。もう隠し通す必要は無い」

「じゃが……いや、本人がいいと言うのであれば、私はそれを尊重しよう。もし話を止めたくなったら、すぐにも私に言ってくれ。そのくらいの配慮は、私にももちろんあるのじゃから」

秦淳の表情が真剣になる。樹霜が無言で頷き、王は菓子を一つ口に入れ、紅茶を啜り息をつくと、隠してきたことを語り始めた。

*

あれは今から何年前じゃったか。正確な日にちは忘れたが、まだこの星が地球と戦争をしておった頃の話じゃ。

その頃樹霜は、甥の世話係をしておった。初めは剣術の家庭教師じゃったが、それは熱心に仕事をこなすものだから、爺《じい》——あ、夢見秀作のことじゃ——が、ぜひとも息子の世話係にと、彼を家庭に引き入れたそうじゃ。樹霜はそれを快く引き受け、以後も仕事を続けた。じゃが甥は、そんな彼を妬ましく思うようになり、それ以外の要因もあったのじゃろうが、生者には禁忌の行いをした。それがかの言う、神になる魔法じゃった。

樹霜はたまたまその魔法を知っておった。彼は甥と同じく勉強家で、読み込んだ魔法書は数知れず。魔法学について、ありとあらゆる知識を持っておった。それ故に甥は、彼に禁忌を教えるよう迫った。神になったあかつきには、願いをなんでも叶えてやると条件も出してきたそうじゃ。

もちろん樹霜は断った。それがどれほど危険な魔法であるか、彼自身がよく知っておったからじゃ。危険から甥を遠ざけたいという良心も働いていた。

じゃが彼には、それすらも揺るがすことがあった。ある嵐の夜、樹霜が寝泊まりする小屋に、全身びしょ濡れで血塗れの幼女が現れた。家族を嵐で亡くし、自身も酷い怪我を負った彼女を、樹霜は親身になって介抱した。おかげで彼女は一命を取り留め、行く宛てがないと言うので、年の離れた妹として小屋に置くことにした。

幼女は、それはすくすくと育ったそうじゃ。じゃが六歳の誕生日を迎える前に、流行病《はやりやまい》に倒れた。元々体が弱く、喘息の気も持っていた彼女は、見る見るうちに痩せ細り、医者に診せると不治の病と言われ、余命宣告を受けた。それでも樹霜は諦めずに医者を転々と回り、彼女を治してくれる医者を探した。じゃが行く先々で聞かされるのは、初めに診せた医者と同じ言葉で、ならばと独学で薬学を学び、ありとあらゆることを試したそうじゃ。

それでも妹の体調はよくならず、それ故に樹霜は、甥の言葉を頼るほかなかった。彼女の体を蝕む病を取り除いてやりたい、痛みに苦しむ表情をこれ以上見たくない一心で。余命宣告を受けたタイムリミットも迫っておったから、なおのこと甥の言葉は地獄に仏じゃったろう。まさに藁《わら》にも縋る思いで、樹霜はとうとう甥に禁忌を教えてしまった。甥がよもやその力で、光族を虐殺し、世界征服を企んでいようとは思いもせずに。

樹霜が甥の思惑に気づいたのは、それから二時間後のことじゃったそうじゃ。爺に連れられてやって来た自然森で、彼は瞬く間に森の虜となり、そこら中を探検し回った。

そして自然木の前で、彼は真と出会った。昼寝をしていた彼の足を、樹霜が誤って蹴ってしまったらしく、謝る彼に真はそれを制してこう言ったそうじゃ。《人は過ちを犯す生き物である。時には許されない過ちも犯すが、それに気づくこと、またやり直すことは、早いに越したことはない。もしそれを否定し、やり直さない者がいるとしたら、その者はいずれ己の行いを悔いることになる。人の心には表と裏がある。それさえも否定する者ならば、その者は再び同じ過ちを繰り返すに違いない》と。

「守護者の話を聞いて、俺は一目散に邸宅へ取って返した。然し到着した時、邸宅で爆発が起き、火の手が上がった。敦史が魔法を完遂させた為だ。火達磨と為った敦史の体は、見る見るうちに黒い煤と為り、最終的には風に吹かれて消え去った――。

然し奴は生きていた。風に吹かれた煤が人の形に構成され、奴は死人として甦った。其れを奴は忌み嫌った。奴は生者の肉体の儘、神の力を手にしたがっていたようで、今で言う逆ギレだが、其の場に居合わせた大勢の人を殺害した。俺は止めに入った。然し奴は、魔法の影響か強力と為っていて、歯が立たなかった。負傷し、動けなくなった俺に、奴は止めを刺そうとした。騒ぎを聞きつけた妹が寸前に割り込み、俺を庇って亡くなった。其処から先は御前たちの知る通りだ。敦史は、彼女を殺した後に、俺も殺した。俺は再び、何もかもが嫌に為る地獄へ落とされたのだ」

樹霜が一息に語る。美由樹は、そんな彼の表情が哀れみに溢れているのを見て、不安げな顔をする。敦史との戦いで、青年にどこかためらいがあったのを知っていたからだ。

しかし、そんな二人の暗さを吹き飛ばすように、邪羅が声を上げる。

「ちょっと待て。おまえ今、《再び地獄へ落とされた》とか言ったか。てことはその、つまり神、いや敦史に殺される前に一度」

「然うだ。俺は、敦史に殺害される前に一度死んでいる、悪名高き闇の将軍としてな」

「て、まさかおまえ、あのバレット将軍か⁉」

今度は豪が驚きの声を上げる。深く頷く樹霜。一方で美由樹に蘭州、久美は、光族サイドにいたために、彼らの話についていけず、驚いている蘭に訳を尋ねる。彼女が、こちらに対しても目を丸くした。

「知らないの。バレット将軍は、一晩で光族を壊滅に追い込んだ闇の英雄よ。教科書にもその名が載るくらいで、あ、でも何者かに暗殺されたとも書かれてて。まさか本人が目の前にいるなんて、信じられない」

「信じなくていい。俺は、バレットの行いを悔いている。誰にも信じてもらいたくはないし、其れに奴は死んだ。俺は、バレットという前世を持っていても、奴では無い。樹霜という名の青年だ」

「でも、バレットって名があんのに、樹霜って名にしたのはなんでなの。そんな名前ん人、世の中探してもあんたぐらいよ」

久美が疑問をぶつける。秦淳が代わりに答えた。

「地獄に堕ちた者が甦るには、命の次に大切ななにかを神に捧げねばならぬ。手や足といった目に見えるものや、記憶などの目に見えないもの。樹霜もあれこれ考えたそうじゃが、結局は見つからず、そんな時、救いの手が差し伸べられた。美由樹君、君のご両親じゃ」

「えッ、俺の父さんと母さん？」

「君のご両親は、愛に溢れた心を持っておった。樹霜、いや当時はまだバレットじゃったが、二人はその生い立ちを知り、彼を家族として迎え入れたいと申し出た。甥が行方を眩まし、世界各地で虐殺行為をしていることを知っておった神々は、それを止める手立てに、樹霜の力を当てにした。故にこの申し出は朗報じゃった。じゃが地獄の決まりは変えられぬ。そこで美由樹君のご両親は、『名』を神々に捧げた。『名』は本人を本人と戒めるものじゃからの、命の次に価値のあるものじゃった。が名を失えば、従兄弟として甦った彼をなんと呼べばいいか。バレットという過去はあれど、もう彼はバレットではない。故にご両親は『樹霜』という名を授けたのじゃ」

「そういうことがあったんですね。実感はないけど、でも樹霜がそこまで悪、あ、敵じゃないことは分かりました。これからは樹霜を仲間として、もちろん家族としても、仲間に入れてあげたいと思います。天国にいる父さんたちも、そう願ってると思うので」

「無理にとは言わぬよ。じゃがこれで、私の悩みが一つ解決された。ところで、君たちはこれからどうするのじゃ。任務を終えた今、なにかする予定でもあるのかい」

「俺と蘭州は、森に寄ってから鈴街町へ戻ります。学校があるし、家族も、俺たちの帰りを待ってるし」

「ってことは、あんたたちとはここでお別れってことになんのね。私は、ジャックたちの墓参りに行くわ。旅が終わったこと、仇《かたき》を取ったことを伝えなくちゃ。もちろんクリメネたちのところにも顔出さないと。闇の王を倒したらそこに置いてくるという約束は守れなかったけど、蛛蘭のペンダントを返しに行かなくちゃいけないし。あ、でも終わったら、森に戻ってくるわ。そこからはもー、どこにも行かない」

「僕らも、久美と一緒だな。家出同然に飛び出てきたから、住む場所ないし。あそこで体を慣らして、それから豪と二人で考えることにしたんだ。な？」

「ああ、そのほうがいいと思ったからな。樹霜は、おまえこそ、このあとどうするんだ」

「俺は迷路森へ帰る。彼処は、元から俺の居場所だからな」

「私は、佐藤君たちの町に引っ越すと思う。森に大兄たちがいたのはそのためだろうし、その話は前から家族の間で出てたから、もう闇の町には戻らないんじゃないかしら」

「そうか。ってことはみんな、ホントにバラバラになんだな。なんか寂しい」

「そうじゃのぅ。それも旅の醍醐味《だいごみ》というものじゃが、皆行く先は町と森じゃ。会おうと思えばいつでも会える。そう悲しむ必要はない。あ、美由樹君、君にこれを渡しておこう」

秦淳が、服のポケットから青い宝石がはめ込まれた指輪を取り出し、美由樹に手渡した。

「それは通信用の指輪じゃ。ハンターには必ず持たせるようにしておるのじゃが、今はこれ一つしかなくてのぅ。なにかあれば宝石が光るから、君が伝達係となってくれぬか。そうすれば君も、こうして出会った仲間たちとまた会うことができよう」

「あ……はいッ。ありがとうございます」

「礼には及ばぬよ。特注品だからなくさぬように。さあ、諸君。世界は平和になったばかりじゃが、決して終わりではない。永久に続く道がある限り、旅はどこまでも続くのじゃ！」

〜終わり〜

あとがき

はじまりは、中学三年の夏ごろ、友達が書いた物語を読んだことだった。数枚の原稿用紙に綴られたそれは、しかしどんな内容であったかは、残念ながら覚えていない。物語の登場人物も、レイアウトすら忘れた。ただ一つ覚えているとすれば、その子が書けるなら自分も書けるという、負けず嫌いの感情が爆発したことだけだった。

たったそれだけのことで、私の人生は劇的に変化した。受験もそっちのけで没頭し、一冊の本を仕上げた。いま読み返せばそれは、誤字脱字が多く、文章も前後でつながっておらず、読むに堪えないものとなっている。しかし当時は、なによりも夢中になったもの。あきらめ癖の強い私が、唯一あきらめずに最後まで粘って書き上げたその作品は、私に新たな作品をつくらせるきっかけにもなった。

素直に気持ちを相手に伝えられないという性格も、私を物書きの道へ走らせた要因だった。高校に入学してから間もなく、シリーズものを書き始めた。

その一話目が、この『ハンター物語　少年と旅の始まり』である。ごくありふれた毎日。何事もなく明日を迎えると思った矢先、近所のハンター総務役所で事件が起きる。主人公は事件の当事者ではなく、たまたま親友と共に現場を訪れた。よもやその行動が、後に世界の強大な権力と戦うことにつながろうとは思いもせずに。

たったそれだけのこと、というのは、日々の生活でよくあることである。たったその一言で、我々は相手を喜ばせることもあれば、怒らせ、一生口をきいてもらえなくなることだってある。この物語の基盤にある、光と闇、生と死の問題も、多くの作家が今までに取り上げ、今では普遍的な話題となりつつある。

そのようなテーマをあえて取り上げたのは、それらが人々にとって、日常にあふれ過ぎているせいで「忘れやすい」存在となっているからである。誰もの心の奥底に潜み、その問題に間接的にではなく、じかに、真正面からぶつかった時にしか表に現れない感情。学校でいじめられたり、仕事に失敗したりして、行くのがつらい。なぜか分からないけれど、気分が憂鬱でやる気が出ない。そのような時、どこか逃げられる場所があればいい。

この物語は、そんな「忘れやすい」感情を取り戻し、負のサイクルから抜け出したい人たちの「心の避難所」になるようにつくられた物語である。そのような場所を提供できるよう、協力してくれた我が家族や、編集者をはじめとする文芸社の方々、そしてなにより今この物語を手に取っている読者に感謝の意を表明する。どうかこのあとも、老若男女を問わず、幅広い年齢層の方々に親しまれる避難所になることを切に願う。

二〇一五年六月　　　　　　　　　　　　　　自室の窓辺にて　櫻城なる

著者プロフィール
櫻城 なる（さくらぎ なる）
1991年生まれ、東京在住。趣味は小説を書くこと。中３で物書きに目覚め、高１からシリーズものを書き始める。2014年までに７作書き上げ、現在８作目を執筆中。

ハンター物語 少年と旅の始まり

2015年12月15日　初版第１刷発行

著　者　櫻城 なる
発行者　瓜谷 綱延
発行所　株式会社文芸社
〒160-0022　東京都新宿区新宿1－10－1
電話　03-5369-3060（編集）
03-5369-2299（販売）

印刷所　株式会社フクイン

ISBN978-4-286-16796-1